Stevie Smith

Roman auf gelbem Papier

Stevie Smith

Roman auf gelbem Papier

Aus dem Englischen und mit einem
Nachwort von Christian Lux

marix verlag

Stevie Smith, Novel on Yellow Paper

First published in the United Kingdom by Jonathan Cape Ltd. in 1936; first published in the United Kingdom in 1980 by Virago Press, an imprint of Little, Brown Book Group

Casmilus, whose great name I steal,
Whose name a greater doth conceal,
Indulgence, pray,
And, if I may,
The winged tuft from either heel.[1]

Wenn ich dieses Buch beginne (also nicht das, was sie in meiner Branche darunter verstehen – die meinen damit lediglich ein Heftchen), wenn ich also dieses Buch beginne, möchte ich, wenn es gestattet ist, wenn es gestattet ist (so schreibt Sir Phoebus), dann möchte ich sagen: Lebt wohl denn meine Freunde, meine wunderschönen, lieben Freunde.

Und warum das?

Lies weiter, lieber Leser, lies weiter und finde es selbst heraus.

---

1 Gedicht von Stevie Smith. Dt.: Casmilus, dessen Name ich gestohlen / Der einen größeren noch verbirgt / Ablass, Gebet / Und darf ich's sagen / Ein Büschel Federn an jeder Ferse.
Smith gibt damit den Hinweis, dass der Nachname der Hauptfigur Pompey Casmilus auf den Götterboten Hermes anspielt.

Hier also bin ich an einem schönen Oktobertag und reite mit Leonie auf der Row[2]. Nun nimm aber bloß nicht an, dass ich besonders reich wäre. Ich bin lediglich trotzdem hier. Wer das zahlt? Naja, das ist teilweise so: Weißt Du, es gibt günstige Reitpreise auf der Row. Mit billigen Pferden? Nun, nein, auch das eher nicht. Hier also ist mein Pferd. Es ist besser als das Pferd, das ich letztens in Cornwall hatte, das Pferd hieß Kismet. Er hatte einen gesunden Appetit, dieser Kismet. Ohne Unterlass erntete er das Grün. Wie eine Sense bewegte er seinen langen Kopf auf seinem langen, schlangenartigen Nacken. Oh ho Kismet. Er konnte eine Wand schneller von ihrer Pflanzenwelt befreien als irgendein anderes Pferd, das mir je begegnet ist. Er war das riesige Pferd, das das Herzogtum Cornwall verwüstet hat. Das hättest Du sehen sollen, wie sich Kismet auf wachsendes Getreide stürzte. Danach wuchs da im selben Jahr nichts mehr. Nun, Kismet, ich hoffe, dass die Bauern Verständnis hatten, weißt Du?

Das Pferd aber, auf dem ich mich gerade befinde, während Leonie neben mir ganz schick und patent aussieht, dieses Pferd ist ein gutes Pferd. Mit zurückgelegten Ohren tänzelt es seitwärts über die Schatten. Es ist ein heißer, sonniger Tag, und es wirkt wirklich nicht, als würde es bald November werden. Es ist ein heißer, sonniger Tag, doch die

---

2 Rotten Row am Hyde Park. Eine breite Pferdebahn an der Südseite des Parks. Im 18. und 19. Jahrhundert trafen sich dort Angehörige der Londoner Oberschicht, um sich beim Reiten sehen zu lassen.

Erde riecht, als wäre sie mit Frost überzogen, und das Laub zerbricht und zerspringt und wird unter Deiner Nase und vom Mutterboden aufgewirbelt. So ist das im Oktober. Ich blicke zu Leonie, sie hat geschickte Hände, ihre Beinarbeit aber ist nicht sooo wahnsinnig überzeugend. Leonie ist Jüdin, doch schlank, und sie hat einen Sinn für Schick. Sie sieht sehr elegant aus, trägt einen gelben Pullover und beige Reitstiefel und einen beigen Filzhut. Und wen interessiert's.

Letzte Woche war ich auf einer Party bei Leonie. Und ich sah mich um. Ich dachte: Ich bin der einzige Goi[3] hier. Es war auch ein Typ von der Zeitung da und ein Musiker und einige oberflächliche Geschäftsmänner. Aber die Juden. Nun, alles, was über die Juden zu sagen ist, ist gesagt worden, also belasse ich es dabei. Dann aber geriet ich auf der Party in einen Augenblick des Hochgefühls. Ich drehte richtig auf. Hurra, ein Goi zu sein! Ein cleverer Goi ist cleverer noch als ein cleverer Jude. Und ich bin ein cleverer Goi, der alles im Himmel und auf Erden kennt. In jenem Augenblick des Hochgefühls, von dem ich Dir erzählte, da spürte ich, die einzige lebendige Person in diesem Raum zu sein, die cleverste Person im Raum, der cleverste lebende Goi überhaupt.

Geht es allen Gois unter Juden so? Ja, vielleicht. Und das Gefühl muss man herunterschlucken und

3 Jiddisches Wort für Nicht-Jude.

sich dafür entschuldigen, derart überlegen und clever zu sein: Ich kann mir nicht helfen, mein Freund, ich bin nun mal ein Goi. Das kommt einfach mit der Geburt. Es ist eine Welt der ungleichen Chancen, im Gegensatz zu B. Franklins Sicht in dieser Sache. Aber vielleicht hat er öffentlich auch einiges heruntergeschluckt und sich dafür entschuldigt, ein Goi zu sein. Und damals gab es ebenfalls Juden. Also schrieb er von Gleichheit und hoffte, dass das reichen würde und hoffte, dass es niemand ernst nehmen würde. Und das tat ja auch niemand.

Ach wie schön es im Oktober in London ist. Und wie schön ist es, lebendig zu sein, ein Goi und ein Londoner. Ich habe viele jüdische Freunde. Deshalb fühle ich mich wie ein Janusgesicht. Keiner außer mir weiß, was ich darüber denke. Ich verhalte mich aber, als wüssten sie es, und ich muss es hinunterschlucken und mich entschuldigen und darf nicht so erscheinen, als würde ich mir den glücklichen Unfall einer nordischen Geburt als eigene Leistung anrechnen. Es gibt nichts Hochmütigeres als diese unechte Bescheidenheit, und nichts, was so viele Probleme verursacht hat, und nichts, was auf alle Zeit weiterhin so viele Probleme bereiten wird, so lange es Dinge gibt. Still jetzt, ach still. Hatte ich nicht gesagt, dass alles, was zu sagen wäre, bereits gesagt sei?

Der Gedanke, der in mir aufsteigt, während ich auf diesem Pferd reite, das seine Ohren nach hinten legt und über die Schatten tänzelt und voller Hass und Panik auf die weißen Begrenzungspfähle blickt, ist der Gedanke, der alles umfasst, was ich in diesem Buch sagen will, es ist der Gedanke, der in mir wie ein Wurm arbeitet, wie ein Darmwurm, der seine alexandrinische Länge über jene 500 Yard-Linie voller Sorgen und Nöte zieht und schleppt. Als ich ein junges Kind war, habe ich das Buch *Mrs. Haliburton's Troubles*[4] gelesen. Manchmal glaube ich, dass ich zu viel gelesen habe. Da waren zum einen die Wie-reite-ich-ein-Pferd-Hobby-Bücher. Kaum taucht das Wort Reiten auf, muss ich gleich wieder an Kismet denken. Hobby-Pferd hühott! Das Buch *Mrs. Haliburton's Troubles*. Ich kann mich an nichts in dem Buch erinnern, außer dass Mrs. Haliburton – vielleicht schrieb man sie auch mit zwei »l« – jede Menge Schwierigkeiten hatte, die sie standhaft und mit unbewegter Miene ertrug, und dass sie bis zum bitteren Ende lächelte, da Gott endlich dazwischen fuhr und alles wieder in Ordnung brachte.

Es gab noch ein weiteres Buch, an das ich mich in bescheidener Dankbarkeit erinnere, auch dieses ein kleines viktorianisches Kunstwerkchen, und der Titel lautet: *Lost Sir Massingberd*[5], was die cleveren Jungs der damaligen Zeit in »Lost Sir Missing-Bird« umtauften. Naja, mach es selbst halt

4 Roman von Ellen Wood (1814–1887). Bestsellerautorin im viktorianischen England und Eigentümerin des literarischen Magazins *Argosy*.

5 Erzählung von James Payn (1830–1898). Schriftsteller und Redakteur von *Chamber's Journal und Cornhill Magazine*.

besser. Es geht darin um einen Baronet, der in einer hohlen Eiche auf seinen Ländereien gefangen gerät und dort stirbt. Und wenn Du das Buch liest, siehst Du, wie die Vorsehung alles hübsch fügt, oh ja, und die richtigen Leute auf der richtigen Seite des Unheils versammelt, und die Eiche erwischt schließlich den Missetäter. Die Vorsehung sorgt für dergleichen in den Büchern aus jener Zeit, die ich als Kind in Scaithness, Lincs[6] in der Bibliothek meines Großvaters väterlicherseits gelesen habe.

Wie sattsam verrottend lehmig-traurig diese viktorianischen Tage gewesen sind, voller Traurigkeit, die nicht wie die heutige die Nerven durcheinanderbringt. Wie ich diese klammen viktorianischen Wirren liebe. Die Wälder rotten, die Wälder rotten und fallen hin, Der Dunst weint seine Bürden in das Land, Der Mensch bestellt das Feld und liegt darin, Und viele Sommer später stirbt der Schwan.[7] Ja, immerfort stirbt jemand, weint jemand, abgestimmt auf das Fallen der Lorbeerblätter und das Tropfen des Wasserhahns und das dünne Flackern der Gasflamme im nasskalten Wintergarten.

Und die Lorbeeren, vor denen es überall auf dem Weg wimmelte, führten dazu, dass einen menschli-

---

6 Kurzform für Lincolnshire.

7 Die Protagonistin webt hier die ersten Zeilen von Alfred Lord Tennysons Gedicht *Tithonus* mit ein: *The woods decay, the woods decay and fall, The vapours weep their burthen to the ground, Man comes and tills the field and lies beneath, And after many a summer dies the swan.*

chen Fuß das Gefühl beschlich, dass hinter alledem etwas stecken musste. *Hinter den Lorbeersträuchern lag die Leiche von Sir Vyuyan Markaby, Baronet.*

Dann denke ich an die wilden nassen Tage des wilden nassen Lincolnshire des jungen Tennysons. Wie, gab es denn zwei? Ja, aber ich meine jenen, der jünger war als das Schoßtier der alten Queen. Jünger und trauriger. Oh der traurige, süße, übermäßig süße Alfred, so hochmütig, so stolz und so unangenehm.

Und wenn ich an all das denke, überkommt mich eine immense *Nostalgie* nach einem offenen Abfluss, wie jene gefluteten Auffangbecken zwischen den aufgeweichten Feldern. So wie in diesem Bild aus meiner Kindheit. Wir sind im Sommer stets in eine kleine Hütte am Meer verreist, wo es die Bilder und das saubere grobe Leinenbettzeug gab. Und den Gestank der stickigen Landhauszimmer. Dort hing an einer Wand dieses Bild. Es prangte wie der Finger Gottes. In Lincs hing es, wo wir bei Saltfleet unterkamen. In Norfolk, wo wir bei Heacham unterkamen. Und auch in Suffolk, wenn ich meine Counties richtig in Erinnerung habe, wo wir bei Pakefield unterkamen, überall hing dieses Bild.

Darauf sieht man eine weite überflutete Grasebene, einen rauschenden schlammgelben, aufschäumenden, regengepeitschten Strom, als wären alle Dämme der Welt auf einmal gerissen; er wirbelt, treibt, stößt sich nach vorn, das Ganze ist kaum noch christlich zu nennen, überhaupt nicht christlich, einfach nur das schiere Element in all seiner Wildheit und unverändert zu der Zeit vorm Jahr des Herrn, das die Flut einst zähmte. Und es reitet – Kismet, Du alte Mähre, brrr, sage ich, brrr – es reitet, ruhig, jetzt, ruhig, auf dieser braunen Flut reitet ein Kind. Ein kleines Kind soll sie reiten, in einer Wiege mit einer Katze darauf. Sieh Dir das an, sieh Dir nur diese Katze dort an, vergiss einfach das B-a-b-y, ist diese Katze nicht raffiniert? Allumfassende Trostlosigkeit und ein dunkler Himmel, der einen Regen hinabschickt, der so fest ist, dass man ihn essen könnte. Das Baby in der Wiege auf dieser wirbelnden gelbbraunen Flut macht mir Heimweh.

Diese Kindheitserinnerungen haben Folgen, wie einem die Psychoanalytiker für ein Pfund die Stunde erzählen. Ich habe nichts gegen Psychoanalytiker, die machen nur ihren Job, und wenn ich mir deren Leid vorstelle in Anbetracht all der Dinge, die Bennie in seinem Kopf zusammenklauben konnte, um sie jeden Tag eine Stunde lang auf sie auszugießen, dann ist das ein durchaus hart verdientes Pfund die Stunde. Ob ich Dir von Bennie erzähle? Natürlich erzähle ich Dir von Bennie und all meinen Freunden. Du wirst zurückschauen und Dich noch an das erinnern, was ich zu Beginn des Buches gesagt habe.

Ich schreibe dieses Buch auf gelbem Papier. Es ist sehr gelbes Papier, und es ist deshalb sehr gelbes Papier, weil ich es oft manchmal in meinem Büro auf der Schreibmaschine tippe, und das Papier, das ich für Sir Phoebus' Briefe nutze, ist blaues Papier, das in der oberen Ecke seinen Namen ›Sir Phoebus Ullwater, Bt.‹ zeigt, und eben diese Briefe von Sir Phoebus gehen hinaus in alle Welt. Und darum tippe ich auf gelbem Papier, ich tippe zu meinem eigenen Vergnügen und sende sie nicht aus Versehen für ein paar Tausend an die Börsenmakler in Tekka Taiping und sende sie nicht mit einer Dienstaufsichtsbeschwerde an den Polizeichef und sende sie nicht an die Großtante Agatha, um sie zu bitten und sie zu bitten ...

Sieh nur, welch gefährliches Terrain ich da betrete. Ich bin eine Privatsekretärin. Und wie geht es Sir Phoebus? Und wie geht es seiner ...? und wie geht es ...? Es tut mir leid, aber ich kann dazu keine Auskunft geben. Nein, Äußerungen solch großer Tragweite kann ich niemals machen, und das liegt teilweise daran, dass es zu viel der Wahrheit wäre. Es tut mir leid, aber ich kann dazu keine Auskunft geben. Und ich fürchte, ich sollte es können. Und ich fühle mich wie eine verzweifelte Figur. Und dann fallen mir allerlei eilige Aufgaben ein, die ich zu erledigen habe. Da ist zum einen der Job-Job-Job mit den alten Briefen. Dazu braucht es aber das dunkle Gesicht

Sir Phoebus' und der liebe Sir Baronet langweilt sich rasch, genauso wie ich, wenn es um unnötige Jobs geht, die nicht selbst danach rufen, erledigt zu werden.

Und ich sage noch dies und schere mich nicht um die Konsequenzen, Herbert[8], dass das, was uns beide verbindet, die glückliche Art und Weise ist, in der wir uns rasch langweilen. Und belaste ich ihn mit dummen, unnötigen Anfragen? Das mache ich nicht. Wir durchfrönen die äußersten Grenzen der Langeweile, er in seinem Zimmer und ich in dem meinen, und taumeln hervor, wenn es Zeit für den Tee wird, weil es irgendwann Zeit werden muss, wie auch immer es zustande kommt, ob er nun über das Haustelefon bestellt wird oder eines der angestellten Mädchen ihn hineinschiebt, das wie ein Gnadenengel in die Orgie der Langeweile bricht, zu der sich meine Seele verpflichtet hat.

Es braucht eine gute Frau, ein gutes Mädchen reicht auch, um einen zurück aus der steinigen Wüste zu holen, die flach auf einen Abhang zuführt, von dem die Seele an einem Faden über dem Abgrund baumelt. Und was erwartet uns unten? Die Hölle. Und sag mir nun nicht, Du glaubst nicht an die Hölle, sonst wird die Hölle Dir Dein Lachen im Halse verdrehen. Und an einem Kordelknoten über der

---

8 Gemeint ist US-Präsident Herbert Hoover, der im Zusammenhang mit seiner Opposition zu Theodor Roosevelts New Deal-Reformen eine »Speech on the consequences of the proposed New Deal« gehalten hat, in der er sich gegen Maßnahmen ausgesprochen hat.

dunkelnden Leere hängend, die von einem blauen Blitz erleuchtet wird, wie die Leitungen der Straßenbahnen, kennst Du dieses blaue Licht? – dorthin kommen die Seelen von Schlaumeiern, und da baumeln sie dann, bis es Zeit für den Tee ist und das breit lächelnde, glückliche Gesicht eines jungen Mädchens auftaucht, das solche Orte noch nie gesehen hat, die die Dinge einfach nimmt, wie sie sie vorfindet, womit kein herumliegendes Kleingeld gemeint ist.

Wenn ich über meine Arbeit nachdenke, glaube ich, dass Gott sehr gut zu mir gewesen ist. Ein bisschen wie die Zeichnung, die ich heute in einer amerikanischen Zeitung gesehen habe. Ich musste lachen. Da stand eine Ruchlose in einem Nerzmantel, und der Sugardaddy mit seinem Scheckbuch saß nebendran, alles ganz Liebesglück verheißend. Und die Ruchlose dachte sich genau das, was ich mir dachte, nur bei Gott nicht so aufrichtig wie ich.

In meinem Leben gibt es keinen Suggardaddy, und jene, die nach Suggardaddys suchen, sollten jetzt den Mund halten und sich mit der Verkäuferin im Buchladen von Boots Cash Chemists[9] auseinandersetzen.

Sir Phoebus langweilt sich rasch. Das ist etwas, wofür ich dankbar sein kann. Das Durchhaltevermögen vieler Magnaten ist überraschend. Sie

9 Apotheke, bei der Kunden nicht an der Theke, sondern wie im Supermarkt Arzneimittel aus Regalen nehmen und dann an der Kasse bezahlen konnten.

könnten so viele Dinge tun, wie beispielsweise Statistiken und Tabellen und alles mögliche unnötige Wissen anhäufen. Da ist dieser Sir »Ich nenn' keine Namen«, der nie einen Brief unter sieben eng beschriebenen Seiten aufsetzt. Und langweilt der sich? Nein. Aber seit letztem Herbst hat er drei Sekretärinnen verschlissen, und sagte ich bereits, dass es Oktober ist?

Dieser Sir Namenlos hat einen niedrigen nach Kirchen und religiöser Neuentdeckung riechenden Atem, der ihn umgibt wie ein Sarg. Jeder ist für ihn wie ein Bruder, ›alle Kains und Abels‹, wie es Sir Cale Spring Rice sagte, glaube ich, der Junge, der an der Britischen Botschaft beschäftigt war[10], nicht der Dichter[11], dessen Namen ich hineingemischt habe. So verdient Sir Namenlos sein Geld. Und tut es weiterhin. Und tut es weiter, ach.

Ich hoffe wirklich, dass Sir P. eine Menge Geld verdient. Oh ich hoffe sehr, dass er das tut. Ich wünsche ihm viel oder mehr noch, als er sich selbst wünscht. Und wie er selbst kann ich nicht anders, als ihn zu mögen.

Das einzige, was mich ein bisschen fordert, ist, wenn ich die Telegramme machen muss. Wir haben einen geheimen Code, den ich vereinfacht habe, da es nun wirklich ein zu viel des Guten gibt. Es war einfach

---

10 Sir Cecyl Spring Rice (1859–1918), britischer Politiker und Autor des Gedichts *I Vow to Thee, My Country*, das 1921 zu einem patriotischen Lied geworden ist.

11 Cale Young Rice (1872–1943), amerikanischer Dichter.

zu viel hübscher Ballast in dem alten Code. Ich habe ihn also vereinfacht, und jetzt ist es ein nettes kleines Spiel, mit dem man vergessen kann, dass es sechzig Sekunden braucht, um eine Minute durchzustehen.

Früher hätte ein doppelter Code aus fünf Buchstaben bis zu sechs Stunden Decodier-Arbeit nach sich gezogen. Und die Jungs am anderen Ende der Botschaft waren nicht so helle, wie wir es waren, und wahrscheinlich saßen die Faulenzer herum und warteten darauf, dass die Empfangsbestätigung eintraf und sahen einfach nicht ein, dass sie überhaupt nichts verstanden hatten. So ist der menschliche Stolz, mein Freund, nein: Bruder, so ist der Menschen Stolz und Schwäche. Nun haben wir ihn aber hübsch geschniegelt und aufgeräumt, und jetzt könnte ihn sogar ein Kind benutzen, Sir, ja, Sir, solange es nur zählen kann und das Blatt mit den Codes griffbereit hat.

Nach und nach werde ich mich weiter wagen und einen Code erfinden, der kein Blatt mit Codes mehr benötigt, den man einfach im Kopf anwenden kann, während man einen Kopfstand macht und eine Hand hinterm Rücken festgebunden hat, und die Abfolge der Zahlen würde sich dem Datum entsprechend verändern, verstehst Du? Einfach? Natürlich ist das einfach.

Ich bin ein nach vorn blickendes Mädchen und bleibe nicht stehen. »Left right, Be bright«[12], wie

---

12 In etwa: Ob links, ob rechts, frohen Muts!

ich es in meinem Gedicht geschrieben habe. Das gilt für Tage, an denen ich ein echter Knaller bin und vorsichtig sein muss, um niemanden zu nerven. Später aber kehre ich zurück zu meiner philosophischen Grundeinstellung, die uns alle küssbar bleiben lässt. Es ist keine Selbstverständlichkeit, dass eine Privatsekretärin und ein Magnat aufeinander treffen, die sich gegenseitig keine Schwierigkeiten machen. Wenn sie es aber tun, bekommt man das Gefühl, das die Schöpfung dem Schmutz, von dem die Zyniker sprechen, etwas entgegenhalten kann.

Lieber Leser, mach Dir nun nicht die Mühe, all dem Namen zuzuordnen. Ich sage Dir, dass es in diesem Buch keine Person und kein Ding gibt, das je aus diesem Buch herausgetreten wäre. Es entstammt alles meinem Kopf. Und schau nun nicht aus lauter bösem Neid wie eine kranke Katze drein, das ist etwas, das Du selbst auch erreichen kannst: Wenn Dein Kopf so funktioniert wie meiner. Und verzweifle auch nicht. Denke immer daran, was man im 13. Jahrhundert gesagt hat: »Die Trägheit des Herzens vergiftet den Strom der Seele.«

Ich bin aber niemand, der seine Arbeit nach Büroschluss mit sich herumträgt. Ich bin ein sehr glückliches Mädchen und habe außerhalb der Arbeit eine Menge lieber Freunde, wovon ich Dir, wie gesagt, später berichten werde. Was ich an meinen weiblichen Freunden am meisten bewundere, finde ich am stärksten bei Harriet. Sie bringt mich zum

Lachen. Zweitens hat sie einen großen Sinn für *Schick.* Drittens ist ihre Gegenwart sehr angenehm.

Habe ich Dir schon gesagt, dass mein Name Pompey Casmilus ist? Getauft bin ich eigentlich auf Patience, doch später, als ich erwachsen wurde und ausging und in London unterwegs war, nannte man mich Pompey. Und das passt zu mir. Pompey haftet etwas Verschlagenes und Verdorbenes an, und ich würde sagen, ich wage es zu sagen, auch etwas Elegantes. Wie eine kaputte römische Statue. Einer dieser alten römischen Typen, die ihr Vermögen verloren haben und nun um kostenlose Mahlzeiten bei ihren guten alten Freunden schnorren, die ihn weiterhin in ihrer Nähe behalten, um Lücken zu füllen und die Dinge am Laufen zu halten.

Ich schäme mich nicht zu sagen, dass ich ein glückliches Mädchen bin und mich auf die ein oder andere Weise recht frei vergnügen kann. Und viele meiner Freunde, und es ist schon seltsam, wie sich das gefügt hat, sind aufs Land hinausgezogen. Die besuche ich also inzwischen über das Wochenende und bekomme so neue Einsichten in das Leben. Und niemand von denen, die ich besuchen fahre, ist unangenehme Gesellschaft, mit Ausnahme jener, die ich jetzt hier nicht aufzähle, nur um einen Moll-Ton anzuschlagen.

So wie die Dinge heute stehen, ist es klar, dass man nicht für immer so leben kann. Obwohl es vor einigen Jahren, so nach dem Krieg etwa, Cyril, den Schwamm gab, der sehr begabt darin war und daraus einen Beruf gemacht hat. Doch wenn man diesen Pfad einschlägt, hat man keine Freiheit mehr, mit der Seele zu kommunizieren, wie ich sie habe. Nehmen wir zum Beispiel Cyril. Er war der Cousin eines Cousins von mir aus den USA, der ein Mädchen geheiratet hat, denn das war sie damals, und das war vielleicht etwa 1920. Dieses Mädchen war auf den Namen Gladys getauft, was aber natürlich nicht reichte. Später nannte sie sich also Prunella, was viel besser ist, was mich aber aufgrund der Tyrannei der Assoziationen, wie Max Nordau[13] das beschrieben hat, zu der Vorstellung von Darmverstopfung führt[14]. Und was weißt schon Du darüber, Mr. Arch-Enemy-of-Elimination-Celia-Celia-Celia-Swift?[15]

Dieser Cousin von mir jedenfalls, der Prunellas Ehemann war, ist zu Geld gekommen. Und je mehr er verdiente, desto mehr verdiente er. Und je mehr er verdiente, desto mehr schmeichelte ihm Prunella und trickste ihn aus, indem sie ihm all die richtigen Dinge sagte. Und er konnte überallhin, und keiner bekam etwas davon mit. Und sie konnte das auch. Und niemand merkte es. Sie waren einfach famos,

---

13 Max Nordau (1849–1923), Arzt und Schriftsteller. Mitbegründer der Zionistischen Weltorganisation. Er spricht in seinem Buch *Entartung* (1892/93) von der »Tyrannei der Ideen-Assoziation«.

14 Prunella enthält das englische Wort für Pflaume, »Prune«, die bekanntermaßen abführend wirken.

15 Hier vermischt sie den Schriftsteller Jonathan Swift mit dem Namen einer Figur aus seinem Gedicht *The Lady's Dressing Room*. s. FN 157.

danke sehr. Und sie verdienten immer mehr Geld und hatten zwei Kinder, und Prunella sorgte dafür, dass sie von Kindesbeinen an mit den richtigen Ideen aufwuchsen. Und das taten sie. »*Meine Liebe*, ist er nicht wie ein echter englischer Gentleman? Weiß man's?« Niemand kannte ihn. Niemand würde ihn je kennen. Es gibt niemanden, den man kennen kann. Wen interessiert's?

Prunella hat die Kinder direkt mit den richtigen Büchern versorgt. Du weißt schon, das Zeug, das man an die von der BBC verzogene Brut austeilt. So großäugig und blümchensüß und mit einem solch pathetischen jungen und süßlich-süßen Geruch der Kindheit, wie Medea sagte, in dem Augenblick, da sie das Messer in ihre beiden Kinder rammte, um Jason zu bestrafen. Die beiden waren allerdings natürlich nicht verheiratet. Das, *meine Liebe*, ist selbstverständlich etwas ganz anderes. Nur ein emotionaler Karrierist konnte mit einer Ausländerin abhauen und – die Hochzeit einfach sausen lassen. Und wir alle wissen, wie emotionale Karrieristen sind, wenn irgendwo Messer offen herumliegen.

Wir müssen uns aber nicht in diese scheußlich schauderhaften Dinge vertiefen, wenn es doch so viel in diesem Leben gibt, das rosarot und blumensüß ist. Gibt es das? Sind sie das nicht?

Als die Kinder etwa sechs und vier Jahre alt waren, stürzte Cyril:

As falls the gravelled grouse
From a clear sky,
Or as the clear eyed hawk,
Sighting through skyey spaces
Some lesser creature, formed and nurtured
By the dear gods for his peculiar pleasure,
Down plunges through the empyrean blue
And takes what is his own,
What rightly,
Time, place, circumstance harmonious
Does, with the ageing of a weary world,
Escheat to him.[16]

Diese Stelle von ›Cyril‹ an ist ein Gedicht, das ich geschrieben habe, so wie ich das andere geschrieben habe, von dem ich sprach, das nicht veröffentlicht wurde. Das sind schon mal zwei. Wobei der letzte Text nur ein Auszug aus einem unvollendeten Manuskript ist, das sechsundzwanzig einzeilig beschriebene Schreibmaschinenseiten umfasst, und das nun erst mal herumliegt, bis die Zeit reif dafür ist. Lies die Stelle nochmal, und dann verstehst Du Cyril, den ganzen Cyril und nichts

16 Gedicht von Stevie Smith. *As Falls the Gravelled Grouse*. Dt:. So wie das Moorhuhn / Aus einem klaren Himmel fällt / Gleich dem scharfsichtigen Falken / Der durch himmelsweite Räume / Eine niedrigere Kreatur erblickt, geformt, genährt / Durch die großen Götter, ihm zum Vergnügen, / Und sich hinabstürzt aus dem endlosen Blau / Um sich zu holen, was ihm schon gehört, / Was rechtmäßig / Zeit, Ort, harmonischer Zusammenfall / Zustande bringen mit dem Altern einer müden Welt / Heimfall für ihn.

als Cyril. Immer natürlich *mutatis mutandis*[17] – was aber ohnehin die Aufgabe des Lesers ist.

Cyril kam vorbei, um ein Wochenende mit der Familie zu verbringen. Und dann war er immer mal zeitweise da, bis er vor zwei Jahren an einem Hirnschlag gestorben ist. Gar nicht schlecht, wenn man bedenkt, dass Cyril das noch nie zuvor ausprobiert hatte – nicht bei seinem Cousin jedenfalls.

Und die Idee kam ihm, als er den Namen meines Cousins auf einem Prospekt entdeckt hat, den irgendein Depp ihm in den Briefkasten geworfen hatte. Ha ha, sagte sich Cyril, unterschreiben? Nein, er nicht. Er spielte die Zweitbesetzung. Er war die Zweitbesetzung für die Nanny und die Aushilfe für die Mutter und für Cookie-Darling. Ein Charakter wie die alte Cookie, ich erinnere mich gut an sie, hilft sehr dabei, eine altbekannte Reputation für soziale Gerechtigkeit zu etablieren. Und er spielte die Zweitbesetzung sehr gut. Er brachte den Kindern bei, Bridge zu spielen, wenn Prunella und mein Cousin einen Tag für sich brauchten und die Nanny mit ihrer kranken, verheirateten Schwester beschäftigt war. Und er sah gut aus. Ich meine *attraktiv*, nicht nur gesund. Wobei Cyrils Gesundheit nicht angegriffen schien, kein Klappern, kein Brummen, bis er ihnen, wie schon gesagt, aufgrund eines Hirnschlags tot zusammenbrach. Und er half

17 Lateinische Wendung aus dem Mittelalter. Dt.: mit den nötigen Anpassungen.

Pru bei der Gartenarbeit, die ihr von Natur sehr lag, was zugleich so gut zu der ländlichen Ortschaft passte, die sie bearbeiteten.

Und ich erinnere mich, wie ich dort ebenfalls einige Wochenenden verbracht habe, allerdings ganz amateurhaft, ich wollte Cyril nicht verdrängen, obwohl er dreinschaute, als würde er annehmen, dass ich das versuchte. Ich dachte, ich müsste mich mal genauer mit der Gartenarbeit beschäftigen. Also fragte ich Prunella nach den Namen der Pflanzen, die sie anpflanzte. Und mir kommt die Erinnerung wieder so klar wie damals: Ochsenzunge. Ich erinnere mich noch, dass sie blaue Blüten trug. Das weiß ich noch. Ich würde eine Ochsenzunge überall wiedererkennen. Ich will mich aber nicht zu lange an einer Sache aufhalten. Ich erinnere mich also an die Ochsenzunge und lasse den Rest fallen. Cyril, der Schwamm, aber war gründlich. Er hat keine halben Sachen gemacht: Und schau ihn Dir jetzt an, an einem Hirnschlag gestorben. Eine lebende Pompey ist besser als ein toter Cyril. Wie ich mir schon selbst letzthin sagte: Eine lebende Pompey ist besser als ein toter Lord – da hatte ich mir gerade das Porträt des großen, toten Zeitungseigentümers angesehen, ein scharfsinniger Peer mit einem Hang für forensische Penny-pro-Zeile-Erzeugung, die in mein Leben trat, als ich 24 wurde, als ich in meinem Zimmer saß und dieses Gedicht über Russland schrieb, das sechsundzwanzig Seiten lang und noch nicht fertig ist.

Nach und nach will ich diese Gedichte, von denen ich erzähle, in einem Buch veröffentlichen. Dennoch lieber Leser, glaube mir, keines der Gedichte, die Du auf diesen Seiten liest, wurde je veröffentlicht: Du liest sie also als Erster.

Sir Phoebus ist derzeit im Urlaub und hat mir heute eine große Schachtel Harrogate Toffees geschickt. Das sind die Dinge an Sir Phoebus, die ihn mannshoch über die gewöhnlichen Baronets hinausragen lassen. Genau diese Dinge.

Dumme Menschen beispielsweise sind Sir Phoebus' Mutter jetzt nicht sooo sonderlich gewogen, aber ich kann nicht vergessen, dass sie mich, als ich für sie etwas schreiben sollte, ich erinnere mich jetzt, es hieß *Zwanzig Tausend Leugen*[18], nein, *Meilen den Amazonas hinauf*, da ließ sie mich einfach frei meiner Fantasie folgen.

Und war das schwierig? Nein, war es nicht. Denn meine allerersten Erinnerungen als kleines Kind im Kindergarten hängen damit zusammen, dass wir aus Kleiderkartons, die wir von zu Hause mitbrachten, einen Regenwald gebaut haben. Wir stellten den Deckel senkrecht auf und legten einfach los und klatschten Farben daran. Meine Lieblingsfarbe, erinnere ich mich jetzt, war Indigo. Ich mochte das Wort, und die Farbe sah schön aus

18 Veraltetes Längenmaß.

im Zusammenspiel mit Grellgrün. Den Aufbewahrungsbereich, der horizontal vor dem Ende des Deckels lag, haben wir mit Moospflanzen, Pilzen und Ackerboden versehen. Das war ein tolles Durcheinander, die Art, die ein Kind ruhig und glücklich machte. Und am Schluss war da unser tropischer Regenwald, so einfach und lebensecht, wie man ihn sich nur wünschen konnte.

Und in diesem Wald krochen und schaukelten und flogen Gibbons und Affen und Papageien und Jaguare und Panther und all unsere vierfüßigen Freunde. Und gar nicht mal so schlecht. Und das Gebrumm und Geheule und Gezische und Geklapper, das vor sich ging, hätte man sich Piccadilly hinauf vorstellen können.

Unsere Erzieherin hatte ein wirkliches Talent dafür, einen Dschungel für Kleinkinder lebendig werden zu lassen. Und ich erinnere mich, dass sie später ihre Stelle als Lehrerin aufgab und Ägyptologie mit Flinders Petrie[19] studierte, jenem Mann also, der kürzlich in der Wanderausstellung mit einer rosa Krawatte aufgetaucht ist.

Deshalb war es mir also nicht schwer gefallen, die Reise von Sir Phoebus' Mutter den Amazonas hinauf aufzuschreiben. Außerdem hatte ich Hilfe von einem Schotten, der in dieser Gegend mal Konsul gewesen war. Und ich erinnere mich, dass er mir Seite um Seite eng beschriebene Daten, wie

---

19 Flinders Petrie (1853–1942), berühmter britischer Ägyptologe.

er das nannte, gegeben hatte, und dass ich kaum etwas davon entziffern konnte. Daher habe ich das einfach alles weggelassen.

Ich nahm an, man wollte eine menschelnde Geschichte und keine geistreichen Scherze über die Gewohnheiten der Eingeborenen, die vonseiten Sir Phoebus' Mutter ohnehin nicht so gut ankommen würden.

Und das sind die Dinge, bei denen Aufmerksamkeit gefragt ist, und das ist jenes Denken, das die gute Sekretärin ausmacht, die ich bin, und das ist es, was wettmacht, dass ich nur mit dem Zweifinger-System tippen kann. Und wie ich immer sage, sollte man stets daran denken, was eine Person kann und nicht darüber grübeln, was sein könnte.

Ich verbrachte also Tag um Tag im Haus von Mabel Lady U., und mit absoluter Sicherheit kam um vier Uhr jene Art Tee herbei, die eben nur mit einer Frau mit großem Herzen und wirklicher Geschliffenheit einhergeht. Es gab Sandwiches, die zusammengerollt waren und die richtige Füllung besaßen, und Kuchen und Scones zum Tee, der so war, wie ich ihn mochte, nämlich eine Earl-Grey-Mischung. Und das ist das Beste, was der alte Kerl[20] so gemacht hat, abgesehen von der League of Nations, wie Sir P. immer sagt[21].

---

20 Gemeint ist Lord Grey, der allerdings nur der Legende nach mit der berühmten Tee-Mischung in Verbindung steht.

21 Sir Edward Grey (1862–1933) spielte bei den Verhandlungen, die zur Gründung der League of Nations führten, eine wichtige Rolle.

Siehst Du, was ich meine mit dieser Familie und wie gut die Menschen zu mir sind, und wie viel Glück ich habe? Und oft denke ich, dass ich ein Schwert über dem Kopf hängen habe, das eines Tages herunterfallen muss, da ich mir der Sünde bewusst bin, die in meinem schwarzen Herzen existiert, und ich glaube, dass Gott etwas ganz Besonderes in der Hinterhand hat, mit dem er Pompey fortraffen wird. Wie die Flut, auf der jenes Kind in der Wiege ritt mit jener raffinierten Katze, die obenauf saß. Und wenn das Kind die Welle richtig geritten hätte, wäre es vielleicht von der Katze erstickt worden. Denn man kann seinem Schicksal nicht entkommen. Und ich weiß von Katzen, die Babys erdrückt haben. Das stand in der Zeitung.

Leser, fühlst Du Dich je seetraurig, lehmtraurig wie Tennyson, fühlst Du jene Traurigkeit, die tiefer als alle Worte ist? Wobei natürlich nichts zu tief für Worte ist, wenn man Dichter ist, so wie er und ich. Ich finde ja, je tiefer, desto besser, so wie es in der Wendung heißt: *Je größer der Schmerz, desto besser das Kind.*

Für mich sind meine Gedichte mein Kind, und es besteht kein Zweifel, dass es Tennyson genauso gesehen hat: »Deep as first love and wild with all regret, Oh death in Life the days that are no more.«[22]

---

22 Alfred, Lord Tennyson (1809–1892): Aus: *The Princess: Tears, Idle Tears*. Dt.: Tief wie die erste Liebe und wild mit aller Reu / Oh Tod im Leben, Tage, die nicht länger sind.

Und ein anderes, das ich wirklich gerne mag, handelt von einer kranken Dame: »And like a dying lady lean and pale.«[23] – Schmal und blass, so bin auch ich an diesen traurigen Novembertagen. Denn es ist jetzt November, so wie es Oktober war, als ich zuvor schrieb, dass es Oktober war. Ich komme also vorwärts und bleibe an meiner Schreibmaschine, und zu Weihnachten wird das Buch fertig zum Binden sein und dann auf dem Frühstückstablett Deiner reichen Tante neben den Brotkrümeln liegen. – Nach genauerem Nachdenken fällt mir ein, dass »like a dying lady lean and pale« gar nicht von Tennyson ist, sondern von Shelley.

Ich schätze diese Augenblicke der Traurigkeit und genieße sie zutiefst. Und ich gehe nun gerne alleine spazieren, und ich habe zu Hause einen schönen Spazierweg, der genau richtig ist. Er führt an einem Fluss entlang, der wie ein tiefer Kanal ausgegraben ist, und längs wächst Seegras, durch das er sickert. Und in der Nähe des Ufers ist heller, brauner Schlamm mit wunderbaren kleinen Löchern darin, denn ich nehme an, dass die Flussratten da am Werk waren und sich hindurchgegraben haben.

Nach und nach öffnet sich dieser Fluss, der zunächst tief und eng verlief, und wird breit und flach, sodass der Schlamm an manchen Stellen durchschaut, und obenauf schwimmt geronnener

23 Percy Bysshe Shelley (1792–1822): Aus: *The Waning Moon*. Dt.: Wie eine sterbende Dame, schmal und blass.

gelb-grüner Schaum, und in der Mitte ist eine Insel, wo sich die Bäume nach vorn beugen und ihre Äste hängen lassen, als wären sie so kosmisch gelangweilt, dass sie ihre Fingerspitzen einfach herabbaumeln lassen. Wie ich auf einigen Bootsfahrten, die ich mitgemacht habe.

Nach und nach dringen der brodelnde Matsch und die Rattenlöcher natürlich in Deine Seele und man ist wieder munter, so beschwingt, wie ich auf dieser jüdischen Party war. Und ich glaube, dass diese nassen, wilden, regendurchzogenen Tage meine Lieblingstage sind. Denn eine Hitzewelle und all die starren, harten Farben nehmen Dir alle Kraft, aber diese Tage der Finsternis und des Schmutzes und der starken Winde, wenn die auch noch dazu kommen, geben einem alles zurück. Sodass ich hinterher zwei Mal so stark bin wie vor diesen Tagen.

Und ich erinnere mich noch, dass da, als ich mit Karl an einem solchen regnerischen Tag in der Nähe von Hertford spazieren war, eine Wühlmaus mit ausgestreckten Pfoten tot auf der Straße lag – wie ein Christ, der überfahren worden war.

Karl war ein guter Kerl und wir verstanden uns gut. Er besaß hier nur zwei Anzüge, und daran dachte er immer, wenn es durch Hecken ging, was unvermeidlich war. Er hatte die schlechte Angewohnheit, manchmal übellaunig und streitlustig zu werden, so als sei er ständig in der Defensive. Weißt Du, wie das mit Ausländern ist? Die geben nie Ruhe und müssen einem immer erzählen, wie es bei ihnen zu Hause ist. Abgesehen davon war Karl aber ein süßer Kerl.

Ich habe etwas von Mrs. Humphrey Ward[24] in mir. Ich meine diese nasskalten Felder und traurigen Wälder und seltsam anmutenden viktorianischen Schlösser mit moosüberwachsenen Pfaden. Und ich erinnere mich noch gut, wie ich mit Karl einen dieser Pfade zu einem leer stehenden Haus entlanggelaufen bin. Die Fenster waren verbarrikadiert und es gab ein Tiefparterre. Man konnte sich die verdorbenen Leben des Dienstmädchens vorstellen. Ja, »die« Leben, ich meine durchaus Plural, das war kein Tippfehler, denn ich nehme an, dass das Dienstmädchen ein Nachtleben führen musste, das es entschädigte, wenn die Arbeit mit dem Schafsfett und das Kohlblätterwaschen und Abspülen erledigt oder das Geschirr irgendwo in der Ecke versteckt war. Und ich hoffe, dass sie dabei Glück gehabt hat. Ich hoffe, dass sie nie erwischt wurde und keinen Ärger bekommen hat, denn die Leute haben damals nicht so sehr an Sex geglaubt, wie wir es heute tun.

Wenn man aber den eigenwilligen Geschmack dieser Lebens- und Gedankenwelt nachempfinden möchte, muss man die Romane der Zeit lesen. Es ist zwecklos, das mit Texten zu versuchen, die heutzutage geschrieben werden, überdreht und überbe-

---

24 Autorenname von Mary Augusta Ward (1851–1920), englische Romanautorin und Aktivistin der *Women's National Anti-Suffrage League*.

anspruсht und schlichtweg falsch. Wie mich diese Bücher ermüden, ja, und sie machen mich traurig, aber nicht auf die lehmige Art, wie ich es mag.

Als Karl und ich bei dem Haus angekommen waren, das etwas tiefer im Wald gelegen war, begann es mit äußerster Verzweiflung zu regnen. Ich dachte also an seine beiden Anzüge und meinen Wunsch, in das Haus zu kommen, und tat genau das durch ein zerbrochenes Fenster auf der Rückseite des Hauses. Darf ich kurz anmerken, dass ich schlank und agil bin und dass das Kammerfenster nicht das erste war, in das ich eingestiegen bin. Bei Weitem nicht.

Karl war ebenfalls ein guter Kletterer, da er aber 1,88 m groß war, musste er, obwohl er nicht korpulent war, ein zerbrochenes Fenster finden, das eher zu seiner Größe passte. Da eigentlich alle Fenster zerbrochen waren, fiel das nicht sonderlich schwer. Jene im Erdgeschoss aber waren mit Brettern vernagelt, weshalb er auf den Balkon klettern und das geeignetste Schlafzimmerfenster ausfindig machen musste. Ich schätze, sein Anzug war so kaum besser dran, als wenn er einfach im Regen geblieben wäre. Karl jedoch war ein süßer Kerl, der mich nicht in der Speisekammer wissen wollte, während er selbst auf der falschen Seite der Tür stand.

Innen herrschte ein dumpfig mumpfiger Geruch, der an Mord, Suizid und Habgier denken ließ. Wir fanden etwas Sackleinen, und es war fürchterlich kalt in dem Haus, und wir legten uns nebeneinander und hielten uns in den Armen, und er erzählte mir von seinem Pferd Jupiter und brachte mich zum Lachen. Jupiter war ein gut aussehendes Pferd. Er zeigte mir ein Foto. Und Karl hatte Jupiter während seiner Zeit in der Armee. Er war Deutsch-Schweizer, und mit Armee meine ich seinen Wehrdienst, und Jupiter und Karl haben gemeinsam alle Preise gewonnen, die für Stil, Performance, Ausdauer, Verlässlichkeit und wachen Geist zu gewinnen waren.

Nicht nur hier in diesem Mrs. Humphry Ward-ähnlichen Haus, sondern *passim*[25] hat mir Karl von Luther erzählt. Er mochte Luther sehr. Und er erzählte mir, dass Luther eines Tages im Bett lag und sich alle möglichen Gedanken über Sex machte und dabei visuelle Versuchungen erlebte wie der heilige Antonius. Kennst Du das Bild vom Heiligen Antonius mit den hübschen Mädchen? Es hängt im Kaiser Friedrich Museum in Berlin. Oder in London? Ich habe es vergessen. Der Heilige Antonius sieht darauf eher glotzäugig aus, und die Versuchungen sind meist nur von hinten zu sehen mit so hübschen Hinterteilen, dass man ihnen einen Klaps geben möchte. So wie der Tempel, den die Griechen dem Hinterteil der Venus errichtet haben, jedem bekannt ist, der weiß, was für eine schöne Sache Sex ist. Der Heilige Antonius aber dachte, dass Sex einfach *fürchterlich* sei, einfach fürchterlich,

25 Hier und dort.

nichts als Auslöser von Fehltritten und Verdruss. Statt nun aber zu sagen, Jungs, ihr solltet Cricket spielen und lange Spaziergänge unternehmen und euch auf gesunde Art ermüden, wie es heute die Anhänger der Werde-es-mit-Sport-los-Schule propagieren, glaubte er an Gebete und Askese. Er war ein Mönch im Zölibat.

Die frühe katholische Kirche war gewiss puritanisch, wie die Katholiken in Irland es sind. Doch die Katholiken in England trimmen ihre Segel und bewegen sich ach-so-vorsichtig und setzen alles daran *einfach gesund* und *patriotisch* zu sein, sie befolgen das Evangelium von Fr. Martindale[26] und Fr. Ronald Knox[27]. Dort geht es um das Prinzip der Enthaltsamkeit, das derzeit wild wuchert. Manchmal aber ist es so, dass die Enthaltsamen, weil sie eben eine Neigung dazu haben, in die Falle gehen.

Sagen wir beispielsweise, dass Du ein durchschnittlicher Engländer bist, Mitglied der Staatskirche, und dass Du nun einen Plausch mit einem Priester hältst. Du bist also interessiert. Du bist ein möglicher Kandidat. Nun, dann denken die: Du nimmst an, dass wir Katholiken jesuitisch, subtil, verschlagen und streng päpstlich sind – so wie Elizabeth sie definiert hat. Ach mein lieber Freund – so sind wir kein bisschen. Wir sind einfach *englische*

26 Cyril Martindale SJ (1879–1963), einflussreicher katholischer Intellektueller.

27 Ronald Knox (1888–1956), britischer Kriminalautor und später einflussreicher Theologe streng-katholischer Ausrichtung.

Leute, so wie Du und ich, wir mögen unser Zuhause und sind kein bisschen *clever*. Oh überhaupt nicht clever: »Es tut mir leid, ich bin nicht sehr versiert darin, Dinge zu formulieren, aber wir haben das Gefühl, dass der liebe Lord«, u.s.w. u.s.w.

Das ist fürchterlich witzig, und manchmal stelle ich mir vor, wie man einen ruhigen Abend mit gesundem Spaß vor dem heimischen Kamin verbringt und es einfach nichts Besseres gibt als diese kleinen Heftchen der C. T. S.[28]

Nehmen wir Bloody Mary zum Beispiel, alle verstehen Bloody Mary immer vollkommen falsch. Es war doch eigentlich ihre intrigante Schwester Elizabeth. Was die gemacht hat, war geradezu *superschlau* und keineswegs *gentleman-like*. Sie hatte viele Tricks auf Lager, diese Elizabeth, und *clever* war sie, ja, ich muss zugegeben, dass sie *clever* war. Bloody Mary aber war einfach eine freundliche, nette Frau, so wie Du und ich, kein bisschen clever, eine Frau, die ihr häusliches Leben liebte und eine wunderbare Mutter gewesen wäre, wenn sie je ein Kind bekommen hätte.

Oder die Inquisition. Oh *mein Gott* – das. Und schon werden Augen gerollt und die Hände zur Decke geworfen, und man hat den sicheren Eindruck, dass es eher kein Ausdruck guter Etikette ist, die Inquisition zu erwähnen. Selbst dann, wenn man es die *Spanische* Inquisition nennt, als wären die Dinge

28 Catholic Truth Society, Verlag für katholische Literatur, 1868 in London gegründet.

dort anders. Ihr wisst ja, wie die Spanier sind. Und das ungeachtet der Tatsache, dass die Kirche immer die gleiche ist, *semper eadem*[29], ganz gleich, wo sie auch in Erscheinung tritt.

Man kann das aber kaum fair nennen, weißt Du, und – ach zum Teufel damit – nicht, weil etwas an diesem alten Schreckgespenst dran wäre, sondern weil die Frage-schon-ach-so-viele-Male-verworfen-wurde. Und wie steht es mit Laud und dem Star Chamber[30]? Tja. Und was ist mit all den mutigen Priesteranwärtern, die hierherkamen und aufgeknüpft und aufgeschlitzt wurden. Und aus welchem Grund nochmal? Weil *sie* sagte, sie seien Verräter. Verräter, wohlgemerkt. Oh, sie war intrigant, diese Elizabeth. Sie kannte ihr Volk sehr genau. Ganz wie Lord Beaverbrook[31]. Diese leichtfertige, frivole, kaltherzige und – ja – *unnatürliche* Frau. Sie wusste, dass das eine, was die britische Öffentlichkeit nicht hinnehmen würde, ein Mann wäre, sei er nun Priester oder nicht, der seinen Hut nicht vor *God Save the Queen* zöge. Also verbreitete sie, dass sie alle Verräter seien. Wir Katholiken aber, wir haben durch die Einfachheit unserer Kinderherzen die Wahrheit über *diese Frau* erkannt, und wir wissen die Wahrheit

29 Wahlspruch Elizabeth I. Sinngemäß: »Immer die Gleiche.«

30 William Laud (1573–1645), Erzbischof von Canterbury, führte am sogenannten »Star Chamber« im Vorfeld der englischen Revolution vielfach königstreue, willkürliche Gerichtsprozesse.

31 William Maxwell Aitken (1879–1964), Zeitungsbaron und einflussreicher Verleger des *Daily Express*. Aitken wurde zum ersten Lord Beaverbrook ernannt.

über die Inquisition. Und waren diese Zeiten nicht harte, grausame Zeiten? Und wie steht es um den Civil Code, war das nicht ebenso barbarisch? Wie dem auch sei, heute sind die Dinge ja ganz anders.

Doch ach!, während die Church of England das Gute behalten und das Schlechte jederzeit verwerfen kann, müssen die Römisch-Katholischen sich vollständig selbst verschlucken, und die Verfolgungsdekrete stehen immer noch in ihren Büchern, auch wenn sie nicht mehr angewendet werden.

Ich bewundere die Bischöfe der Church of England, und ich denke oft an sie, und ich glaube sie müssen schon oft lachen, wenn sie sehen, wie sich die Katholiken verbiegen, um heiligen Rauch aufsteigen zu lassen, um sie zu untergraben. Zuerst versuchen sie dieses, dann jenes. Aber nichts funktioniert. Man kann das House of Lords und die Downing Street No. 10 nicht untergraben. Und es ist unmöglich, ein Bischof der Church of England und ein Dummkopf zu sein. Und die meisten denken häufiger über die Church of England nach, als sie zugeben. Und mit diesem und jenem und dem anderen und dem Staat im Rücken bräuchte es schon mehr als einen Fr. Martindale, um sie abzusetzen.

Nun wollte ich Dir von Karl erzählen, und von der Art, in der er mir von Martin Luther erzählt hat, für den ich nie sooo wahnsinnig viel übrighatte.

Karl und ich tranken Tee bei Gunter, als sich dieses Gespräch entspannte, und er sagte, dass Luther, als er dem Heiligen Antonius gleich Visionen hatte, dass er da aus dem Bett sprang und sich draußen in die Kälte stellte: »Du kannst Dir vorstellen, welcher Teil seiner Anatomie da freilag«, sagte Karl, mit stechend klaren, blauen, deutschen Augen hinter seinen Brillengläsern. Und Luther dies und Luther jenes und stark und eigenwillig und schämte sich nicht für seine menschlichen Schwächen, die er auf diese Art zu überwinden versuchte. Und ohne eure englische Angst vor dem eigenen Enthusiasmus. Ohne eure Reformation.

Da war es wieder. Ich war so verärgert über diese Anspielung auf Elizabeth und die Bischöfe, dass ich keine Erwiderung fand. Mir war, als würde ich ersticken. Ich wurde schwarz im Gesicht, und die Kellnerinnen liefen hin und her, und alle ringsum tranken Tee, still und verschlossen wie Christen. Und plötzlich begann ich zu weinen. Ich musste hinaus. Es war schlimmer als Schluckauf in der Kirche. Karl legte seinen Arm um mich, und wir liefen die Bond Street auf und ab, und er sagte, ihm mache es nichts aus – es mache ihm nichts aus – und ich sei ja gar nicht so, *so englisch*. Oh, warst Du je so wütend?

Karl und ich trafen uns an vielen verschiedenen Orten und das oft, das Beste aber ist, dass ich ihn und die anderen auf dem Land ausstehen kann. Irgendwie ist mir London nicht immer sympathisch, ich meine so, dass ich wirklich glücklich sein könnte. Immer sind da Dinge, die einen völlig wahnsinnig machen. In London werde ich weitaus wütender als auf dem Land. Oh garstiges London – und doch bisweilen so angenehm. Ach, wie wünschte ich mir, ich hätte etwas Geld, dann könnte ich mir einen Heuhaufen kaufen und darauf schlafen. Nein, Leser, das ist ein Symbol, und warum sollte ich auch keine Symbole verwenden, wenn mir danach ist? Dieser Heuhaufen ist mein Elfenbeinturm. Manchmal *plus que jamais je sens le besoin de vivre dans un monde à part, en haut d'une tour d'ivoire*[32].

Fühlst Du Dich auch manchmal so, Du Narr?

Und gerade im Moment nimmt mein Elfenbeinturm nicht die Form eines Heuhaufens an, sondern die Form eines netten Bettes in einem breiten, offenen, luftigen Zimmer.

Da ist. Da sind.

Aber zunächst einmal frage ich mich nun, weshalb ich so gegen die Church of England wettere? So ist es immer; wirklich, ich komme mir manchmal selbst etwas heuchlerisch vor, da ich es sonst niemandem durchgehen lasse, wenn er etwas gegen diese Institution sagt. Ich glaube ja, dass es daran liegt, dass sie eine so leicht angreifbare und so oft

32 Gustave Flaubert an Prinzessin Mathilde, 5./6. September 1871. Dt.: Mehr als sonst spüre ich das Bedürfnis in einer abgetrennten Welt zu leben, in der Höhe, in einem Elfenbeinturm.

getretene alte Tante ist, und das langweilt mich sooo arg, weil es einfach nicht nur so ist. Und ich glaube, dass wir bald schon sagen sollten: Es ist wahr, einige der Menschen, die in die Kirche gehen, sind ebenso gut wie jene, die fortbleiben. Allerdings bin ich keine aktive Christin. Ich will sagen, ich bin aktiv Nicht-Christin. Ich habe viel gegen das Christentum, auch wenn ich mich im Augenblick nicht daran erinnern kann, was genau.

Ach, ich bin so müde. Es gab nie jemanden, der müder war, als die arme Pompey in diesem Augenblick auf dieser Seite, in eben dieser Zeile, bei genau diesem Wort. Doch warte, ich werde alles gleich noch erzählen.

Zunächst aber, Leser, will ich Dir eine Warnung mitgeben. Dies ist ein Roman ohne Bodenhaftung, der mit links geschrieben wurde. Und die Gedanken kommen und gehen, und manchmal kommen sie nicht wirklich, und ich verfolge sie nicht weiter, um sie nicht durch Formales in Verlegenheit zu bringen und in eine harsche Gefangenschaft zu zwingen. Und wenn Du eine Person *ohne* Bodenhaftung bist, dann zaudere ich nicht zu sagen, dass das der Stil sein wird, in dem Du schreibst und in dem Du ausschließlich schreibst. Wenn Du aber eine Person *mit* Bodenhaftung bist, wird dieses Buch für Dich eine ermüdende und frustrierende Wüste. Leg es also weg. Lass davon ab. Es war ein

Fehler von Dir, dieses Buch zu kaufen. Das konntest Du nicht ahnen.

Und ich sage das nicht stolz: Ich bin eine Person ohne Bodenhaftung; ich sage nicht, um mich überlegen zu fühlen: Person mit Bodenhaftung, bleib fort. Es geht mir darum, Dir den Frust und die Ermüdung zu ersparen, mit denen Du bereits jetzt mühevoll diese frühe Seite erreicht hast.

Wenn Du aber nicht weißt, ob Du eine Person ohne Bodenhaftung bist oder eine Person mit Bodenhaftung, dann sage ich, lauf einfach mit. Lauf ein Stück mit mir und finde es heraus.

Ich für meinen Teil werde versuchen, dieses Buch für Dich so zu interpunktieren, dass Du es leichter lesen kannst, ich werde es mit Raum für Pausen versehen, so wie der Verleger es sich von mir erbeten hat. Das aber fällt mir extrem schwer.

Denn dieses Buch ist die vor sich hin redende Stimme, die weiterspricht, und die Gedanken kommen, so wie ich sie sage, und die Menschen ebenfalls, sie kommen und gehen, um Gedanken zu illustrieren, um zu einer Erkenntnis zu kommen, um die Erzählung auszuschmücken.

Oh Stimme, die Du so süß sprichst, wie bist Du in Gefangenschaft am Leben zu halten, wie soll ich Dich bloß mit Kommata, Semikolons, Gedankenstrichen, Pausen und Absätzen punktieren?

Person-mit-Bodenhaftung wird nun schwere, schwere Zweifel hegen, und wenn es sich obendrein um einen schnöseligen Schmock handelt, wird er seine Zweifel nicht für sich behalten; er wird sagen: Das ist nicht gut und kann nicht gut enden. Und ich würde sagen: Doch, das ist es und wird es. Und er wird sagen: Du glaubst also, dass Du das kannst, das glaubst Du also wirklich, hmm?

Ja, das tue ich. Das tue ich.

Das ist mein letztes Wort an den schnöseligen Schmock. Ihr seid nun alle gewarnt.

Jetzt begebe ich mich noch mal einen Augenblick zu meiner ausnehmend köstlichen Idee zurück, um sie weiterzuspinnen, nämlich zu jener von meinem Heuhaufen unter dem Daunenbett-Elfenbeinturm.

Zunächst die Frage: Soll ich überhaupt einen Heuhaufen nehmen? In einer idealisierten Vorstellung macht sich das gut. Betrachten wir also alle kurz den Heuhaufen. Er steht auf einem sonnigen Feld in der Nähe eines Kastanienbaums. So. Das Heu wurde geschnitten. Natürlich. Das ist kein importiertes Heu in dem Haufen. Nun der ganze Rest des Feldes, und es ist ein sehr großes Feld, das sich weit erstreckt, mitten darauf befinden sich Mähschwaden weißen Heus, die übrig geblieben sind. Da liegen sie. So. Darüber ein blauer Himmel und ein paar weiße Puffwölkchen, die sich von einem Sommerwind schieben lassen. Nicht die Art, die Du erlebst, wenn Du unter einem Wellenbrecher eingerollt bist: »Über Shrimpton-on-Strand kann ich auf jeden Fall sagen, dass man auf irgendeiner

Seite des Wellenbrechers immer wieder hervorkommt, oder unterhalb einer Badekarre[33].«

In dieses von allen menschlichen Interessen freie Bild tritt nun also Pompey Casmilus. Hier, sagt sie, ist der richtige Heuhaufen, der richtige Augenblick und die richtige Zurückgezogenheit. Sie klettert die Leiter empor, die – sagte ich das – stehen gelassen wurde, hinauf auf den Heuhaufen. Er ist eben. Sie tritt die Leiter fort, da es ihr gleichgültig ist, ob sie je wieder aufwacht, und wenn sie wieder aufwacht, dann kann sie halt springen. Ich liege also auf meinem Elfenbeinturm-Heuhaufen, und es gibt niemanden sonst in der ganzen weiten Welt, und also schlafe ich ein. Traumlos. Traumlos.

Oh wie stinkend und lähmend London heute ist, oh wie ich mich nach meinem Elfenbeinturm-Heuhaufen sehne.

Lasst uns nun den großen, offenen Raum genauer anschauen.

Es gibt ein sehr großes Haus am Ende der großen hohen Mauer, an der ich entlanglaufe. Hurra, so geht es los; das ist der richtige Anfang. Ich habe von diesem sehr großen Haus gehört, es aber nie gesehen oder auch nur von jemandem gehört, der es gesehen hat. Immer nur: Meine Tante sagt, dass die Stiefmutter ihrer Stieftochter … Verstehst Du? Indi-

33 Eine Badekarre bzw. ein Badekarren war eine hölzerne Umkleidekabine auf zwei oder vier Rädern, die ins Wasser gezogen wurde. Sie bot im 18. und 19. Jahrhundert vor allem Frauen die Möglichkeit, sittlich korrekt und ungesehen im offenen Meer zu baden.

rekt und unbefriedigend. Gerade kämpfte ich mich von der Fleet Street kommend durch The Strand. Genau in diesem Augenblick erwacht das Leben auf der Fleet Street vor dem Daily Express. Oh, diese kühne Musik einer fernen Übung. Lieber Leser, die Übung ist gar nicht so fern. Jedenfalls waren da auch die üblichen Gerüche, Du weißt ja, wie sehr es dort stinkt, alles so eng und der ganze Verkehr, die ganzen Abgase, und außerdem die Menschenwesen, deren beste Freunde es ihnen immer noch nicht sagen und denen Persönliche Anmut vom Status her eher weniger wichtig oder gänzlich unwichtig ist.

Wie halten Sie es mit persönlicher Anmut, Mr. Stunk?

»Stört Dich das?«, rufen die Amerikaner. »Ja, verdammt, das stört mich, wenn ich das verdammt noch mal so fühle«, sagt der Engländer.

Harriets Lieblingsanekdote zu Samuel Johnson[34] geht so:

Lady: Dr. Johnson you smell.

Dr.: Madam, you smell, I stink.[35]

---

34 Dr. Samuel Johnson (1709–1784), englischer Schriftsteller und Lexikograph.

35 Im Englischen ist »riechen« wie im Deutschen eigentlich »neutral«, d. h. man kann gut oder schlecht riechen. Es wird im Alltag aber fälschlich pejorativ synonym mit »stinken« genutzt. Johnson kritisiert außerdem die fälschliche Passivierung des Verbs »smell«. Dt. also: Lady: Dr. Johnson, Sie riechen [schlecht]. Dr.: Madam, Sie riechen, ich stinke.

Lieblingszitate. Lieblingsspiel für die Zeit vorm Zubettgehen. Ians (Ehemann von Margaret of Bedford). Er fiel einer fürchterlichen Hure zum Opfer.[36]

Hy. Adams[37]: (Gibbon[38] vor den gotischen Kathedralen): Ich warf einen verächtlichen Blick auf die imposanten Denkmäler des Aberglaubens. Und Henry Adams selbst, oh *horribile dictu*: Privatsekretärinnen sind Bedienstete eher niedrigen Ranges.[39]

I mean that vile torpedo Gaveston. That now I hope floats on the Irish Sea.[40]

Aus dem *East African Courier*: Keine beliebtere Figur im Priesterstand ist je in Mombasa Motorrad gefahren. Venus … quae quoniam rerum naturam sola gubernas.[41]

Pompey is an arrogant high hollow fateful rider, In noisy triumph to the trumpet's mouth.[42] (Diese Pompey jedoch geht sich in Heuhaufen betten).

Oh, und hier ist ein nettes, oh, das ist wirklich nett:

---

36 Unbekannte Referenz.

37 Henry Adams (1838–1918), US-amerikanischer Historiker und Schriftsteller.

38 Edward Gibbon (1737–1794), britischer Historiker, Schriftsteller, Politiker. (*Verfall und Untergang des Römischen Imperiums*)

39 Aus: Henry Adams: *The Education of Henry Adams* (1918).

40 Aus: Christopher Marlowe, *Edward II*. Dt.: Ich meine diesen abscheulichen Torpedo Gaveston. Ich hoffe, dass er nun im Meer vor Irland schwimmt.

41 Aus: Lukrez, *De rerum natura*. Dt.: Weil Du nur allein die Natur der Dinge regierest.

42 Zwei Zeilen aus dem Gedicht *Dr Donne and Gargantua* von Sacheverell Sitwell (1897–1988), Bruder von Edith Sitwell. Dt.: Pompejus ist ein arroganter, hoher, hohler, schicksalhafter Reiter, / Im lauten Triumph des Trompetenmunds.

Around the tombs along,
The funeral paths among,
Deep shadowed elms
So lonely moans
The Wind.[43]

Les natures profondement bonnes sont toujours indécisées.[44] (Das ist eins für die Augen meines süßen Jungen Freddy, der meint, dass ich so sei, gemeint ist, *indécisée*).

Und hier ist noch ein schmutziges für die Kirche, aus unseren eigenen Leserbriefspalten: An Einsame. Werden Sie Mitglied einer Kirche oder eines Wandervereins oder eines Debattierclubs, verbringen Sie Ihre Abende nicht allein.

Aus den Seiten des *Spectator*: Hog's Puddings – Cornwalls köstliche Antwort auf die europäische Leberwurst.

Und aus dem Highgate Police Court. Zeuge: Ich hörte ein schwaches Puffen und drei Minuten später kam ein Polizist um die Ecke gepest.

Klassisch ist das Gesunde, romantisch das Kranke.[45]

---

43 Unbekannt. Dt.: Um die Gräber herum / Die Friedhofswege, darum / Tiefschattige Ulmen / So einsam stöhnt / Der Wind.

44 Aus: Ernest Renan, *Histoire des origines du Christianisme: Saint Paul* (1869). Dt.: Wahrhaft gute Naturen sind immer unentschlossen.

45 Aus: Johann Peter Eckermann, *Gespräche mit Goethe in den letzten Jahren seines Lebens*.

Liebling Karl und sein mehr-noch-als-Luther-geliebter Goethe. »Ach, es gab nie einen Mann, der je so tief und *ganz und gar* in allen Dingen steckte.« Ach, mein süßer Karl, wie ich Dich jetzt verstehe, obwohl das alles schon lange her ist, mit diesem schlafenden, träumenden, glücklich träumenden Deutschland in Deinen blauen Augen. Student der Philosophie. An der Universität Basel. An der Universität München. An der Universität London. An der Universität Berlin.

Karl kam zu Weihnachten zu Besuch. Er brachte seinen Freund Pierre mit und meiner Tante eine Topfblume, und mir? Na, was glaubst Du, was der süße Karl seiner Pompey am Weihnachtstag, am Weihnachtstag, am Weihnachtstag morgens mitbrachte? Nun, Freunde, er brachte Pompey eine Übersetzung von *Faust* in zwei Bänden mit.

Oh und eine fürchterliche Übersetzung von Faust, das sage ich Dir. Oh, sie ist fürchterlich und gibt einem ein Gefühl, das einen von Goethe und seinem weiten Geist, der so sehr gelitten hat, wegdriften lässt, auch wenn ich nicht anders kann, als anzunehmen, dass sein Leib recht angenehm in dieser kleinen *ville musée* namens Weimar gelebt hat, wo sie immer noch das *Totenzimmer* zeigen, in dem Goethe sich niederließ, um zu sterben; und auch das *Totenzimmer* von Schiller, das sich die Straße runter direkt um die Ecke befindet. Ach, es gibt so viel zu sehen in Weimar, und die Deutschen sind sehr darauf aus, Dinge zu sehen. Es ist wunderbar, wie viele Dinge sie an einem einzigen Ausflugstag ansehen können, wenn Du und ich einfach nur im Gras sitzen würden, in unserem englischen Stolz und in unserer Arroganz, nachdem wir über Generationen in einem sicheren Schoß gelegen haben und fett geworden sind und uns zurückgelehnt und das Erbe unserer Vorfahren verschwendet haben; wie Karl das späterhin zu formulieren wusste.

Ich aber sehe auf etwas zurück, das lange vergangen ist, wie ich mit meinem Liebling Karl durch Weimar stolziert bin, der ein solcher Liebling sein konnte, wenn er nicht gerade diesen unheilkündenden Blick hatte. Und wir sehen uns all die *Totenzimmer* an, und wir gehen in die Kneipen und *trink-trink-trink*, und dann laufen wir weiter herum, und es ist ein netter, sonnig-heißer Julitag, und inzwischen haben wir uns die Statue angesehen, die die Deutschen in Weimar für Shakespeare aufgestellt haben. Das war gewiss nett von ihnen, obwohl Shakespeare unfreiwillig komisch wirkt inmitten dieses *Unterdenlindengefühls*, das Weimar so auszeichnet. Und Shakespeare sitzt da und schaut etwas komisch, etwas spöttisch und verwirrt, allerdings mit einem miesen, zynisch-wilden Funkeln im Auge. Deshalb haben sie Bäume um ihn herum gepflanzt, sodass nur eine wissende Pompey bemerken konnte, wie Shakespeare dort saß und auf diese Weise dreinblickte, wie ich es Dir beschrieben habe.

Im Augenblick fahren Karl und ich in einer Kutsche. Wohin wir unterwegs sind, während wir, ach, in dieser offenen, eleganten Kutsche sitzen? Wir sind auf dem Weg nach Schloss Tiefurt und rollen ruckelnd über die weiße, staubige Straße mit Wäldern und Feldern zu beiden Seiten. Und wir halten Händchen, wie wir es immer im Bus gemacht haben und in der U-Bahn und sogar, wenn wir über die Bond Street in England spazierten. Und das kleine Schloss Tiefurt liegt etwas abseits der Straße. Es ist ein kleines Schlösschen, nicht größer als ein englisches Herrenhaus, und es empfängt uns eine freundliche Dame. Empfängt die freundliche Dame? *Möchte die gnädige* … Oh, sie ist freundlich und fett und ruht in sich selbst mit eher verschlagenen Augen, nicht boshaft, das nicht, aber: Ach, ihr jungen Leute. Da ist dieser Blick in den Augen der freundlichen Dame, die empfängt, Ach, ihr jungen Leute. Und sie bringt uns Tassen mit Kaffee und Sahne und Sahnetorten, und sie erzählt uns die Geschichte von Schloss Tiefurt, und wir betrachten die schönste Statue eines verwegen-fröhlich lachenden Liebeskindes des 18. Jahrhunderts, und Karl streicht mit seinen langen, empfindsamen Fingern darüber: *Ja, ja. Das geht. Das geht.*

In England aber müssen wir uns zanken, der Zank muss unweigerlich kommen. Wir zankten uns ständig um dies oder jenes. Auf den Stufen zu Füßen der Statue des Duke of York sagte Karl: Ich liebe Dich, Pompey. Es war Dezember. Es lag Schnee auf dem Boden. Vor der Tür der *deutschen Botschaft* haben wir uns geküsst: Ich liebe dich, Pompey.

Aber später dann müssen wir uns zanken. Oh, ich liebe Dich so sehr, Pompey, mit dem Haar hinter den Ohren siehst Du aus wie ein deutsches Mädchen. Doch ach, diese traurigen Streitereien und das Ringen und Kämpfen: Es war unser Winter der Liebe und des Zanks. Und überall in Hertfordshire, von Hertford bis nach Bayford, durch die Wälder von Monks Green bis zu den Ländereien des Marquis von Salisbury, über Sir Lionel Faudel Phillips Felder, durch die Wälder von Smith-Bosanquet, überall haben wir gekämpft und haben getobt und auch viel gelacht und geküsst und gesungen. Doch schwärzer und schwärzer wuchsen die Stürme, und unser ganzer Himmel war zugezogen.

Die Engländer, die herzlos-zynischen flapsig-frivolen pragmatischen Engländer der gehobenen, regierenden Klassen, die Feinde der Philosophie und der Musik und jedweder großen abstrakten Idee. Mit Gier und Stolz und Arroganz besitzen sie die Erde.

Nein, nein, so sind die Engländer nicht.

Ihr habt die Knochen des Mahdi verstreut.

Das musste jemand tun; das ist etwas, das getan werden musste.

Grausame und grimmige und gewiefte Opportunisten, die die dummen fetten Gesichter eurer eigenen kleinen Leute zerreiben, die alles Geistige für die Erhaltung eures berühmten *Status Quo* opfern. *Ihr habt die Knochen des Mahdi verstreut.*

Aber unsere Dichter. Nie hat England der Welt Dichter geschenkt, die nicht über höchste Genialität verfügten. Aber Karl, aber Karl, diese Dichter, von Chaucer angefangen bis heute, diese Brut, sie hat nie enttäuscht. Wie können wir dann so nieder, so materialistisch, so zynisch brutal und primatenartig, so räuberisch, so vergangenheitsgläubig sein?

Nun, meine Freunde, da habt ihr es, das mit Goethe und dem Mahdi, Du siehst, es blieb keine andere Möglichkeit, als dass wir uns trennten. Und ich erinnere mich, dass ich zu jener Zeit an einem Gedicht über Karl und mich schrieb, das gewiss die Wahrheit in sich trug – »und ein eiskalt brechender Zorn liegt in den vereisten Furchen auf uns beiden.«

Und da ist noch ein Gedicht, an das ich ebenfalls denke, als wir uns zufällig später in Berlin wiedertrafen, wie ich Dir noch erzählen werde, da konnten wir uns von der gegenseitigen Verzweiflung und Irritation und Verärgerung und Krankheit und Liebe befreien, und wir konnten auf unser anderes Selbst zurückschauen und denken: *Where with venom all out-panted lies the slimed Curse shrivelling.*[46]

Und so möchte ich darüber denken, und das ist es, wie ich Schloss Tiefurt in Erinnerung halten will, und wie ich mir immer wünsche, zu vergessen, wie die Knochen des Mahdi verstreut wurden, und ich bin nicht einmal nervös, meinen Faust wieder zu lesen wegen der sooo schlechten Übersetzung

46 Zeile aus dem Gedicht *Assumpta Maria* von Francis Thompson (1859–1907). Dt.: Wo das Gift offen zu Tage tritt, schrumpft der schleimige Fluch.

und dem falschen Gefühl eines falschen Klassizismus, der damit verbunden ist. Oh diese Helena, die dort da ist. Ach, dieser entwürdigte Barock und der wie-zur-Hölle-lautet-der-Name-des-Mannes-nochmal – der Winckelmannismus seines Klassizismus. Ach und diese »Schwärme von schönen Damen«, die sehen alle so *kleiner deutscher Hof um 1760* aus. Ach, in diesem Buch mit dieser schlechten Übersetzung gibt es diesen Geruch, diesen Geruch, dass es sich um einen billigen Ausflugszug über und über beladen mit prätentiösen Kulturjagdhunden handeln könnte. Der Zug fährt von Leipzig aus los. Ich stelle es mir als Leipzig vor, da ich den berühmten Bahnhof kenne, sagen wir also, dass es Leipzig ist. Und der Zug fährt los: *pünktlich Schokolade Zigaretten* südwärts unterwegs, um die wahre italienische Kultur kennenzulernen.

Ach, es waren die klassischen Szenen im Faust und die Gebeine des Mahdi, die den endgültigen Riss zwischen mich und den süßen Karl getrieben haben, so wie ich es erzählte.

Während des Zanks gibt es Hoffnung. Das ist eine sehr goethesche Idee, und ich sage das als meine *amende honorable*[47] für alles, was ich zu Karl über seinen geliebten Goethe in der Hitze des vertrackten Augenblicks gesagt habe, als er verkündete: Ich selbst hätte mit den Mittelmächten für

47 Eine *Amende honorable* war ursprünglich eine Strafmaßnahme in Frankreich. Später wurde die Wendung für eine zufriedenstellende Wiedergutmachung verwendet.

Deutschland kämpfen sollen, für Deutschland, das alles in sich hegt, was die wirkliche Zivilisation ausmacht.

Ach, das geliebte Deutschland und mein Liebling Karl. Auch ich kann die Idee des schlafenden, träumenden, des glücklich träumenden Deutschlands, seiner Musik, seiner Philosophie, seiner weiten Felder und breiten Flüsse und seiner sanften Frauen nachvollziehen. Doch der Traum verändert sich, und wie ist er heute, wie steht es heute in diesem Jahr 1936, wie steht es heute darum?

Nun warst Du, freundlicher Leser, immer sehr geduldig und nachsichtig gar, wenn es um Karl und mich ging, und hattest kaum diesen Ausdruck im Gesicht, der sagen könnte: Kein Mädchen, das halbwegs richtig im Kopf ist, wäre so *crudèle*[48] und mir gegenüber so nervig mit all diesem Zeug und Unsinn, kein Mädchen, das halbwegs richtig im Kopf ist, würde all das ans Tageslicht zerren und mir auch noch erzählen.

So sollst Du nun also ein paar weitere nette Zitate für Dein Notizbuch haben. Oder falls Du kein Notizbuch hast, kannst Du sie auch auf Deine Freunde abfeuern, auf Deinen elitären Partys, und Du solltest Dich glücklich wähnen, dass Du sie einfach so direkt bekommst und sie nicht in eine Rede einflech-

48 Vertrauensselig.

ten musst, so wie ich es für Sir Phoebus tun muss. Wenn Du die Urheber nicht erraten kannst und mir vertraulich schreiben willst, sende mir einen frankierten Rückumschlag und sechs Pence für meinen Elfenbeinturm-Heuhaufen-Fonds, dann werde ich Dir die Namen der Autoren zusenden. Das wäre mir ein Vergnügen. Und nun, MEHR ZITATE.

Let everything that creeps console itself, for everything that is elevated dies.[49]

_____ ______ (Rate den Namen) morte acerba fiore di giovinezza perduto gioie d'amore negate censo unica colpa rapito sepolcro disperso tanto non mi dolsero quanto la fama per lungo secolo contaminata ora che per voi si può sorelle romane rendete alle ossa il sepolcro alla memoria la fama ciò facendo gioverete alla giustizia eterna alla patria a me ed anco a voi.[50]

The Dead Sea is very fortunately situated as compared with the German potash deposits inasmuch as its waters for practical purposes contain

49 Aus: Joseph Henry Shorthouse: *John Inglesant, A Romance* Vol. II, 1881. Dt.: Lass alles, was da kriecht, sich selbst trösten, denn alles, was erhoben wird, muss sterben.

50 Der Text stammt vom toskanischen Schriftsteller Francesco Domenico Guerrazzi (1804–1873), der 1872 von einem Komitee gebeten wurde, sich für eine Gedenktafel an Beatrice Cenci und ihr unglückliches Schicksal auf dem Campidoglio in Rom einzusetzen. Dt.: bitterer Tod verlorene Blüte der Jugend verweigerte Freuden der Liebe Erbe einzige Sünde geraubt Grab geschändet sie bedauerten mich nicht der Ruf für lange Zeit befleckt da ihr es vermögt römische Schwestern schenkt dem Gebein die Grabstatt der Erinnerung den Ruhm dadurch nutzt ihr der ewigen Gerechtigkeit der Heimat mir und euch. (Übers. v. Klaudia Ruschkowski)

no sulphates. The sulphates though delightful from the theoretical point of view of the academic chemist have the habit of forming a large number of double salts, which would be the despair of many people.[51]

Jessie: What is a love apple? A love apple is just another name for the tomato.[52]

One of the greatest qualities which have made the English a great people is their eminently sane, reasonable, fairminded inability to conceive that any viewpoint save their own can possibly have the slightest merit.[53]

Androklus – Der römische Sklave, der einen Dorn aus einem Löwenfuß gezogen hat. Als er dem Biest später in der Arena wiederbegegnete, war dieses ihm sofort zahm ergeben.[54]

---

51 Dt.: Das Tote Meer liegt im Vergleich zu den deutschen Kalilagerstätten sehr günstig, da seine Gewässer praktisch keine Sulfate enthalten. Die Sulfate, obwohl aus theoretischer Sicht des akademischen Chemikers reizvoll, haben die Angewohnheit, eine große Anzahl von Doppelsalzen zu bilden, was viele Menschen in die Verzweiflung stürzen würde.

52 Dt. Jessie: Was ist ein Liebesapfel? Ein Liebesapfel ist nur ein anderer Name für die Tomate.

53 Aus einem Artikel im *Time Magazine* vom 6. Mai 1935 zum Buch von Walter Millis *Road to War: America 1914-1917* (1935). Dt.: Eine der größten Qualitäten, die die Engländer zu einem großen Volk gemacht haben, ist ihre überaus gesunde, vernünftige und gerechte Unfähigkeit, sich vorzustellen, dass irgendein Standpunkt außer ihrem eigenen auch nur den geringsten Verdienst bergen könnte.

54 Überliefert von Aulus Gellius, in England durch George Bernard Shaws Theaterstück *Androcles and the Lion* (1912) populär gewordene Erzählung.

Take from the muscular stomach of a bird the number of people worth knowing in New York and I equal the remainder.[55]

It is difficult to resist where nothing matters.[56]

Thou water turnst to wine (fair friend of life); Thy foe to cross the sweet acts of Thy reign, distils from thence the tears of wrath and strife, and so turns wine to water back again.[57]

If you have any old silk stockings you don't want will you let me have them? What for? To make clothes for the 'eathen.[58]

Children are overbearing, supercilious, passionate, envious, inquisitive, egotistical, idle, fickle, timid, intemperate, liars, and dissemblers; they laugh and weep easily, are excessive in their joys and sorrows, and that about the most trifling ob-

55 Dt.: Nehmen Sie aus dem Muskelbauch eines Vogels die Anzahl der Menschen, die es in New York zu kennen lohnt, und ich werde den Rest dazugeben.

56 Aus: Joseph Conrad, *Victory. An Island Tale* (1915). Dt. in der Übersetzung der Ausgabe bei S. Fischer: Es ist schwer, Widerstand zu leisten, wo nichts auf dem Spiel steht.

57 Epigramm von Richard Crashaw (1612–1649), To our Lord, upon the Water Made Wine. Dt.: Du verwandelst das Wasser in Wein (guter Freund des Lebens); Dein Feind, der die süßen Taten Deiner Herrschaft kreuzen will, brennet daraus die Tränen des Zorns und des Streits und verwandelt so den Wein wieder in Wasser.

58 Dt.: Wenn Sie noch alte Seidenstrümpfe übrig haben, kann ich sie dann haben? Wofür? Um daraus Kleidung für die Heiden zu machen. Kein direktes Zitat, sondern satirische Anspielung auf Lucy Maud Montgomerys Trilogie um die Figur Emily Starr. Dort schwört eine Tante der Hauptfigur, dass sie nie wieder Seidenkleider tragen werde, bis alle Heiden der Welt zum Christentum konvertiert worden seien.

jects; they bear no pain, but like to inflict it on others; already they are men.[59]

There was a young lady of Louth, who returned from a trip to the south, her mother said: Nellie, there's more …[60]

And so we leave the cradle of Dordona amid the forest of huge-girthed oaks. Apollo speaks from the chasm of Delphi where Parnassus towers above; horned Hammon is sought among the sandy wastes of distant Libya; the phallic Baal upon the lonely heights of Peor in the Moabitish Land.[61]

Gefangen in der Hölle des Modernen Lebens kämpfen sie … wie Du es tust … für das Recht auf Liebe. Begeistert wirst Du Dir das flammende Spektakel der alltäglichen Folter der Schönen und Verdammten anschauen. Erlebe den Nervenkitzel –

---

59 Jean de la Bruyère (1645–1696): Kinder sind anmaßend, hochmütig, leidenschaftlich, neidisch, neugierig, egoistisch, untätig, wankelmütig, ängstlich, maßlos, Lügner und Heuchler; sie lachen und weinen schnell, sind übertrieben in ihren Freuden und Sorgen, und das über die belanglosesten Dinge; sie ertragen keinen Schmerz, fügen ihn anderen aber gerne zu; schon jetzt also sind sie Menschen.

60 Anfang eines Limericks von Norman Douglas (1868–1952), in dem es darum geht, dass ein Mädchen schwanger von einer Reise zurückkehrt. Aus: *Some Limericks* (1928). Dt.: Da war ein Mädchen aus Louth, das von einer Reise aus dem Süden heimkehrte, ihre Mutter sagte: Nellie, da ist mehr in Deinem Bauch, als Dein Mund jemals aufnahm.

61 Unklare Referenz. Dt.: Und so verlassen wir die Wiege von Dordona inmitten des riesigen Eichenwaldes. Apollo spricht aus der Schlucht von Delphi, über der sich Parnassus erhebt; der gehörnte Hammon wird unter den sandigen Trümmern des fernen Libyen gesucht; der phallische Baal auf den einsamen Höhen von Peor im Moabitischen Land.

10 Millionen Sünder winden sich in den ewigen Qualen – schreien im Regen des Feuers – werden vom See der Flammen verschlungen – kämpfen im siedenden Meer – stürzen in den Krater der Verdammnis – gefangen in der Agonie der Folterkammern – versteifen zu leblosen Gestalten im Wald des Horrors! Außerdem der spektakulärste Höhepunkt, der jemals ersonnen wurde! Produziert von Sol M. Wurzel. Regie von Harry Lachman.[62]

Soll ich einen Ausländer heiraten? Du hast vergessen zu erwähnen, Liebes, ob er ein farbiger Mann ist. Auch wenn es nur ein leichtes Teerosa ist – *tu es nicht.* Ich weiß, was es für Dich bedeutet, IHN AUFZUGEBEN, aber lustige Dinge passieren mit der Farbe, sie geht oft über und verdunkelt sich bisweilen von Jahr zu Jahr, und es ist so schwierig, das abzustimmen. *Weiß* sieht bei Hochzeiten immer gut aus und ist pflegeleicht, und wenn Du mir nochmal mit einem frankierten und adressierten Umschlag schreibst, werde ich Dir den Namen einer speziellen Seife verraten, die ich selbst immer benutze, nicht dehnen oder auswringen, sondern in einem kühlen Ofen zum Trocknen aufhängen. Meine besten Wünsche für Dein weiteres Glück, meine Liebe, ich finde, es war sehr nett von Dir, mir zu schreiben.[63]

---

62 Ein vermutlich von Stevie Smith parodierter Werbetext für den Hollywood-Film *Dantes Inferno* (Dt. Verleihtitel: *Das Schiff des Satans*) von 1935. Der Film, in dem es eine zehnminütige Szene in der Hölle gibt, basiert lose auf Dantes *Göttlicher Komödie.*

63 Vermutlich kein echtes Zitat. Parodie auf die Leserbriefecke der Zeitungen und Zeitschriften.

Mein kleiner Junge hat Fußpilz … Das, kleine Mutter, ist gefährlich. Spielen Sie nicht mit QUACKSALBEREIEN. Ziehen Sie die Socken und Schuhe Ihres Lieblings aus und tauchen Sie die Füße in heißes Wasser, rühren Sie drei Esslöffel Bleiweiß und den Saft einer Gurke ein, wenn das Kind widerspenstig ist, verwenden Sie einen Druckverband. Seien Sie standhaft bei der Behandlung von Kinderkrankheiten, denken Sie daran, dass der psychologische Faktor unberechenbar ist. Bimsstein brachte einem Leser Erleichterung. Kleine Kinder erhalten nicht immer die richtige Pflege und Aufmerksamkeit von beiden Elternteilen.[64]

Ich kann dieses Spiel der Zitate keinen Augenblick länger spielen. Ich langweile mich. Allerdings langweile ich mich viel zu schnell.

Und Du, Leser? Weißt Du, wie ich über Dich denke? Ich werde es Dir sagen. Das geht folgendermaßen und kommt daher, dass ich zu so vielen Partys eingeladen wurde wie jener insolvent gegangene römische Adlige, von dem ich erzählt habe, ich werde eingeladen, weil ich verlässlich mit Langweilern spreche und die Konversation aufrechthalte, aufrecht. Oh und so lange ich einen kostenlosen Ausflug an die Bar erhalte und keine Fragen gestellt werden, gebe ich mein Bestes. Ich habe meine Ansprüche. Dann halte ich sie aufrecht.

---

64 Gleichsam eine Ratgeberparodie.

Und manchmal ist es dann so, als wäre man auf einer dieser Partys, wie Larry sie veranstaltet. Larry war ein damenhafter Junge mit einem älteren Bruder namens Henry, der ein sehr solider Mann war, der ein gutes Herz hatte und ein großer Jemand in der Musikwelt war. Nicht die ach so brandneue Musikwelt, die Harriet immer so langweilte, als sie diesen jungen Kerl hatte, der ihr ständig hinterherlief, die ach so brandneuen Musicals, in denen der Gauner so fürchterlich mit jedem Mann umging und einem gleichzeitig erzählte, wie übel ihm mitgespielt wurde, wie all seine Ideen unterdrückt würden und ihm keine verdiente Gerechtigkeit widerfahre, und alles nur, weil die Menschen, *die* etwas konnten, mit kommerziellen Nummern lausig waren. Ja, das war das Lied eines jeden im Bereich dieser Musicals, und kein Wunder, dass Harriet auf die Idee kam, sich verbessern zu wollen. Denn Harriet ist eine von diesen Könnenden, die handelt und ein angemessenes Einkommen verdient, durch harte und gewissenhafte Hingabe, Urteilsvermögen und auch Takt, der aufgrund der vielen Beiträger nötig ist, denen sie Nein sagen muss, ohne sie zu verprellen.

Nun dieser Larry steckte voller cleverer Ideen, und er zog sie durch, gestützt von Henrys Geld, das seine Risiken absicherte. Über Larry werde ich Dir noch etwas erzählen – als ich ihn kannte und zu seinen Partys eingeladen wurde, stand da der gute, ehrliche Henry an der Bar und schwieg, und dann war da der Löwe des Abends, umgeben von Larrys alten Freunden, und Larry selbst, der herumrannte und ach so einfach war und übervoll mit Spaß, Unmengen glücklichen Spaßes, und Larry war ein überbordendes, einfaches Kind der Natur, das sich niemals dazu herabließ, berechnend zu sein. Oh nein.

Und ich erinnere mich, dass er so lustig war, und wenn er sang, wie er nun mal sang, Leser, ohne irgendeine Provokation, drang es einfach aus ihm heraus, dann sang er neckische kleine Volkslieder, und die Wahrscheinlichkeit war hoch, dass er auf die ein oder andere Weise einen kleinen Twist einfügte, damit man auch sicher bemerken würde, dass es Sex, Sex, Sex war, um den die Welt sich drehte:

Bobby Shafto's gone to sea-ee, Silver buckles on his knee-ee, He'll come back and marry me-ee-ee –[65]

Durch seinen Ausdruck brachte er die Bude zum Beben, und bei dem Song wusste man, dass Bobby Shafto nicht zurückkommen und das Mädchen nicht heiraten würde, und das Kind würde schlicht ein weiteres von jenen 3.432.521 unehelichen Kindern sein, für deren Unterhalt in wohltätigen Anzeigen geworben wird.

»Wussten Sie, dass es 3.432.521 uneheliche Kinder im Vereinigten Königreich gibt? Bitte spenden Sie ans Ministerium« und so weiter. Eine solche

65 Englisches Kinderlied von 1805. Dt.: Bobby Shafto ist hinaus zur See, Silberschnallen an den Knien, Er kommt zurück und wird mich heiraten.

Anzeige ist in einer unserer Zeitungen erschienen, und als ich sie Sir Phoebus zeigte, sagte er: »Hurra! Da kann keiner mehr sagen, England sei verweichlicht!« Nun, ich hielt das für witzig, so aus der Hüfte geschossen und unbedacht, also lachte ich und erzählte es der Redaktionsassistentin der Zeitung, und sie sagte: »Verstehst Du solche Leute?« Nun, ja, wenn man mich so geradeheraus fragt, kann ich solche Leute verstehen.

Es gab noch einen Song, den ich Larry gern singen hörte. »Oh Larry, oh Larry, biiitte sing *Polish Mother*. Oh Larry, bitte sing's.« Und Larry wandte sich zum Löwen und zu seinen Satelliten und sagte: Dieses anstrengende Kind will, dass ich euch *The Polish Mother* vorsinge. Und dann warf er Herman, der ihn begleitete, einen dreckigen Blick zu, und Herman stellte hastig seinen doppelten Scotch außer Reichweite hinter das Aquarium – die armen Fische, die niemals an einen doppelten Scotch kamen – und dachte daran, das richtig platzierte, obligatorische Oh-ist-Larry-nicht-niedlich-Lächeln aufzusetzen, wischte sich die Hände ab und ließ seinen fetten Hintern auf dem Musikstuhl nieder, um Larry mit allen Tönen zu jagen, die zur Verfügung standen.

Ich bin nicht musikalisch, Herman aber schon, und Herman und seine Frau Rosa sind Freunde von mir, und Herman mit all seinen wunderbaren Geschenken, und die Art, wie er immer so beschäftigt ist, dass er nie nur mit einer einzigen Person sprechen kann, sondern immer mit zwanzig Leuten gleichzeitig sprechen muss, sodass jeder nur ein Vierzigstel seiner Aufmerksamkeit erhält, während die anderen Vierzigstel auf die nächsten zwanzig Leute ausgerichtet sind, mit denen er spricht, Herman also sagt: Von all den anregenden Aufgaben, die er bisher gehabt hat, sei jene, mit Larry mitzuhalten, die anregendste gewesen, die einen Abschluss in Musik wirken ließe, als müsste er sich nicht einmal dafür anstrengen.

Jetzt aber, Leser, sollst Du die Geschichte der polnischen Mutter erfahren, die Geschichte, die sich im Song verbirgt. Zunächst wurden alle Lichter ausgeschaltet, bis auf das eine, das auf den guten Henry an der Bar gerichtet war, und das Publikum versammelte sich um den Löwen, seufzend und stöhnend. In lustvoller Erwartung? Kein bisschen. Sie seufzten und stöhnten, weil sie alle auf dem Boden und gedrängt nebeneinander hocken mussten, wo ohnehin kaum Platz war.

Und: Oh David, mein Lieber, ich glaube, das ist mein Drink, den Du da hast.

Nun also die polnische Mutter, der Song erzählt von der Zeit, und ich glaube, es war zur Zeit von Kosciusko[66] und der Teilungen, als die Russen überall waren und die Bauern dazu zwangen, ihre Babys in der heiligen orthodoxen Kirche taufen zu lassen,

66 Tadeusz Kościuszko (1746–1817), polnischer Nationalheld.

und all die einfallsreichen Grausamkeiten, die damit verbunden waren, die Rinder ohne Wasser einzusperren und die Männer mit Knüppeln zu Tode zu prügeln, die versuchten, ihnen Wasser zu geben und die Babys zu pfählen und die Mütter dabei zusehen zu lassen. Und darüber der russische Adler und die plärrenden Trompeten und die dunkle Nacht hinter einem Himmel, der erleuchtet war von brennenden Schobern und Hütten. Na gut, das alles ist nicht in dem Song, aber das ist der Hintergrund. Die Freiheit schrie auf, als Kosciusko starb. Doch vielleicht ist mir das zeitlich verrutscht.

Da war diese Frau, die vor dem Feuer des brennenden Schobers saß und auf dem offenen Feld ihr Kind zu stillen versuchte, und drum herum überall Tote und Sterbende. Und die Toten waren die Glückspilze. Und sie sagt nun, dass sie ihr Baby nicht stillen kann, weil es nicht geht, weil sie keine Milch hat, um es zu stillen, und dann bittet sie Christus, das Baby fortzunehmen.

Nun das war's schon, aber ich muss euch nicht sagen, dass Larry alles aus dem Song herausgeholt hat und an seiner nicht ganz so männlichen Brust riss und sich die Haare über die Augen zog, und dem Publikum verdammt unbehaglich auf dem Boden wurde, und gerade als man dachte, man könne sich zurücklehnen und eine Minute entspannen, da es dunkel war und niemand etwas mitbekäme, schon tritt Dir einer seinen Schuh in die Wirbelsäule: Huch, warst Du das, Liebes? Ja, das war ich. Ach schau, Jamie hat Nancys Hintern getreten. Harold sagt, Jamie hat Nancys Hintern getreten, Rosa, Harold sagt, Jamie hat getreten. Ist Jamie nicht ein lieber Junge. Ach Larry, Du bist wunderbar. Ach Larry, Du singst *Polish Mother* wunderbar. Kann ich kurz raus, Larry? Ach Larry, Jamie will kurz raus. Das ist gewiss ein wunderbarer Song, Mr. Merryweather, und ich fühle mich sehr geehrt, eine neue Perspektive auf Polen bekommen zu haben. Ich nehme an, dass wir in Amerika nicht mal die Hälfte davon wissen, was in all diesen malerischen, alten Ländern verborgen liegt. Ach, ist Mr. Higginbotham nicht süß.

Nun, Leser, manchmal habe ich den Eindruck, dass Du eine dieser Figuren auf Larrys Party bist, zu der Larry mich führen würde, nachdem ich das ein oder andere Wort mit dem lieben Bruder Henry gesprochen hätte, und er würde sagen: Oh, das ist Pompey, Darling, ihr werdet euch mögen. Und Pompey würde sofort loslegen, Pompey ohne Schwäche, das war mein Motto, nach dem ich lebte, als wäre ich Danton.

So sind eben diese altmodischen Londoner Musicals aufgebaut, von denen ich Dir erzähle, mit Deutschen und Österreichern und Juden und Liedern und Janet MacMurphy und Pantomime und Folksongs, und ab und an fand sich bei Rosa auch eine echte Ballerina ein.

Da war eine, die immer ein Abendkleid trug, sehr fett und eingezwängt mit einem darauf abgestimmten Hut. Und sie hatte einen amerikanischen Gynäkologen als Ehemann. Er trug einen deutschen Namen, wie das üblich ist, den ich vergessen habe. Er war ein eingebürgerter Amerikaner und sie hatten ein Apartment in der Curzon Street, in die wir immer gingen, und Lottie (das ist die Ballerina) war gewiss ein prima Kumpel, diese Lottie. Und wir aßen dort Sandwiches, die mit brennend scharfen Würstchen belegt waren, und tranken sehr starken Kaffee. Und Lottie und ihr Ehemann – jetzt fällt mir sein Name wieder ein: Horace Beit – hatten ein *Doggie*, ein Hündchen, das sie verwöhnten.

Lotties Englisch war nicht sonderlich gut, und Leser, hast Du schon mal bemerkt, wie Ausländer, wenn sie besonders englisch wirken möchten, nicht nur das richtige Wort benutzen wollen, sondern etwas, das noch richtiger sein soll, wie zum Beispiel *Doggie*. Und wenn sie dann nach Berlin-Charlottenburg-Nussbaumallee *Nummer irgendwas* zurückkommen, sagen sie: Ach *nein*, Hansi, die echten Engländer sagen da *Doggie*.

Nun dieser kleine Doggie war ein Pommeraner, dessen Vorderbeinchen gebrochen waren, vielleicht waren sie auch einfach sehr gelenkig, und er hieß Fifi, und sie sagten also: Fifi, Fifi, Fifi. Und Fifi beeilte sich, und während er seine Vorderbeinchen relativ begabt einsetzte, beeilte er sich also und rutschte über den Boden. Und er war also ihr Kind, ihr Kleiner, und er trank aus einem echten, jakobinischen Kristallbecher und hat wirklich Glück gehabt, jemanden gefunden zu haben, der ihm so zugeneigt war und ihn wertschätzte, und ihn im Auto mitnahm, wobei Engländer sagen würden, dass der Hund mit diesen Beinchen tot besser dran gewesen wäre.

Lottie war gemein und geizig und Horace ebenso und außerdem fett, und schaute man tiefer, war er gierig und grausam; für Fifi und Lottie aber war er der Papa, ihr kleiner großer Junge, der clever war und ein großes Büro besaß, wo er Geld verdiente, damit Fifi sich nie plagen musste, sondern wie eine Dame auf einem feinen Kissen aufrecht sitzen und aus einem jakobinischen Kristallbecher trinken konnte.

Und ich erinnere mich, dass Lottie eines Tages sagte: Pompey, Du solltest Dich mit etwas mehr *Schick* kleiden. So. Und sie setzte mir ihren Hut auf und gab mir ihren Mantel mit hängenden Paillettenärmeln und legte einen Pelz um meinen Hals. Und Rosa war da, und sie sah mich mit einem Blick an, der mich ein bisschen flehend daran erinnern sollte, wie wichtig Lottie für Rosa war, aufgrund irgendeiner Sache zwischen Horace und Herman. Also sah ich Rosa mit zusammengekniffenen Augen an und kam irgendwie nicht recht auf den Trichter, was hinter diesem Blick steckte, und ich stand vor einem langen Spiegel und begann still zu lachen.

Denn es war witzig. Da im Spiegel war Pompey mit dem Pelz und den Pailletten und dem Hut, und auf der einen Seite war dahinter Rosa, die sich ängstlich nach vorn lehnte, und dahinter auf der anderen Seite war Lottie, mit so einem kalkulierenden, rechnenden Eins-und-drei-und-sechs-eins-und-neun-und-acht-Ausdruck, und ich dachte, dass sie jeden Moment sagen würde: Zwei Pfund und 50 Pence zurück, Madam. Also fing ich rasch wieder an zu lachen. Und geistesgegenwärtig sagte ich: Oh, Lottie, wie viel Spaß es macht, sich zu verkleiden, man weiß nie genau, wie lustig man aussieht, bis man die Kleidung anderer anprobiert, und Menschen, die voller schelmischer Energie sind, sollten sich die Kleidung anderer anziehen und sich vor einen langen, dünnen Spiegel stellen, mit Rosa und Lottie neben ihnen, so als wäre Jesus zwischen den Dieben gekreuzigt worden.

Als wäre. Oh, ein grünes Licht scheint durch die schmutzigen Fenster auf einen rosa Teppich, und die Vorhänge sind aus rosa Damast, mit einem floralen Tanz aus Pfingstrosen bestempelt, und der Saum war rosa, und dann war da das dunkle Gesicht von Pompey mit einem langen, schmalen Kopf, und obenauf ein Hut wie ein Turban darumgewickelt, und ein Saum fiel auf den Pelz um den Hals, und eine Hand war ausgestreckt, um die Handschuhe aus grünem Samt zu halten, und die andere Hand lag auf der Schulter, um die saphirnen Pailletten zurückzuwerfen. Und dann war da etwas, das ich nicht mochte, das ich nicht denken konnte. Da dachte ich: Die Handschuhe sind es, die sind falsch. Also warf ich sie runter und nahm den Kristallbecher, der Fifis Trinkschale war, und es stand eine Teekanne auf dem Kaminsims. Ich goss also ein wenig davon in den Becher und ging zurück und stellte mich erneut vor den Spiegel, hielt den Kristallbecher von mir weg ins Licht, sodass der Tee wie Wein wirkte, als das Licht hindurchschien. Und da war es wieder ein gutes Bild, und ich lachte und lachte und prüfte, ob die Zähne hervorschienen, und dieses einmalige Bild werde ich niemals vergessen. Und mein Gesicht war dunkel und glänzte und lachte, und Lotties Gesicht war berechnend, und dann starben die Berechnungen, und die Augen waren tot. Und Rosa fürchtete sich, und dann starb diese Furcht, und die Augen waren tot. Und ich kippte das Glas noch weiter nach vorn und ließ den Tee auf den Teppich der sorgsamen Lottie fließen. Ich ließ den Tee Tropfen für Tropfen hinunterfließen, bis nichts mehr im Glas war und sagte: Selig sind die, die da nicht beleidigt sind.

Wie froh bin ich, dass ich nicht Lottie Beit bin, und wie froh bin ich, dass ich nicht Rosa bin, auch wenn ich Rosa auf gewisse Weise zugeneigt bin, allerdings nicht auf die gleiche Weise, wie ich Harriet zugeneigt bin und Topaz und Freddy und meiner Tante und meiner Schwester und William und Anna und Josephine. Ich denke oft an Alice, und wie froh sie war, dass sie nicht Mabel war, und wie sie einen fürchterlichen Augenblick lang dachte, sie würde Mabel werden. Das aber ist eine Sache, über die wir uns keine Sorgen machen müssen. In unseren ruhigen und vernünftigen Augenblicken müssen wir uns darüber keine Sorgen machen. Es gibt genügend Gefahren im Leben und im Tod, doch Alice kann niemals Mabel sein.

Gerade sind meine Tante und meine Schwester fort, und über meine Tante kann ich Dir sagen, dass sie ein Löwe ist. Sie sieht aus wie ein Löwe.

Das hat mir die liebe Frau Kramber aus Dresden geschrieben, nachdem ich bei ihr und Emita zu Gast gewesen war. Sie schrieb mir über ihren Hund, der ein netter Hund war, der 1,20 m groß war und ein langes, seidenes, weißes Fell hatte. Er besaß feine Augen und ein sanftes, würdevolles und trauriges Gesicht wie Rembrandts Jüdischer Rabbi. Er hieß Dingo und war auf sanfte Art traurig und trug die Last der Aristokratie und Inzucht, als wäre er ein uraltes spanisches Tier. Aber ganz liebenswürdig und überhaupt nicht grausam.

Frau Kramber schrieb mir, um mir mitzuteilen, dass Dingo krank geworden ist. Das Leiden konnte nicht diagnostiziert werden. Er war krank. Und nach und nach war sein langes, seidenes, weißes Fell ausgefallen, und nur am Schwanz war noch ein kleiner Rest verblieben. Sie schrieb: *He is looking like a lion.*[67] Und das ist nun recht typisch für Ausländer; sie werden so sehr von ihren Lehrern gepeinigt,

---

67 Er sieht wie ein Löwe aus.

daran zu denken, dass das Partizip im zeitgenössischen Englisch häufig benutzt wird, und also müssen sie es immerzu am Benutzen sein.

Und die liebe Gertrude, die mir aus Berlin schreibt, benutzt es ebenfalls. Sie schreibt: *Why are you not writing to me it is a long time since I am not hearing from you.*[68]

Da sind so viele Menschen. Nach und nach werde ich Dir von allen erzählen, damit Du nicht fragen musst: Gertrude? Wir haben bisher noch nichts von Gertrude gehört, oder auch: Freddy, wer ist das denn jetzt? Ich finde aber, dass die Menschen in der Reihenfolge auftreten müssen, wie sie auftreten.

Und gerade jetzt erzähle ich Dir also, dass meine Tante und meine Schwester fort sind, meine Tante, die denkt, dass ich zehn Jahre alt bin und immer noch ein anstrengendes und empfindliches Kind, wie ich es damals war. Wobei sie mich sehr liebt, sie sagt es nicht, aber sie tut es, und ich liebe sie und respektiere und bewundere sie. Dennoch läuft mein Leben geheimerweise natürlich immer weiter, so wie es sein muss, und sie hat keine Ahnung, dass es so ist oder auf welche Weise es das tut, und dass ich auf mancherlei Art erwachsen geworden bin, seit ich 15 wurde, in mancherlei Hinsicht, seit ich 25 wurde.

Meine Tante wird mich in diesem Haus, in dem ich mit ihr lebe, nicht allein lassen. Und wenn mei-

68 Falsches Englisch. Sinngemäß: Warum schreibst Du mir nicht? Ich habe schon lange nichts mehr von Dir gehört.

ne Tante so etwas sagt, gebe ich ihr nach. Denn im Grunde würde ich mich wirklich sehr unwohl fühlen, allein in diesem Haus zu wohnen, ohne jemanden, der für mich kocht oder der Pakete von Handelsvertretern annimmt. Ja, ich würde mich sehr unwohl fühlen. Und außerdem muss sie manchmal ihren Willen bekommen, wenn sie glücklich sein soll, und warum nicht bei einem Punkt, der mir nicht wichtig ist? Und bei einem anderen Punkt, der mir wichtig ist, gebe ich eben nicht nach. Aber selbst da mache ich kein Fass auf, ich erzähle ihr nur einfach nichts davon. Und das ist die Art, in der wir miteinander leben, und so ist es, seit ich vier Jahre alt bin.

Was für ein Dummchen Prunella war, als sie mir sagte: Du solltest Deine altmodische Tante loswerden, Pompey, oder Du wirst sie als echten Klotz am Bein erleben, und Deine Freunde werden Dich auslachen. Es ist keineswegs *schick*, mit einer Tante in einem Vorort zu leben. Meine Freunde aber finden, dass sie wie ein Löwe aussieht, und damit hat es sich.

Da sie nun aber verreist ist, lebe ich bei Harriet, und jedes Wochenende fahre ich runter zu meiner Tante und meiner Schwester, die sich in Felixstowe aufhalten. Ich genieße das sehr. Wir gehen allerdings Nacht für Nacht später zu Bett. Wir sitzen da und rauchen und trinken und reden; teilweise sprechen wir übers Geschäft. Also übers Magazingeschäft und Farbseiten und das Handwerk, die moralische Verkommenheit und grundsätzliche Feigheit von Redaktionsleitern.

Das nimmt einen Großteil der Zeit ein, da es unglaublich ist, wie ängstlich Redaktionsleiter sind, dass sie nicht einen Augenblick lang vergessen können, dass die Öffentlichkeit dieses oder jenes bekommen muss und etwas anderes auf keinen Fall hinnehmen würde. Doch ach!, was dieses oder jenes sein soll, wissen sie nicht zu entscheiden. Also denken sie sich zwei imaginäre Punkte mit einem imaginierten Abstand und angeln sich einen Punkt in der Mitte, der zwischen diesen imaginären Punkten liegt. Und da bleiben sie dann, und nichts wird sie noch bewegen. Und das ist dann Programm.

Also reden wir darüber, was wir den Lesern bieten würden, wenn es keine Redaktionsleiter und keinen Mr. Copperbright gäbe, der Harriet sagt: Das mag ja künstlerisch wertvoll sein, aber … Und kein Lord Victor Mohn würde sagen: Das ist jetzt aber zu abgehoben. Schnauf. Mischen Sie sich unter ihr Publikum. Warum fahren Sie nicht in den Norden Englands und mischen sich unter die Leute?

Das alles hält uns natürlich wach.

Harriet hat ein Apartment im zweiten Stock von Clarence Mansions. Die Möbel sind aus silber lasierter Eiche und das Farbschema – das erinnert mich an die Leserbriefe. Sie schreiben »aus dem Norden Englands«: Ich habe ein Haus gekauft, es heißt ›Fairlight‹, es ist eine Doppelhaushälfte, können Sie mir ein Farbschema für das Wohnzimmer, die Küche, das Schlafzimmer und den Salon raten? Gerade gestern bekam sie einen Leserbrief der lautete genau so: Wo kann ich das Porzellan aus Ihrem Buch bekommen?

Leute, die Zeitschriften als Bücher bezeichnen, sind genau die Sorte Publikum, die Lord Victor sich vorstellt. Und das ist die Art Publikum, die keinen abgehobenen Nonsens erträgt.

Harriets Farbschema besteht aus hell-beigen Wänden und Decken, horizontal braun gestreiften, beigen Leinenvorhängen, das Sofa mit Leinenüberwurf, vielleicht auch etwas anderes als Leinen, aber etwas, das so aussieht, und ich bin ja kein Redakteur oder Inneneinrichter. Und die Kissen wurden von ihrem cleveren, kleinen Cousin Kostin angefertigt, einige in sehr dunklem afrikanischen Braun, und eins aus gestepptem, weißem Chintz. Und auf dem Esszimmertisch aus silber lasierter Eiche steht eine Glasvase, die wie ein Eisblock aussieht, in dem ab und an weiße Lilien stecken, und wenn ich es recht bedenke, sind die Blumen nahezu immer weiß. Im Badezimmer gibt es etwas grün.

Jetzt aber wird mir langweilig, weil ich kein Inneneinrichter bin und das eine große Anstrengung für mich war, da ich mir zu Hause schon lange keine Möbel mehr angeschaut habe, sodass ich es schwierig finde, mir Möbel anzuschauen und sie mir einzuprägen, um anderen davon zu berichten.

Harriet trinkt viel Chinesischen Tee, isst aber eher wenig. Sie muss sehr stark sein, da sie alles Mögliche tut, das mich umbringen würde. Nachdem ich einen Tag oder länger mit Harriet verbracht habe, fange ich an zu delirieren vor lauter Nichts-Essen und Chinesischem-Tee-Trinken. Dann bekomme ich diese wunderbaren Ideen darüber, was ich den Lesern bieten würde, wenn es die Redaktionsleiter, Lord Victor Mohn und die Zeitungsbarone nicht gäbe.

Gestern kam Charlotte zum Abendessen, sie ist Harriets Schwester und kam gerade aus Griechenland, wo beide aufgewachsen sind. Charlotte hat eine schöne Stimme und brachte mich zum Lachen mit ihrem Bericht darüber, welch Schwierigkeiten sie damit hatte, einen Teil ihrer Immobilien in Griechenland zu verkaufen und welch mehr als levantinisch zu nennende Methoden griechische Geschäftsmänner an den Tag legen. Es ist sehr faszinierend, wenn sie mit Harriet ins Griechische wechselt und mich plötzlich vergisst; ich frage mich, wie es mir wohl ergangen wäre, wenn ich mein Griechisch in der Schule so ausgesprochen hätte; Posei*dōn* – das hätte Eindruck gemacht. Harriet sprach davon, wie Venizelos[69], gemessen an den Standards der antiken Griechen, der einzige Gerechte Mann gewesen sei, den das moderne Griechenland hervorgebracht habe; doch ach!, immer ist es der Gerechte Mann, der den Schierling erhält.

---

69 Eleftherios Venizelos (1864–1936), griechischer Premierminister von 1910 bis 1920 und von 1928 bis 1933. Nach einem gescheiterten Putsch 1935 lebte er im Exil in Paris. Er wurde in Abwesenheit zum Tode verurteilt.

Dies ist eine Welt ehrloser Tiere, und die edlen Tiere werden von den ehrlosen verachtet und getötet oder sind leidgeprüft wie das edle Tier Dingo, das sein Fell verloren hat, aber immer noch edel ist und wie ein Löwe aussieht. Und natürlich, natürlich ist es besser, edel und leidgeprüft zu sein, im Grunde kann man eigentlich nur Mitleid mit den Ehrlosen haben. Es muss fürchterlich sein, Mabel zu sein.

Da ist diese kleine Sache, die Harriet erzählte, die mir ein Bild beschert hat, das ich nie vergessen werde. Als Venizelos an der Macht war, sagte er, er würde es nicht gestatten, dass die Toten aufgebahrt durch die Straßen getragen werden. Das führte zu großen Protesten, da die Menschen es liebten, ihre Toten in Hochzeitskleidern herzurichten und sie in offenen Särgen durch die Straßen zu tragen. Es war eine Feier. Man stelle sich eine tote, alte Dame vor, die im Glanz ihrer Hochzeitsutensilien herausgeputzt wurde, verdorrt und zusammengeschrumpft im weißen Kleid mit Schleier und Orangenblüten. Und den verschrumpelten alten Mann in ehrbarem schwarzen Anzug mit einem Zylinder. Vielleicht hatten sie keinen Zylinder. Ich habe es ja nicht selbst gesehen, weißt Du, ich stelle es mir nach Harriets Beschreibung vor, aber sie sagt, sie hatten einen Kranz auf dem Kopf, diese traurigen alten Männer, und die Träger hielten die Särge leicht schräg.

Und als Harriet und Charlotte Kinder waren, haben ihre griechischen Kindermädchen sie hochgenommen, damit sie eine bessere Sicht hatten. Stell Dir das mal vor, die armen Kinder, so etwas würden sie in England niemals sehen, wo sie die Toten gelegentlich sogar in Bündeln in den Ofen geben und sie verbrennen. Harriet wurde also von ihrem Kindermädchen hochgenommen, und ich kann Harriet geradezu vor mir sehen. Sie ist vier Jahre alt mit einem steifen Matrosenhut und einem steifen Rock. Sie hat feste, englische Babybeine, die wirken, als wären sie an den Rand des Rocks angesteckt worden, alles so steif, und schwarzstieflige Füße, die in der Luft baumeln, während das Kindermädchen sagt: Schau nur, all die schönen toten Leute.

Ich bin froh, dass die Tagesmutter ein Gewissen hatte und dachte, es sei Teil ihrer Pflichten, das zu tun, sonst hätte ich nie von dieser Geschichte gehört.

Ihr seht also nun recht deutlich, warum es immer später wird, bis ich abends im Bett bin. Harriet kann mich nicht in ihrem Apartment schlafen lassen, darin ist nur Platz für einen. Irgendwann ist es also soweit, und keiner von uns beiden erträgt es länger, nicht im Bett zu sein. Aber ich glaube, dass Harriet es immer weiter ertragen könnte, aber ich, nein, ich hingegen kann es nicht ertragen, weil ich es nicht ertragen kann.

Hatten Sie schon mal einen Schock? fragte der lustige Arzt. Ich habe mal einen in Hythe erlebt, als ich die Grippe hatte. Ich war gerade dabei, mich ein bisschen von der fürchterlichen Grippe zu erholen und ging eines Tages spazieren, es war spätabends an einem Feiertag. Ich war sehr matt, konnte aber ein bisschen laufen und war darüber sehr stolz und in der Tat sehr schwach.

Überall in Hythe und überall in den Straßen dieser kleinen Stadt und hoch oben auf den Hügeln beim Kanal waren diese Papierfetzen und Verpackungen, die mal Eiscreme aufbewahrt haben und außerdem die Papplöffel, die dazu gereicht werden. Und überall Zeitungen und Verpackungspapier. Alle möglichen Papiersorten, und auch der Teufel war da, nur war er nicht in Papier gehüllt. Und ich hatte eine Vision dieses Unholds, und er sah aus wie – nun er sah nicht wirklich wie der große Engel Luzifer aus, der hinabgestürzt war und so verändert, aber dennoch der großartige Engel, der einen gottlosen Krieg im Himmel angezettelt hatte und durch Schlachten voller Stolz war.

Oh nein, dies war ein Teufel der hasserfüllten Sorte, der nichts von dem dunklen Geist eines Milton[70] in sich trug, der sich über den dunklen Abgrund er-

---

70 John Milton (1608–1674), englischer Dichter, der in seinem bekannten, 1667 veröffentlichten Epos *Paradise Lost* zentrale Motive der christlichen Eschatologie vom Höllensturz der Engel bis zum Sündenfall und der Vertreibung Evas und Adams aus dem Garten Eden literarisch verarbeitet.

hebt, sehr verdammt und edel. Nein, dies war ein Unhold ungleich Goethes Mephistopheles, jener fast allzu vermessene Geist der Verneinung. Nein, dies war der Unhold, der so ist. Der so ist. Der ist.

Oh, ich bin an jenem Abend zu weit spaziert, und ich wünschte mich in die Nähe meines lieben Freddy, meines süßen Freddy, der mich nach Hause bringen und mich in den Arm nehmen sollte und so liebevoll und zärtlich wäre, da er so süß ist. Aber nein, da war nur der Unhold mit seinen Eiskartons und seinen kleinen Papplöffeln und seinem oh. Es war eine fürchterliche Vision, die ich da vom Herzen jenes Unholds hatte. Und sehr *stormisch* und traurig war ich zudem, und umgeben von einer dunklen Nacht der düsteren Vorahnungen, und als ich in das Hotel zurückkam, war ich zutiefst verstört. Zutiefst entsetzt und aufgewühlt durch den Atem des fürchterlichen Unholds war Pompey.

Ich ließ mir also ein sehr heißes Bad ein und setzte mich hinein. Ich war so traurig, dass ich nicht mal daran dachte, mich hinzulegen. Es war eine große Wanne, und ich saß einfach da. Mein Pony war völlig verkorkst, und die Tränen flossen mir die Wangen hinab ins heiße Wasser. Und langsam stieg ich hinaus und zog mich fürs Abendessen an, so traurig, so voller *désespoir*[71], so voller nichts und mit einem Schmerz in meinem Herzen, der *sehr sehr aktuell* war.

Ich aß also zu Abend, und neben mir saß die ge-

71 Verzweiflung.

hörlose Miss Musk, die häufig sehr seltsam war. Sie war taub, konnte aber möglicherweise ab und an etwas verstehen, weshalb sie ständig ein besonders interessiertes Gesicht aufsetzte. Die Gesichtsausdrücke von Miss Musk waren in der Tat besonders enthusiastisch, selbst wenn man gerade nur vom Wetter sprach, sah sie einen voller Enthusiasmus, geradezu begeistert an, so begierig und so intelligent, dass es eine Schande war, dass man gerade nicht sagte, der König wäre *affiancé*[72]. Ja, es war eine Schande.

Aber das ganze Abendessen hindurch setzte Miss Musk kein Gesicht auf, das imaginierte Wonnen von Katastrophen oder Freuden vermuten ließ. Sie saß einfach da und starrte auf ihren Teller, ganz und gar versunken, und Major Sykes neben seiner Mama und seinem Papa und seiner Nanny drüben am Fenster, saß an einem anderen Tisch. Die Nanny war gekommen, um seiner Mama beim Packen und Wegziehen zu helfen: Major Sykes nahm sein Abendessen sehr früh zu sich, stand auf, verneigte sich vor uns und ging fort. Und meine liebe Schwester Mary saß mir gegenüber, aber ich konnte nicht reden, ich konnte die Speisen nicht essen, so sehr stockte mir die ganze Zeit der Atem. Ich musste aufstehen und in die Lounge gehen, wo niemand war. Und ich glaube, dass es gut war, dass sich dort niemand aufhielt. Ich saß also auf einem Stuhl am Fenster und konnte nicht mehr. Da war nichts. Ich konnte nicht mehr.

72 Frisch verlobt.

Sogleich kam meine Schwester dazu und brachte die freundliche Dame mit, die das Hotel betrieb, und sie nahm mich auf ihren Schoß. Und sofort war da dieser lustige Arzt, der hereinkam und fragte: Hatten Sie schon mal einen Schock?

Also lachte ich und lachte und antwortete: Ich wurde mit einem gebrochenen Arm geboren, und mit drei wurde mir oft sehr kalt, und ich fühlte mich ganz steif, und ich musste in einem Milchwagen nach Hause gebracht werden. Wenn da ein Milchwagen war, denn dann hatte ich Glück, schließlich war nie ein Taxistand in der Nähe, wenn mir so etwas geschah. Mit fünf hatte ich tuberkulöse Peritonitis und war nichts als Quell endlosen Ärgers und der Erschöpfung für meine arme Mama, die selbst nicht sooo stark war, im Grunde war sie sogar überhaupt nicht stark. Aber ich war ein auslaugendes Kind und weigerte mich zu essen. Meine Mutter fütterte mich da mit einem Löffel:

Da, Liebes, schau, köstlicher, köstlicher Pudding. Mama hat etwas köstlichen Pudding für Dich, liebe Patty nimm … Patty iss, einen Löffel für Mama, einen Löffel für Papa, einen Löffel für Mary, einen Löffel für das Tantchen. Oh böse Patty, Du isst ja nichts, Du nimmst keinen Löffel.

Ach meine arme Mama, Du warst gewiss sehr *souffrante*[73] mit einer solchen Patty, die einfach nicht essen wollte.

---

73 Leidend.

Mir gingen also all diese Schocks durch den Kopf, und ich lachte und lachte und dachte daran, wie ich Freddy erzählt habe, dass man mich in meinem Kinderwagen immer mit dem Gesicht in Fahrtrichtung gelegt hat, weil niemand ertragen konnte, dass ich mit diesem altmodischen Ausdruck zynischer Überlegenheit dreinblickte, wenn ich zu ihnen hochsah, als Kommentar darauf wie sie mich über die Bordsteine stießen, wozu ich gesagt hätte, wenn ich schon hätte sprechen können: Klar, fegt doch über die Kreuzung.

Jetzt werde ich Dir noch etwas mehr über meine Tante erzählen, die wie ein Löwe ist. Ich stelle sie mir als Löwen von Hull vor. Sie wurde in Newcastle geboren. Als kleines Mädchen war meine Mutter eher romantisch, weshalb sie sich nicht für die Ehe eignete. Meine Tante sagte immer: Wenn eure Großmutter noch gelebt hätte, wäre eure Mutter eurem Vater niemals begegnet. Und dann denke ich darüber nach, wo Pompey dann wäre, wo wäre diese Pompey, die ihren Hut auf dem Hinterkopf trägt, ihren Pony durcheinander hat, die immer dreinschaut wie Eddie Cantor und sich fühlt wie ein römischer Skandal?

Zu jener Zeit hatte ich eine Nanny, es war die Schwester von William. Sie war von zu Hause weggelaufen und musste also als Nanny arbeiten, doch sehr energisch und liebevoll war diese Nanny, die Elizabeth hieß und die meiner Mutter sehr zugetan war und tatsächlich sehr stark über meinen Vater schimpfte, der für sie der Bösewicht des Hauses war. Sie hatte nicht ein gutes Wort für meinen Vater übrig und schüttelte ständig ihren Kopf und sagte: Wenn nur die Wahrheit herauskäme, und: Das kann nicht gut enden. Und: Das wird Ärger geben. Sehr bald also begann ich damit, sehr heftig über meinen Vater zu schimpfen. Ich saß aufrecht in meinem Kinderwagen und wünschte mir, Mama hätte nicht so dumm geheiratet.

Nun aber denke ich, dass für den Ehemann genauso wie für die Ehefrau eine unpassende Ehe tatsächlich eine fürchterliche Sache sein muss, und so habe ich jetzt Mitgefühl für meinen Vater, was ich damals überhaupt nicht hatte.

Doch mein Vater hielt es nicht aus, er hielt es einfach nicht aus. Vielleicht war er ein schwacher Mann, immer aber war er frustriert. Das erste Mal bereits als kleiner Junge, da wollte er zur Navy. Doch der Drache, der meine Großmutter väterlicherseits nun mal war, wollte davon nichts hören, weil ein älterer Bruder ertrunken war. Als er von Hull aus nach Riga aufbrach, war er, noch bevor er überhaupt wieder Land gesehen hatte, ertrunken. Der kleine Charles also durfte nicht zur Navy. Somit musste er plötzlich bei dem Schiffshandelsunternehmen mitarbeiten, das sein Großvater besaß. Das aber war eine staubtrockene Arbeit, Stunden über Stunden Langeweile für unseren Charles. Als dann aber der Boer Krieg ausbrach, da war mein Vater in der Yeomanry[74], und da musste er dann, da würde er, da musste er in den Krieg ziehen. Er musste in Khaki neben dem Sohn des Dukes und dem Sohn des Kochs in die Tafelbucht ausrücken.[75] Dann aber hieß es: Nein, er darf nicht gehen.

Die Dinge wirkten gegen ihn, Freunde. Dieser weibliche Drache, meine Großmutter, war sehr dagegen, sie war in der Tat sehr dagegen, und sie setzte sich gegen meine Mutter durch, auf dass sie sich gegen meinen Vater durchsetze. Es war also klar, dass er nicht gehen würde, und genauso klar, gewiss war das klar, war auch, dass das Probleme hervorbringen würde. Denn plötzlich konnte mein Vater es keinen Augenblick länger aushalten. Also stach er in See. Ja, mein Papa rannte fort und ging zur See, nachdem der Krieg vorbei war, er verließ seine Frau, die bereits so müde und krank war und verließ seine Pompey, die echt ein Baby war, obwohl sie diesen seltsamen Blick hatte, der einen unsicher werden ließ, ob sie wirklich eins war.

»Bin los nach Valparaiso, mit lieben Grüßen Daddy.« Mehrere Jahre lang war das alles, was wir dazu und darüber gehört haben, und da wir nie wussten, wann er fortging, wussten wir auch nicht, wo er war. Es war sehr, sehr verstörend und ungewöhnlich, die-

---

74 Die Royal Yeomanry ist das ranghöchste Kavallerieregiment der Reserve der britischen Armee.

75 Der Satz bezieht sich auf das Gedicht *The Absent Minded Beggar* von Rudyard Kipling (1865–1936).

se Postkarten zu bekommen, »aus Valparaiso, mit lieben Grüßen Daddy«. Und sie hinterließen ein tiefes Gefühl der Vergänglichkeit in mir.

Das war also der Zeitpunkt und der Grund, weshalb meine Tante, der Löwe von Hull, zu uns kam, um bei uns zu leben. Sie musste sich um Mama kümmern, und sie musste sich um Mary kümmern, das ist meine ältere Schwester, und sie musste sich um diese Pompey kümmern, die eine solch hoffnungslose Person war.

Dieser Löwe ist zum Anführer geboren, ist stark, leidenschaftlich, liebevoll, besitzt eine enorme moralische Stärke und ist eine feine, alte Schöpfung Fieldings. Ihr Haar ist nun stahlgrau. Es steht ab. Es steht aufrecht. Das sind Haare, die vierzig Jahre Behandlung mit glühend heißen Eisenrollen durchlitten haben, dennoch aber stehen sie ab.

Als Kind habe ich vom Bett aus meiner Tante zugeschaut, und das war etwas, das sie nicht ertragen konnte. Sie starrte in den Spiegel, ihre Augen blitzten auf, sie nahm die glühend heiße Zange und drehte sie ins Herz ihrer Haare. Sie fiel über ihre Haare her, griff sie mit rotglühenden Eisen an.

Ich glaube, ich kann ihn immer noch riechen, den Geruch ihrer brennenden Haare, die wie ein heiliger, christlicher Märtyrer aufrecht stehen blieben. »Zum Teufel damit!«

Ich glaube, auf diese Weise haben die römischen Folterknechte tatsächlich gesprochen, mit verletztem Berufsstolz, als Blandina sich nicht den Götzen hingeben wollte. »Zum Teufel damit!«, ein wiederkehrendes Echo, und ich lebe immer noch im selben Haus. Wir sind nur noch zu zweit. Meine Schwester Mary lehrt an der Schule und kommt nur in den Ferien nach Hause. Wenn keine Ferien sind, leben hier nur der liebe Löwe von Hull und ich selbst.

Nun verstehst Du also, Leser, wie gefährlich es für einen Romanautor ist, sich auf die Familie einzulassen. Das nimmt kein Ende, und ehe man sichs versieht, steuert man geradewegs auf einen dieser Von-der-Wiege-bis-zur-Bahre-Romane zu, die einen nicht unter drei Bänden in Frieden lassen.

Aber ich kriege die Kurve, wenn ich das will. Ich bin die cleverste, lebende Pompey. Ich kann die Kurve kriegen, so wie ich die Kurve gekriegt habe, als ich über Kismet sprach, und wie er herumlief und von den Wänden der Häuser Cornwalls alles Grün fraß und das Saatgut ebenso und jede irgendwie lebende Pflanze.

Ich habe Dir das erzählt, damit Du weißt, wie es dazu kam, dass ich eine schlechte Grundverfassung habe und deshalb eigentlich früh aufstehen sollte und gute, einfache englische Küche zu mir nehmen und in regelmäßigen Intervallen Milch schlecken. Und alles das tue ich nie. Mir wäre langweilig dabei.

Manchmal aber, wenn man um seinen Schlaf gebracht wird, wird man morbide, lieber Leser, man wird morbide und ausnehmend übel gelaunt.

Als ich mal von Deutschland zurückkam, fuhren wir nachts über Hook, und irgendetwas war kaputt gegangen, und wir wurden frühmorgens bei Harwich herausgelassen, und da war also eine Zugladung Briten, die alle um ihren Schlaf gebracht worden waren und nun früh in einen kalten, kalten Zug einsteigen mussten, ganz ohne Frühstück und sogar ohne eine morgendliche Tasse Tee. Und es hat noch nie etwas so Übelgelauntes auf dieser Erde gegeben wie diese Zugladung Briten.

Das passiert, wenn man um seinen Schlaf und die einfachen Freuden eines gut geordneten Lebens gebracht wird.

Und als ich in den Waggon eintrat, war da eine Atmosphäre frostiger Wut, die nur Briten ausstrahlen können, und nur, wenn man sie um den Schlaf und um ihren morgendlichen Tee gebracht hat. Und da waren sie nun, Männer und Frauen, sie saßen steif da und voll schwärzestem gottlosen Zorn und jenem Rühr-mich-nicht-an-Blick, dabei berührten sie sich alle und hingen übereinander, in diesem überfüllten Waggon, eben aufgrund jener Sache, die kaputt gegangen war.

Und trotz des proppevollen Waggons war da dennoch ein Sitz in der Ecke, auf dem niemand saß. Und warum? Weil darüber ein Schild hing, auf dem stand: Reserviert.

Der Zug fuhr also gerade los, und ich setzte mich auf diesen Sitz, und das frostig-zornige britische Klima herrschte um mich herum im Waggon. Und machte es mir etwas aus, dass der Zug nicht so ausfuhr, wie die sich das vorgestellt haben, sodass die frostigen Furien gegenüber bis Liverpool Street Station mit dem Rücken zur Maschine sitzen mussten, wo sie sich doch extra genau die Sitze vor der Maschine ausgesucht hatten? Und ich dachte mir: Ich bewundere diese eisige britische Wut, so verärgert zu sein und dennoch daran zu denken, den reservierten Sitz für den Zuspätkommenden unbesetzt zu lassen, der noch schlechter gelaunt wäre, weil er beim Zoll aufgehalten wurde. In Wirklichkeit aber tauchte er natürlich gar nicht auf. Und ich hoffe, dass er den Entlastungszug erwischt hat, und ich hoffe, dass er einen Eckplatz bekommen hat vor der Maschine, so wie es mir gelungen war.

Wenn ich also düster und übellaunig werde, weil ich zu wenig Schlaf abbekommen habe, dann spiele ich dieses Spiel, von dem ich Dir erzählt habe, es ist verwandt mit meinem Heuhaufen-Elfenbeinturm-der-Glückseligkeit-Spiel.

Du bist plötzlich nicht mehr in London oder irgendeiner anderen Stadt, sondern läufst einfach eine lange Straße entlang, vielleicht eine Straße in Frankreich, möglicherweise wie die in einem Utrillo[76], und da sind Bäume, und eine lange, gerade, weiße Straße, und Du fragst Dich, wie weit

76 Maurice Utrillo (1888–1953), französischer Maler, bekannt für seine Straßenszenen.

es noch ist, und Du denkst: Stiefel Stiefel Stiefel Stiefel im Gleichschritt Marsch, und es gibt keine Entlassungen während des Kriegs, aber die ganze Straße entlang ist da niemand, und vielleicht ist da nie jemand anderes gewesen, so leer ist es, und die Landschaft ist zu beiden Seiten eine flache Ebene, als würde sie sich bis zum Meer ausdehnen über Salzwiesen und Meerfenchel hinweg, und der Weg ist eingedeicht, und da ist eine weiße Steinmauer, die ihn eindämmt und parallel verläuft.

Und so gehst Du also weiter und weiter.

Und plötzlich weichen die Bäume zurück, und da ist nichts als die Straße, und plötzlich weicht die Straße zurück, und da ist nichts als der Weg, und plötzlich weicht der Weg zurück, und da ist nichts als die Marsch und die Meerfenchelfelder, und die Bodenverhältnisse sind dreckig und hart, es hatte schon länger keine Flut mehr gegeben.

Und plötzlich weißt Du, dass Du nach rechts über die Salzfelder gehen musst, und da steht ganz bestimmt das Haus. Es ist ein hohes, quadratisch angelegtes, weißes Haus mit niedrigen Nebengebäuden und Scheunen, und eine Steinmauer führt darum herum als Schutz vor dem Wind, und jetzt wird es dunkel, und ein heftiger Wind kommt auf, der stolz und rachsüchtig bläst. Und Du kommst geradeso rechtzeitig an. Und Du gehst durch das Tor in der Mauer auf das Grundstück und schließt das Tor hinter Dir, und Du gehst den Gehweg hinauf, der von Bäumen umgeben ist, die trotz der

Mauer alle in eine Richtung geneigt sind, und so erreichst Du schließlich die schwere Tür, vor der eine steinerne Veranda mit einer Steintreppe liegt, die zu ihr führt, und Du schließt die Tür auf, und Du gehst hinein und schließt die Tür hinter Dir zu, verriegelst sie, und innen befindet sich eine große steinerne Halle, und Lampen hängen vollkommen gerade von der Decke. Obwohl der Wind nun um das Haus tobt, kann er nicht unter der Tür hindurch.

Und Du gehst die Steintreppe hinauf, die aus flachen Stufen besteht, immer höher im Kreis, und Du kommst in ein langes, rechteckiges Esszimmer mit einem gedeckten Esstisch. Und das Essen, nun zunächst gibt es Schneehuhn *en casserole* und Ofenkartoffeln, sehr heiß und frisch. Und zum Trinken gibt es Bier, und es gibt Pilze auf Toast, und dann sind da noch frisch gepflückte Feigen und zum Trinken eben dieses kalte Bier. Und da ist ein kleines Feuer in einer Schale in einem großen Kamin aus Steinen, und Du sitzt eine Weile davor und siehst zu, wie der Himmel hinter den großen Schiebefenstern dunkler wird, und da draußen die See, und der Wind heult zu seinem eigenen Vergnügen.

Irgendwann also gehst Du ins Bad, das ein großes, quadratisches gefliestes Badezimmer ist, und die Badewanne ist eine große Steinbadewanne, und das Wasser schießt heiß und schäumend in die Steinbadewanne, weil es Salz enthält, und Du begibst Dich hinein. Es ist so tief und die Wanne so groß, dass Du darin treiben kannst. Und die Lampe hängt vollkommen still und brennt gleichmäßig, und Du hast einen Luffa und eine Fougère-Badeseife – ah, und Du schrubbst und wäschst Dich überall sorgsam, und Du trocknest Dich mit weißen Handtüchern, während Du auf einer Badematte aus Luffa stehst, die piksend und nicht schmierig wie jene aus Gummi ist. Du rubbelst also, und wenn Du trocken bist, ziehst Du einen Bademantel an, der aus dickem, trockenem, wirklich dickem Frottee besteht, er ist schwerer und trockener als ein Badelaken, und Du ziehst Dir Schlappen an, die mit dem gleichen schweren Frottee gefüttert sind.

Und jetzt ist der Augenblick gekommen, an dem Du also Dein nettes Schläfchen halten kannst. Und dann gehst Du rasch den Gang entlang, links und rechts sind Türen, Deine Tür aber ist am Ende des Ganges, und da ist ein schönes Schlafzimmer, wo Du Dein nettes Schläfchen halten wirst.

Und hier drin ist es jetzt dunkel, aber nicht vollkommen dunkel, da kommt immer noch ein schwaches, graues Licht durch die weit geöffneten Schiebefenster, und die Fensterscheiben klappern nicht, bewegen sich nicht, obwohl der Wind zu seinem eigenen Vergnügen draußen tobt, und der Himmel ist mit diesem schwachen, grauen Licht gestreift, und da ist das Lärmen der zum eigenen Vergnügen rauschenden und tobenden Luft.

Und das Bett ist ein Hochbett, es verfügt weder über Fuß- noch Kopfteil, es ist hoch und flach, da ist nur ein einziges Kissen, die Laken sind zurückgeworfen, und das Bett steht in der Mitte des Raumes. Es ist ein großes, flaches, hohes, gerades, hartes Bett, die Laken weiß und trocken und fein wie Staub. Und so streifst Du also die Schlappen ab, springst aus dem Bademantel, kletterst auf das Bett und legst Dich flach hin. Oh, dieser schöne, dunkle Raum, und die Luft dringt munter durch die großen offenen Fenster, und das graue Licht ist weit entfernt am dunklen Himmel.

Oh Nachtraum und Horror, haltet meinen Traum von mir fern.

Jetzt aber, Leser, werde ich mit meinem Urlaub in Deutschland fortfahren. Das ist schon ein paar Jahre her. Ich muss sagen, der Zug zur Fähe nach Harwich, und damit will ich nun der *London and North Eastern Railway Company* keins auswischen, aber ich muss sagen, dass der Zug zur Fähre sehr *schnell ist.* Der Löwe, meine Tante von Hull, hat mich, wie gesagt, verabschiedet. Zuerst aßen wir im Great Eastern Hotel zu Abend. Dort gibt es opulente Fleischkeulen. Schon jetzt also war das Essen sehr wichtig. Jetzt schon waren da Deutsche, die mit heiligem Ernst aßen.

Zum Zug zur Fähre nach Harwich werde ich noch später etwas zu sagen haben, Miss Casmilus. Doch der Regionalzug nach Felixstowe, der nicht so schnell ist, über den muss ich schon jetzt ein bisschen was sagen. Oh nein, der ist überhaupt nicht schnell.

Zunächst hält man in Ipswich, dann kommt lange Zeit nichts, und dann ist da etwas, das klingt, als hätte man Ipswich gerade verlassen. Du hast Ipswich gerade verlassen, mein Lieber? Warte. Dann folgt Something Roads, das einfach auch wieder Ipswich ist, nur um Dir den falschen Stolz auszutreiben. Und darauf folgt Orwell.

Dieser Name verfolgt mich. Orwell. Sehr hübsch, dieses Orwell, aber überstürze es nicht, die Schönheit von Orwell aufzusaugen, nimm Dir Baum für Baum vor, und zähle die Gänseblümchen in den Blumenbeeten. Dort richten sie den Zug neu aus, sodass jeder Gleisabschnitt den ihm zugewiesenen Waggon bekommt und alles seine Ordnung hat und keiner sich beschweren kann. Schau Dir Orwell an, und präg es Dir ein, Du wirst es auf der Rückreise wiedersehen. Orwell ist in Ordnung, da ist nichts Falsches an Orwell.

Und dann etwas später ist da Trimley, schwierig, so auf Orwell zu folgen – dennoch sind dort zehn Minuten Aufenthalt vorgesehen, sodass Du Dich mit dem Gedanken anfreunden kannst, dass Felixstowe, wie geschon gesagt *Felixstowe*, als Nächstes kommt.

Also Felixstowe Town. Den mythischsten aller Orte, den man Felixstowe Beach nennt, habe ich nicht erreicht, werter Leser, da ich es vorzog, die Promenade entlangzulaufen und rechtzeitig zurück zu sein für ein gutes englisches Abendessen, das nichts von dem kontinentalen Unsinn enthält, denn wie schon gesagt, ist das Great Eastern Hotel verkommen, überlaufen und kontaminiert von dem trans-deutsch-ozeanischen kulinarischen Verbrechen.

In Felixstowe spielt sich das Dinner auf einer höheren Ebene ab. Es ist sehr spirituell. Eine Form rosa Mandelgelee als Nachtisch, sehr platonisch. So als wäre es die weltliche Kopie einer Großen Idee.

Nun ist aber dieser Zug zur Fähre, der mich nach Harwich bringt, sehr rasch und ernst, dieser Zug ist voller Deutscher, dieser Zug ist ein Reinfall, und bereits jetzt denke ich, dass meine Tante und Baldur Löwen, die voller Heimweh kamen, um mich zu verabschieden, bereits sehr weit weg und in der Vergangenheit liegen.

Ich fand etwas zu Berlin, was mich anheimelte.

Das ist recht armselig, würde ich sagen, doch als ich Deutsch lernte, mussten wir deutsche Theaterstücke lesen, und unsere Deutschlehrerin ließ uns Stellen auswendig lernen, sehr frei und leicht waren diese Abschnitte, und okay, solange man sich an den Text hielt, allerdings sehr eingeschränkt nützlich, wenn man sich mit den Einheimischen unterhalten wollte. Denn wenn das Leben die Kunst so weitgehend nachahmen muss, behindert das die alltäglichen Bedürfnisse des Reisens, mit seinen wiederkehrenden Problemen von Hunger, Unterbringung, Zügen, Straßenbahnen, *Untergrundbahnhöfen* und *bye-bye*.

Das Stück hieß *Der lebende Leichnam*[77], und ich werde Dir später davon erzählen. Sehr edel und exzellent; es war von Tolstoi, aus dem Russischen ins Deutsche übertragen. Und das ist es, was ich meine, wenn der Held sagt, *er fand etwas bei den Zigeunern, das ihn anheimelte*. Da denkst Du Dir unweigerlich: *Zigeunern, das geht nicht*, und dann musst Du nachdenken und es verändern, damit es passt. Und da nun lässt Dich die Methode hängen. Denn hin und wieder haben wir alle mal Aussetzer und dann belässt man es eben dabei, und das vermittelt vielleicht einen falschen Eindruck, denn wenn der Akzent und die Worte in Ordnung und ordentliches, zeitgenössisches Deutsch sind, wirst Du für die Bedeutung verantwortlich gemacht. Das ist dann nicht, wie wenn Du vor Deinen englischen Freunden angibst, die ohnehin kein Deutsch können und dann annehmen, dass Du es kannst, weil Du es so *fluent*, also *fließend* sprichst.

Tja, hör Dir mal Harry an. Wer hätte gedacht, dass der alte arme Harry gut in Sprachen ist. Er muss immer schon gut in Sprachen gewesen sein, und wir hatten es nie bemerkt und ihn stattdessen für einen dumpfen Schwachkopf gehalten, wobei er einfach nur gut in Sprachen war. Und wir haben es einfach nie bemerkt. Nun komm schon, Harry, erzähl uns mehr. Siehst Du?

77 Leo Tolstoi, *Der lebende Leichnam* (postum 1913 erschienen).

Da saß ich also in meinem Zug zur Fähre nach Harwich. Und irgendwann kamen wir in Harwich an und gingen an Bord. Ich hatte eine nette, komfortable Kabine, und meine weibliche Kabinengenossin hat mich nicht eine Sekunde lang gestört, da sie sofort wie ein Baby ins Reich der Träume versank. Mir wird nie schlecht, wenn ich auf der Nordsee bin, ich habe aber immer einen Flachmann dabei, falls eben doch, und um mir Selbstbewusstsein zu geben, und wenn ich ihn dann doch nicht benötige, kann ich den Alkohol später in Kaffee oder Ginger Beer mischen.

Ich habe mich oft gefragt, was passiert, wenn man Stout mit Brandy mixt, ähnlich wie bei diesem Drink, der gerne getrunken wird, und von dem Männer einem erzählen, dass es ein Männergetränk sei, das Frauen unter gar keinen Umständen probieren sollten. Es heißt *Black Velvet.* Nun, dieser Black Velvet wird zur Hälfte aus Stout und zur Hälfte aus Champagner gemixt, und ich wage zu behaupten, dass wenn man billigen, süßen Champagner verwendet, wie es bei einigen 21. Geburtstagen geschieht – ich nenne keine Namen –, es klug sein könnte, den Butler loszuschicken, um Guinness aufzutreiben.

Wenn Du das aber machen würdest, könnte es sein, dass Du damit alle gegen Dich aufbringst, und außerdem wirst Du vielleicht nicht zur Hochzeit eingeladen, zu der Du Cousins und anderen Verwandten immer Geschenke machen musst, die außerdem so dicht auf den 21. folgt und auch noch dazu kommt. Nun, wenn man Dich nicht auf die Hochzeit einladen würde, müsstest Du auch kein Geschenk auftreiben, und obwohl Du eben auch keine weitere Gelegenheit für einen Schluck Black Velvet auf Kosten des Gastgebers hättest, wärst Du sicher nicht schlechter dran.

Und während ich gedankenverloren döste, durchlief ich rasch den Zoll bei Hook. Und immer noch leicht benommen von Black Velvet träumend bestieg ich den Zug.

The Hook um 5 Uhr morgens – oder war es 7 Uhr morgens? – sehr früh jedenfalls, sehr frisch, wirkt wie ein lang verlassener Bahnsteig. Wann immer ich auf diese Weise reise, scheine ich die einzige Person zu sein. Nanu, Sie wollen nach Berlin? Also ich nie. Nein, wir hatten noch nie jemanden, der nach Berlin wollte, seit – Hi George, wann war das nochmal, als wir den letzten Passagier nach Berlin hatten, der ältere Herr, der einen Dundreary Whisker[78] trug und der so großzügig mit seinem Geld umging?

Seltsam leer und grasüberwachsen ist das Bahngleis in Hook, der Zug aber ist ausnehmend geräumig und komfortabel. Fünf oder sieben Uhr morgens, wie viel Uhr auch immer es war, ist eine

78 Aus der Mode gekommene Bartform, benannt nach Lord Dundreary, einer damals bekannten Figur aus dem Theaterstück *Our American Cousin* (1858) von Tom Taylor. Dundreary galt als Personifikation eines gutmütigen, aber dummen britischen Adligen.

sehr seltsame, sehr frühe Uhrzeit für jemanden, der für gewöhnlich später aufsteht, als die meisten Leute. Wie viel später dieser jemand es sich angewöhnt hat, aufzustehen, das weiß nur der Löwe von Hull.

Der Löwe, meine Tante, hat ausnehmend schlechte Gewohnheiten zur Nacht. Ihre nächtlichen Gewohnheiten sind wirklich sehr nah an Old Fielding. Da hilft ihr kein spätnächtlicher Becher Horlicks[79] mehr, nur noch die kalte Wildpastete, die sie im Speiseschrank findet, kann da noch helfen. Dieser Speiseschrank wird von meiner Tante befüllt und ist ihr zugleich Quell wiederkehrender Überraschungen und Schatzfunde, obgleich gewiss sie, und bestimmt nicht ich oder die Zugehfrau Mrs. Green die Wildpastete dort hineingestellt hatte: Schau nur Pompey, da ist noch etwas von der Wildpastete im Speiseschrank. Möchtest Du davon zum Abendbrot? Es ist nun gewiss bereits 12 Uhr nachts. Aber nein, Tante. Ich kann nicht behaupten, dass es mich nach übrig gebliebener, kalter Wildpastete gelüstet. Es gelüstet mich ganz und gar nicht. Nur zu, Tante, ich sagte, nur zu Tante, lass Dir die kalte Wildpastete schmecken. Ich möchte nur eine Tasse heiße Milch und etwas Ovomaltine. Wir sind heutzutage einfach zu zartbesaitet, wir, also die jüngere Generation.

Mit Bewunderung und ständig neuer Verwunderung beobachte ich meine Tante. Sie stellt die Wildpastete auf den Tisch und findet an einem noch ab-

79 Ein Malzpulvergetränk, ursprünglich als Nahrungsersatz beworben.

gelegeneren Fundort eine Flasche Bier. Und dann sind da frische neue Brotkrusten. Meine Tante fühlt es bereits: Oh wunderbares Vesperchen. Oh gesegnete Mahlzeit.

Sie setzt sich hin und nimmt etwas Soße zur Wildpastete. Sie legt sich die Zeitung zurecht und liest aus der Berichterstattung über gerichtliche Vorgänge. Meine Tante hat daran große Freude, denn auf der Seite mit den Gerichtsberichten wird von irgendeinem verzweifelten Antragssteller aufgedeckt, wie Somerset House[80] in seiner ganzen dunklen Verkommenheit bei einem Fall geschlafen hat.

Ha ha, das ist ein großer Augenblick für meine Tante, denn sie hat mir schon oft gesagt: Wenn irgendwelche privaten Geschäfte auf diese Weise liefen, wären sie alle schon vor langer Zeit bankrottgegangen: Das habe ich dem Inspektor gesagt. Ja, sie hat das dem Inspektor gesagt. Und mir hatte sie es nun bereits mehrfach erzählt. So mümmelt sie also ihre kalte Leberpastete und liest die Zeitung und sieht Somerset House in all seinem Raubrittertum untergehen, verhangen in seinem gierigen schwarzen Herz aus Stolz.

Manchmal liest meine Tante jedes Wort aus ihrer Einkommensteuererklärung laut vor. Mit Schniefen und Schluchzen in der Kehle, aufgrund der Bosheit, die da geschrieben steht, mit Zorn in ihrem alten Lö-

---

80 Neoklassizistischer Bau, in dem über längere Zeit Regierungsbehörden untergebracht waren, die Testamente und ähnliches aufbewahrt haben.

wenherzen, mit Nägelkauen und Schwanzwedeln, so streift sie hoch und runter durch das Haus, und kratzend und zeternd geht sie an den Schrank, wo der Belegspieß seinen Platz hat. Jede Quittung, die wir erhalten haben, ist auf diesen gewaltigen Haken gespießt, und dann brüllt und fuchtelt sie weiter und findet schließlich die notwendige Quittung, und voll des gerechtfertigten Triumphes schreibt sie nun an James. Dieser James ist ihr Cousin, und er bekleidet eine wichtige Position im verdorbenen Herzen von Somerset House. Dieser James ist sehr clever und sehr gewissenhaft und arbeitet sehr hart. Macht nichts, wenn er manchmal etwas streng wirkt, denn das Leben muss ganz der Arbeit gewidmet sein, und er ist obendrein Sozialist der guten alten Huxley-Sofaschoner-Zeit, als es der Gipfel des Menschenrechts war, zwölf Stunden am Tag zu arbeiten und in den übrigen sechs Stunden eine Abendschule zu besuchen und sich dann sechs Stunden auf ein so hart wie irgend möglich gefertigtes Bett zu verabschieden. Und das ist die Art Leben, die er geführt hat. Er ist sehr streng, aber auch sehr gütig, und er berät Somerset House, wenn ein Fall in der Schwebe ist. Er ist auf Seiten des Rechts, dieser James, und er ist immer gut zu meiner Tante und schwingt das Kriegsbeil für sie, sodass ich glaube, dass die Vertreter der örtlichen Steuerbehörden recht verängstigt sind, wenn sie sehen, dass meine Tante im Anmarsch ist, da sie wissen, dass sie einen gewieften und jähzornigen alten James im Ärmel hat.

Meiner Tante fällt es allerdings schwer, sich schriftlich auszudrücken. Sie muss immer erst einen Rohentwurf machen, den sie mir vorliest. Der ist sehr witzig, sehr ungehalten und sehr verschwommen, als wäre sie so verärgert, dass sie gleich erstickt, so übellaunig. Und immer spielt die Reihenfolge der Wörter eine Rolle, denn meine Tante vergisst ständig, dass es nur ein »s« in diesem erschöpfenden Wort gibt.[81] Aber irgendwie wird dieser Brief trotzdem fertig, mit all den i-Punkten und t-Strichen darin. Und dann folgt weiterer Aufruhr und Grummeln und Auskeilen, weil die Briefmarke, die sie unter die Bronzestatue von Van Dyck gelegt hatte, nicht mehr da ist. Schließlich aber ist der Brief mit einer Marke versehen, und dann folgt ein Moment, der einen fast taub werden lässt, weil es plötzlich so still ist.

Daran dachte ich gerade, insbesondere an meine Tante und an die Reste der Wildpastete und die Gurken und die Flasche Bier, während der Zug The Hook verließ. Ach und wie seltsam und entkörperlicht man sich so früh morgens fühlt, wenn selbst der Tau noch nicht von den Feldern verschwunden ist, ganz Holland sieht aus, als sei es von Tau benetzt, und über den Feldern hängt Dunst, und die Rinder stehen umhüllt von-Du-

---

81 Gemeint ist wahrscheinlich »Shit« oder »Nitwits« (Dummköpfe) oder eine ähnliche Beleidigung.

weißt-schon-worum-es-geht, wie Peter Grahams[82] *Head of Cattle*. Und ich habe mich oft gefragt, ob die Rinderhufe für ihn eine besondere Heiligkeit besaßen, sodass sie immer von einem feinen Dunst umgeben waren, oder ob es ihm einfach unmöglich war, sie zu malen, weshalb da immer dieser feine Dunst sein musste oder auch ein verdeckendes Bett aus Heidekraut.

Meine Tante und meine Mutter hatten einen Kunstlehrer, als sie in Malvern zur Schule gingen. Das ist schon sehr lange her. Ich stelle sie mir in der Schule in Malvern vor, als der Deutsch-Französische Krieg über Europa hereinbrach, ganz *Boule de Suif*[83], so stelle ich mir jene Zeit vor. Dieser Kunstlehrer jedenfalls ließ seine Schüler Gemälde kopieren, ging dann herum und ergänzte die schwierigen Stellen. Er war sehr liebenswürdig. Sein Name war Ernest Cooper, nie aber stand *Ernest Cooper* auf der Leinwand, immer nur der Name des Schülers. Als meine Mutter also *King Charles's Spaniels* kopierte und Ernest die Gesichter der Hunde fertigstellte, empfand er Befriedigung allein dadurch, dass er diesen Hunden aus einer sehr schwierigen Lage geholfen hatte. Auf der Leinwand fand sich nur der Name meiner Mutter, der Rachel Silver lautete.

---

82 Peter Graham (1836–1921), schottischer Landschaftsmaler, dessen Landschafts- und Weidetier-Gemälde sich im 19. Jahrhundert großer Beliebtheit erfreuten.

83 *Boule de Suif* (dt. Fettklößchen, 1879/80), Novelle von Guy de Maupassant, deren Handlung zur Zeit des Deutsch-Französischen Krieges spielt.

Und meine Tante hatte den Auftrag, Landseer[84] zu kopieren. Ach, es war Landseer hier und Landseer da und Landseer die Treppe rauf und im Empfang, und im Esszimmer hing *The Monarch of the Glen*[85], ein köstlicherer Hirsch ward noch nie aufgehängt. Einmal aber musste meine Tante einige Schafe kopieren. Es war eine ganze Herde mit sehr vielen Schafen, eine einfache Ansicht einer ganzen Masse von Schafen. Eines der Schafe aber schaute aus dieser Herde heraus, als wäre es aus weiter Ferne gerufen worden. Und es machte auf der Leinwand meiner Tante dieses Gesicht – an diesem Tag muss Ernest Cooper wohl krank gewesen sein –, es hatte diesen Gesichtsausdruck niederer Gerissenheit, wie man ihn vom Gesicht eines Investitionsvermittlers kennt. Und in diesem Ausdruck lag auch etwas verschlagene Angst, so als ob das, was es aus der Ferne vernommen hatte, das Geschrei und Gewüte der Anteilseigner wäre, die das alles keine Sekunde weiter mittragen würden. Nein, Sir.

Es war schon clever, wie meine Tante all das in das Gesicht eines Schafes transportiert hatte, aber es stach so offensichtlich heraus, dass mein Großvater die Sache beendete.

Und das war's dann. Und ich glaube inzwischen auch, dass das mit dem Schaf eine gute Sache war,

---

84 Sir Edwin Henry Landseer (1802–1873), englischer Maler, der besonders für seine Tierporträts bekannt war. Die Löwenskulpturen am Trafalgar Square stammen ebenfalls von Landseer.

85 Berühmtes Hirschporträt von 1851.

gut, dass mein Großvater die Sache beendet hat, denn es war bereits jede einzelne Leinwand auf einen schweren Rahmen gezogen worden, und überall im Haus hingen Bilder, und keines durfte verloren gehen, sie waren alle versammelt, einschließlich *Faith in the Arena* von meiner Mutter, das einen Löwen im Hintergrund zeigt, der anders als Dingo ganz und gar nicht wie ein Löwe aussah, und *For the Queen and Old Ireland*, das einen jungen Soldaten mit Kopfverband zeigte, dessen Blick direkt aus dem Verband zu kommen schien und der nichts Gutes für die Familie verhieß, die ihn beherbergte. Und *The Blacksmith's Forge*. Und diese große Leinwand: Da waren viele Pferde zu sehen, und ein Mann lag auf dem Bauch seines Pferdes, das über den Haufen geschossen worden war, und der Mann, so viel konnte man erkennen, er war tot. Und auf dem Bauch des Mannes lag sein Hund, sein *Doggy*, der sich mit seiner Pfote die Augen bedeckte und dabei seinen Kopf hochhob. Es brachte einen zum Weinen. Und da waren zwei Offiziere. Ja, ich erinnere mich jetzt, es war Napoleon, und es war der Rückzug aus Moskau, und es hieß – lasst uns alle gemeinsam weinen – *Man's Best Friend.* Was aber war der beste Freund des Menschen? War es der Hund, das Pferd oder der Tod, was ihn aus dem grausamen, vom Hunger geplagten Frost und Schnee befreite, die eisernen Reserven bereits seit sieben Tagen aufgebraucht? Da kannst Du dann selbst entscheiden, Du kannst daraus machen, was Du willst. Finde es selbst heraus.

Das sind die Dinge, an die ich dachte und inzwischen waren wir in Hannover, und ich konnte mich glücklich schätzen, all diese Dinge zum Überdenken zu haben, insbesondere deshalb, weil Norddeutschlands flache Landschaft nicht viel zum Betrachten bot, und weil die Gesichter norddeutscher Geschäftsmänner, die man in der 2. Klasse Richtung Berlin trifft, besser nicht angeschaut werden sollten. Und so kamen wir in Hannover an und *Schokolade* und *Zigaretten und bitte wie lange ist hier Aufenthalt.*

Ich dachte an Ernest Cooper und wie großzügig er war und wie clever, ein Strich für die Ulmen, ein anderer für die Eichen, ein weiterer für die Trauerweiden und etwas vollkommen anderes für Kopfweiden, und die ganze Zeit tat er all dies, ohne am Schluss etwas vorweisen zu können, ihm blieb lediglich Luft abschnürende Anonymität und keinerlei Befriedigung, keine Rache, und da machte es Plopp und schon war ich in einem anderen Gedankengang: Warum nur macht man Ferien im Ausland, wenn man keine Schulferien mehr hat? Diese fürchterlich krampfige Müdigkeit langer Reisen, und kaum bist Du endlich angekommen, musst Du schon wieder zurück. Wie es ist, fragst Du? Genau so. Es ist, als wäre man ein elastisches Band, das an dem einen Ende in *Bahnhof Zoo* befestigt wurde und dann bis Liverpool Street Station am anderen Ende gedehnt wurde, und graduell, ach zunächst fühlst Du Dich so angespannt, dass Du glaubst, Du stirbst, doch dann, Stück für Stück, je näher Du an

Bahnhof Zoo kommst, desto weniger angespannt bist Du, bis Du schließlich rechtzeitig zum Tee in Berlin ankommst. Puh.

Aus dieser Richtung bin ich noch nie angereist. Zuvor bin ich aus Dessau gekommen und stieg deshalb am *Anhalter Bahnhof* aus. Von hier aus aber, wie eine heranrollende Flutwelle direkt von der Nordsee aus kommend, hatte man das Gefühl, als wäre man noch in Holland.

Warum ich kam, war deshalb: Weil Harriet eine neue Zeitschrift zugeteilt bekommen hatte und ganz aufgeregt deswegen war, und sich einfach nicht für einen Urlaub freinehmen konnte, das ging einfach nicht. Harriet ist also etwas falsch, wenn es um Urlaubsplanung geht, und sie macht sich lieber auf den Weg nach Hause über Brindisi nach Griechenland und zwei Wochen später wieder zurück, nachdem sie die dazwischenliegenden Tage, jene in Petras, mit dem Versuch zugebracht hat, mit Onkel und Tanten von ausgeprägter Reizbarkeit und Unfähigkeit zurechtzukommen und außerdem mit sehr, sehr schwierigen und obskuren Transaktionen geschäftlicher Art, von denen ausschließlich die Griechen etwas verstehen. Griechen, Juden und Levantiner. Zeichnet das ein lebhaftes Bild der ruchlosen Komplikationen? Ich wette, dass es das tut. Harriet würde also nach ihrer zweiwöchigen Reise heimkehren und dann erstmal ins Bett müssen, und selbst danach würde es zwei oder drei Monate dauern, bis sie sich wieder davon erholt hatte.

Daher dachte ich mir: Ich mache mich nochmal auf nach Berlin und bleibe erneut bei diesen Leuten, bei denen ich mal zu Gast war, die nun von Dessau nach Berlin gezogen sind. Sie hießen Eckhardt. Inzwischen war ich zwar nicht mehr ganz so erpicht darauf, die Eckhardt-Familie wiederzusehen, allerdings waren sie die einzigen, die mir einfielen, zu denen ich mit so kurzem Vorlauf reisen konnte, und das war auch schon alles, was ich ihnen zugestehen kann. Franz Eckhardt, der Ehemann, holte mich am Bahnhof ab, und die Familie lebte inzwischen in Halensee, also machten wir uns auf den Weg, wobei Pompey immer noch sehr außer sich und eingenommen war von ihren tränenreichen Gedanken an die schweren Striche, die Ernest Cooper gezogen haben muss, während er seinen Namen nie auf den Leinwänden sah.

Diese Eckhardts, fiel mir nun viel zu spät wieder ein, stammten von Engländern ab, also vor langer, langer Zeit. Und da sie von diesem dominanten englischen Zweig abstammten, hatten sie die Einstellung, immer fest und britisch stur beibehalten, dass eine einzige Sprache für jedweden Christen ausreichte, und gut in Sprachen zu sein, wie der arme Harry, war zwar für Geschäftsreisende und die komischen Jungen in den Berlitz Sprachschulen in Ordnung, aber damit sollte es auch genug sein.

Jetzt weißt Du also, wieso sie keinerlei Englisch sprachen, und Dir wird klar, wie seltsam es für einen Herrn Doktor war, der in Berlin lebte und eine

Stelle als Lehrer innehatte und die Kadettenschule hinter sich wähnte, niemals einen Hauch Englisch gelernt zu haben. Aber das war nun mal wieder typisch für mich, dass ich also hinging und bei den Eckhardts wohnte, die kein einziges Wort verstanden oder sprachen, das nicht Deutsch war.

Ich wollte, dass dieser Eckhart anhält und mir etwas zu trinken anbietet. Ich fühlte mich mittlerweile ganz unirdisch, so als würde ich jede Minute in den Himmel aufsteigen, einfach hinaufgepustet werden, so ohne jedwede Absicherung am Boden. Ich spürte keinerlei Gewicht in mir. Ich schien nur noch Geist zu sein, der von einem Reisemantel aus Tweed am Boden gehalten wurde. Mein Gott, dieser Mann hat nicht einmal mit der Wimper in meine Richtung gezuckt, während wir an den Cafés vorbeikamen. Oh, wolltest Du je zuvor so dringend einen Drink, Pompey? Da flüsterte mir mit einem Mal die Vorsehung ins Ohr: Du hast doch einen Flachmann, und so lächelte ich und lächelte weiter, bis wir angekommen waren.

Diesen Eckhardt konnte ich überhaupt nicht ertragen, er war ein kleiner, knauseriger Typ, der mich eher abstieß. Seine Frau Ludmilla aber war in Ordnung, soweit ich das einschätzen konnte, und soweit ich mich erinnern konnte. Und es schien mir plötzlich, dass ich ein erhebliches Risiko eingegangen war, allein nach Berlin zu kommen, um bei den Eckhardts unterzukommen, die ich jahrelang nicht gesehen hatte, und obendrein nur für einen dieser zweiwöchigen Urlaube, die sie uns im Büro lediglich genehmigen. Und ich dachte: Wie viele Erdzeitalter Langeweile kann man in zwei Wochen unterbringen, und wäre da nicht etwas Abstoßendes an Herrn Snooks, hätte ich meinen Kopf auf seine Schulter gelegt und geweint und geweint. So fühlte ich mich, als wir in diese erstklassige *Wohnung* kamen.

Ludmilla empfing mich an der Tür, und ihr liefen die Tränen. Habe ich doch gesagt, es war alles im Eimer! Sie gaben mir kalte Wurst und Kaffee und Stückchen von etwas, das wie Gürkchen aussah, und dann wurde mir klar, dass das Kind *seltsam* war. Sie brachten mich also zu ihr. Das Kind hieß Trudi. Und Trudi sah nun wirklich so aus, als wäre das Ende nah. Da saß sie mit vier Jahren und hatte Ringe unter den Augen, die aussahen, als hätte sie nächtelang durchgetrunken, und sie schlug ihre Augenlider nieder und wickelte einen Finger um den anderen. Oh wie ich es hasse, ein Kind so zu sehen, also sagte ich: Ach lasst das Kind zufrieden, ich glaube, sie hat einfach Angst vor mir, sie wird sich kaum an mich erinnern können. Aber sie bedrängten sie, dass sie sagen sollte: *Wie geht es Tante Pompey*, und das machte sie aber nicht, also ging ich hinaus, und als ich mit dem armen Kindchen später allein war, war sie vollkommen normal und sagte: Tante Pompey wasch das Geschirr. Und zwar auf Deutsch natürlich, Leser, aber ich habe genug verstanden, um mich aus der Affäre zu ziehen und sagte: *Tante Pompey velly solly no speakee Chinee*. Das Kind war wirklich verstört.

Am nächsten Tag, so hatten sie geplant, sollten wir uns ans Meer begeben, an einen kleinen Ort an der Ostsee namens Neuesdorf, das direkt hinter Danzig lag. Da das Kind aber natürlich keine Lust hatte, mussten wir in Berlin bleiben. Das kam mir gelegen. Ludmilla war ganz in Ordnung, wenn man mal mit ihr allein war. Baldur Löwen, jener Deutsche, den ich in London kenne, hat ein Foto von ihr angesehen und gesagt, sie sehe *hysterisch* aus, und er hat mich gefragt, ob ihr Ehemann kleinwüchsig und unter 1,50 m sei.

Also dieser Baldur hatte zweifellos witzige Einfälle. Nun, sagte ich, ja, der ist eine richtige kleine Ratte. Und da nickte er, als wisse er nun über alles Bescheid, und sagte, daran liegt es, und dass man daran nun mal nichts machen könne, außer die Kleinen abzuschütteln und sich nach einem ausgewachsenen Mann umzusehen, wie es jener Kerl namens Göring sei.

Ich war zu gut erzogen, um die Konversation weiterzuführen, wo Baldur Löwen nun aussah, als wisse er einfach über alles Bescheid. Seine Bemerkung kam mir dennoch in Erinnerung, als ich mit Ludmilla im Kempinsky saß.

Sie sah wirklich ziemlich angespannt aus und ständig entfuhren ihr Versatzstücke wie *Unser liebes Vaterland* und *Unsere glückliche Familie in der Wohnung* und wie gemütlich und warm, es war einfach ein bisschen, als protestierte und übertrieb sie zu viel, etwas, worunter im Grunde ganz Deutschland litt, jener *männliche Protest*[86], den sie selbst erfunden hatten. Sehr subtil war das und deutlich zu warm und gemütlich für meinen Geschmack.

Also rief ich ein paar Judenfreunde von mir an, die außerhalb von Charlottenburg lebten und besuchte sie. Das war vor Hitlers Kampagne, aber sie war bereits im Begriff zu entstehen, sodass jene Judenfreunde bereits das schwarze Hakenkreuz an ihre Eingänge geschmiert bekommen hatten. Jedenfalls waren sie solide Gesellschaft, immer mit einem geschärften Auge auf die Selbsterhaltung ausgerichtet und ohne irgendein Anzeichen von Neurosen. Sehr solide und objektiv und vernünftig erschienen sie mir nach der Neurose in der Wohnung in Halensee.

Später nahm ich Ludmilla mit in das Museum für Moderne Kunst, und wer sollte mir dort anderes über den Weg laufen als mein lieber Karl. Das war nun wirklich überraschend, da Karl eigentlich in der Schweiz sein sollte, und ihm hier zu begegnen, war mir als Möglichkeit gar nicht in den Sinn gekommen. Und dort stand Karl und betrachtete *Der Turm der blauen Pferde*[87]. Das hat meine Laune ziemlich verbessert, und ich nahm an, dass sich die Sache von nun an zu meinen Gunsten wenden würde. Damals waren wir *ganz platonisch*, weißt Du,

---

86 Konzept des Psychotherapeuten Alfred Adler (1870–1937), das aggressive Verhaltensweisen von Männern auf Minderwertigkeitskomplexe gegenüber Frauen zurückführt.

87 Gemälde von 1913 von Franz Marc.

doch schon zogen wir los und tanzten und gingen schwimmen und machten einen Ausflug nach Potsdam, wo wir in einem Café saßen und uns fünf Stunden lang unterhielten, und das war bereits, nachdem wir in Filzpantoffeln um Sans-Souci herumgestrichen waren und gelacht hatten, bis uns die Tränen kamen, während der ältere Fremdenführer wütend wurde und ständig versuchte, seinen Text abzusondern.

Die Eckhardts luden Karl zum Abendessen in die *Wohnung* ein, und Herr Doktor erging sich bei ihm über das Feudalsystem. Zweifellos hat Herr Doktor die volle Punktzahl für Langeweile verdient.

Und die ganze Zeit musste ich daran denken, um wieviel netter Karl in Berlin war als damals in London. Er war locker und lachte und brachte mich zum Lachen, und da war nichts von dem belehrenden Gegrummel über die Briten und wie unverbesserlich oberflächlich und materialistisch sie seien, und wie abgrundtief arrogant und räuberisch. Nein, Karl war hier in Berlin wirklich ein lieber Kerl. So lieb war Karl, dass ich es, als ich in Neuesdorf ankam, nicht länger als vier Tage ertragen konnte. Das ist die Wahrheit. Das lag aber nicht allein an Karl, oh nein, die Eckhardt-Neurose wurde immer ausgeprägter. Trudi bekam ständig auf die Finger geschlagen, weil sie ihre Hände beim Essen auf den Tisch legte, und dann musste ihr ein Märchen erzählt werden, und immer war es dasselbe Märchen, das ich nahezu auswendig kann.

Lieber Leser, es war *Der Wolf und die sieben jungen Geißlein*, und als es zu Ende war, hieß es *Der Wolf ist tot, Der Wolf ist tot. Hurra, hurra, hurra.* Der Blutdurst und die grausame Boshaftigkeit im kindlichen Gesicht des neurotischen Kleinkinds waren für mich einfach unerträglich geworden.

Manchmal erlaubte sie auch, dass ein anderes Märchen erzählt wurde. Es ist das Märchen von Schneewittchen und ihrer grausamen Stiefmutter, die so eitel war, dass sie ständig in ihren Zauberspiegel schauen musste und sprach: *Spieglein, Spieglein an der Wand, Wer ist die Schönste im ganzen Land?* Als aber das kleine Schneewittchen erwachsen war, musste der Spiegel die Wahrheit verkünden und musste also auf die Frage der Königin antworten: *Frau Königin, Ihr seid die Schönste hier, aber Schneewittchen ist tausendmal schöner als Ihr.* Das versetzte die Königin in eine waschechte Rage, sie kochte vor Neid. Also verstieß sie Schneewittchen in den Wald mit all den anderen kleinen, deutschen Märchenprinzessinnen. Und Schneewittchen wird älter und heiratet ihren Prinz. Und die böse Stiefmutter? Nun ja, ihr passiert Folgendes: Sie kommt zu der glücklichen Hochzeitsgesellschaft und wird überwältigt und dann muss sie in rotglühenden Schuhen tanzen, bis sie tot ist: *Da musste sie in die rotglühenden Schuhe treten und so lange tanzen, bis sie tot zur Erde fiel.* Erkennt ihr ein Muster? Probiert es mal an einem Kind aus.

Oh wie abgrundtief neurotisch die Deutschen sind, und oh wie alles davon durchzogen ist, denn es sind nicht nur die Anführer, wie es in *The Times* behauptet wird. Sie sind so nervös und überspannt und ständig wünschen sie sich etwas sehnsüchtig, etwas, das sie nicht benennen können, eine Art Traum oder etwas, das sie nicht fokussiert bekommen. Oh sie wünschen es sich ständig und strecken ihre Arme danach aus, oh und da bekommst Du das Gefühl, Dir die Augen zuhalten zu müssen, da es nicht schicklich ist, sich das anzusehen.

Es ist ein bisschen wie bei Sir Phoebus, jener Teil von ihm, der in *Rule Britannia*[88] verankert ist, mit diesem dunklen Gesicht und der Fähigkeit, sich rascher zu langweilen als irgendjemand sonst, den ich kenne, wie das, was er über seinen Füllfederhalter sagte, als dieser in sein Gesicht kleckste und es am nächsten Tag wiederholte, nur eben dann auf mein Kleid, da sagte er: Warum dieser alte Stift auf seine alten Tage wohl hinterhältig wird, der hat eine richtige Boshaftigkeit in sich, bald wird er noch durch Schlüssellöcher spähen, für einen Franc pro Blick. Siehst Du?

So ein Gefühl hatte ich in Deutschland, als würden sich die Leute allzu nackt machen mit dieser lieblich-duseligen Sehnsucht, ja und als würden sie sagen: Gibt es etwas Schöneres als den nackten Körper? Oh ja, danke auch, ganz ohne lange nachgrübeln zu müssen, fallen mir sofort viele Dinge ein, die schöner sind als der nackte Körper.

---

88 *Rule, Britannia!* ist ein patriotisches Lied von 1740, das von Thomas Arne zu einem Gedicht von James Thomson komponiert wurde. Es wird häufig in militärischen Kontexten gesungen.

Nun, diese deutsche Nacktheit mit all dieser winselnden liebes-duseligen Gemeinschaftsseligkeit und den ganzen Bewegungen und *Zurück zu Wotan und Jugend, Jugend, Jugend*, das alles vermittelt einem das Gefühl von: Bitte lieber Gott, schick die britische Admiralität und das Kriegsministerium, und haltet euch nicht so lang auf mit Fragen zur militärischen Aufrüstung.

Uff, dieser Hass, den ich dort spürte, und wie eine ganze Rasse vollkommen verrückt geworden war. Oh Himmel, steh Deutschland bei, wenn es die Juden rauswirft, die so viel praktische Intelligenz haben, die die Deutschen vor all der Dunkelheit ihrer Träume bewahren könnten, diese Dunkelheit, als hätten die Wälder sie wieder in Besitz genommen und die Römer ihre Legionen die Via Aurelia entlang zurückbeordert.

Nachdem wir also vier Tage in Neuesdorf festsaßen, verabschiedete ich mich von Ludmilla. Da war nichts, was ich für sie tun konnte; ich verabschiedete mich von diesem Kind und machte mich aus dem Staub, bevor diese üble, kleine Ratte von einem Ehemann zu seiner Familie zurückkehrte. Und ich fuhr zurück nach Berlin, wo mich meine jüdischen Freunde in ihrem Haus unterkommen ließen, während sie selbst in den Ferien in Bayern waren, und es war sonst niemand im Haus außer einer armen Verwandten, die ihre Wäsche erledigte. Dort blieb ich also mit dem lieben Karl, der mir Berlin zeigte. Aber da war kein Herzblut mehr in der Angelegenheit, und Karl sagte, dass er es verstehe, und ich ertrug Deutschland nicht mehr, ich konnte es kaum mehr abwarten, rauszukommen.

Oh wie ich dieses Gefühl von Grausamkeit in Deutschland gespürt habe, diese Art Grausamkeit, die keine Grausamkeit der Schlacht ist, sondern jene, die darin besteht, Menschen in Waschräumen totzuschlagen. Ich erinnere mich jetzt, wie es war, als Karl Nein gesagt hat. Das war vor Jahren, als Karl in England war. Nein, sagte Karl, die Deutschen könnten nicht so grausam sein, wie man zu Beginn des Krieges behauptet hat, und nachdem man die Propaganda der Rekrutierungsmaßnahmen abgezogen hatte, wie ich es getan hatte, konnten sie niemals so grausam sein wie das, was übrig blieb, nachdem man das abgezogen hatte, wie ich sagte.

Er sagte dann: Nun darf man aber nicht vergessen, was die Russen den deutschen Gefangenen an der russischen Front angetan haben, denn das ist zu schlimm, um beiseite gewischt zu werden, aber Nein, Deutsche könnten dergleichen nicht ertragen, sie würden es nicht mal ertragen, solch Grausamkeit zu sehen, sie könnten es nicht ertragen, sie würden verrückt werden.

Aber nun schau nur genau hin, was sie diesmal den Juden und Kommunisten angetan haben und später noch, was sie heute den Juden und Kommunisten antun, in den Latrinen, das grausame Prügeln, wie sie sie festhalten und verprügeln und es der Grausamkeit wegen genießen.

Oh wie abgrundtief neurotisch das deutsche Volk ist und wie schwach und wie sie sich dieser Art Grausamkeit und Boshaftigkeit einfach hingeben, wie Hitler die Sünde, die Berlin, die überall in Berlin war, vertrieben hat, in jedem Postbezirk eine andere Sünde, wie Hitler das alles aufgeräumt hat. Und nun schau Dir an, wie es mit den Uniformen und Hakenkreuzen funktioniert. So viele Uniformen, so viele Hakenkreuze, so viel Tod und Verstümmelung, und hasserfüllte, dunkle Keller und Waschräume. Oh wie verkommen, wie böse ist das heutige Deutschland.

Wenn ein Volk einen Diktator hat, ist das ein Symptom dafür, dass es verrückt geworden ist. Man müsste es dann unter Beobachtung stellen. Ich finde, man sollte es unter sehr genaue Beobachtung stellen. Und späterhin sollte man so etwas verhindern. Stell Dir vor, es handle sich nicht um eine Nation, sondern um ein Individuum, siehst Du, dann ist es, als hätte diese Person eine Krankheit.

Was ist nur mit diesem armen Mr. Brown, der so kurios wirkt, er sah richtig seltsam aus, warum sah er irgendwie krank aus? Oh ja, wo ist Mr. Brown jetzt, den sieht man ja gar nicht mehr, ist er krank? Oh ja, er ist krank. Oh ja, er hat *Diktator*, wie sich herausgestellt hat. Das ist es, was er hat. Klar, er war übel, sehr falsch und sehr seltsam, aber er hat *Diktator*, hat der Arzt gesagt. Ja, genau, das ist es, was er hat, er ist jetzt schon vor längerer Zeit eingewiesen worden. Er wurde eingewiesen, weggesperrt und eine Ausbreitung verhindert.

Zu dieser Zeit etwa aß ich mit Karl zu Mittag im Café des Westens, und es gelang mir einfach nicht, aufzusehen. Ich weiß nicht mehr recht, was wir zu essen hatten, das liegt alles unter einem Schleier, und bald darauf kam Karl an das Bahngleis, um mir zum Abschied zu winken: Wiedersehen, Pompey, *komm bald zurück.*

Ich war sehr traurig, sehr deprimiert, lehnte mich aus dem Zugfenster und winkte Karl zum Abschied, ich war erfüllt von all der Grausamkeit in der Welt, so wie es war, als ich auf diese Schlange auf dem Hügel in der Nähe von Hythe in Kent getreten bin, so wie mir Schlangen immer dieses Gefühl geben, weshalb ich im Zoo niemals niemals das Schlangenhaus betrete, wie ich aber doch mit gesenktem Kopf mit Karl durch das Schlangenhaus im Berliner Zoo gegangen bin, wo ich nicht hochsah, bis wir bei den Krokodilen waren, bei Tieren also, die ich nicht ganz so verachte, jedenfalls nicht so sehr wie Schlangen.

Der Zug fuhr los, und ich grub mich tief in meinen Sitz, ich fühlte mich so niedergeschlagen, dieses Gefühl hat mich in Berlin in Besitz genommen und auch in Neuesdorf, so sehr, dass ich meiner Cousine Joan geschrieben habe, die Krankenschwester in Kairo ist. Sie ist eine sehr pragmatische, sehr solide Frau, die sich keinem Nonsens hingibt, die wirklich engagiert ist. Ihr Verlobter ist Ingenieur. Sie leben beide in Ägypten. Oh wie solide und liebenswürdig Joan ist und sehr pragmatisch. Sie hat die ganze

Wüste und die Sphinx, die sie während ihrer Verlobungszeit im Mondschein anschauen kann, und ihr Verlobter Dick und sie, sie fahren gegen Mitternacht raus in den Wüstensand, wenn sie Feierabend haben, dann fahren sie mit diesem fürchterlichen Auto, das Dick aus zusammengesuchten Einzelteilen selbst zusammengebaut hat, und es fährt fürchterlich, es ist sehr laut. Sie fahren also für ein Picknick hinaus in die Wüste. Und halten sie das für romantisch? Ein solch kitschiger Gedanke ist denen nicht mal gekommen.

Joan schreibt mir: »Wir sind letzte Nacht um Mitternacht zur Sphinx, und ich finde sie ziemlich unspektakulär. Und die Pyramiden finde ich auch ziemlich unspektakulär, obwohl alle danach verrückt sind. Nein, wir halten nicht viel davon, wir sind von den Pyramiden nicht sonderlich angetan. Wir hatten ein paar vorgekochte Würstchen mit, die wir über einem Feuer gegrillt haben, das Dick und ich gemacht haben. Es war großartig. Wir hatten es in Nullkommanichts an. Dazu haben wir Ginger Beer getrunken, das Dick mitgebracht hat, das aber etwas dünn war. Wie geht es allen zu Hause? Soweit erst mal, schreibe bald, alles Liebe Joan.«

Also schrieb ich Joan von Berlin aus. Das linderte ein wenig meine Gefühle bezüglich der Grausamkeit und der schrecklichen Träume, die um mich herum in der Luft lagen, aber selbst das befreite mich nicht von diesem Gefühl, sondern schob es nur ein wenig zur Seite, so als wäre es ein Geräusch, das durch den Nebel drang.

So setzte sich der Zug also in Bewegung, und ich lehnte mich in meinem Sitz zurück und fühlte mich sehr schlecht wegen meiner eigenen Gefühle, die ich zuvor den Juden gegenüber hatte. Als würde schon der Gedanke allein die immense Grausamkeit gegen sie weiter anschwellen lassen, so wie bei mir, als ich meine Gedichte an F. Caudle geschickt habe, an das Mädchen, das mich in der Schule Englisch gelehrt hat. Sie war wirklich sehr von der Kirche eingenommen, diese junge Frau. Und sie sagte, dass sie nur ein weiterer Nagel ins Kreuz des Herrn seien oder vielleicht war es auch nur ein Dorn im Kranz, den sie ihm auf den Kopf setzten, jedenfalls war die Idee dahinter, dass sie nur zum Anwachsen alles Bösen und Grausamen in der Welt beitrugen. Aber ich dachte mir damals, dass meine Gedichte überhaupt nicht so seien, dass sie sie gewiss alle falsch verstanden hatte. Ja, sie hatte sie gewiss alle von vorne bis hinten falsch verstanden.

Wenn ich mich aber derart niedergeschlagen fühle, kommt das alles zurück, das und all die anderen schlechten Dinge, die ich über Menschen gedacht habe, und dass die Menschen wirklich vorsichtig sein sollten, wenn sie sich über die Gedichte anderer äußerten, und ich will noch dieses über F. Caudle sagen, nämlich, dass da keinerlei Sinn oder Verstand in ihrer Bemerkung enthalten war, die vollkommen unnötig gewesen ist.

Und dies noch: Wie steht es um das Anschwellen von Grausamkeit in dieser Welt, das durch unnötige Bemerkungen zu den Gedichten anderer Leute entsteht, hm? Wie steht es darum? Du solltest auf jeden Fall genau nachdenken, bevor Du irgendwelche Bemerkungen zu anderer Leute Gedichte machst. Bei F. C. fand sicherlich viel Arbeit im Hintergrund statt, sie hatte so eine Art sich auszudrücken: Wir, die wir einen Sinn für die feineren Dinge im Leben haben. So als würde sie meinen: *Ich, die ich* mich wirklich interessiere etcetera, aber ich lasse euch um der guten Sitten willen daran teilhaben und lasse euch nicht wie einen armen Hund in der Kälte stehen, alles aus reiner Großherzigkeit, und da war kein einziges wahres Wort darin, lediglich, wie ich schon sagte, boshafte Überlegenheit und Eklektizismus, und nichts von jener *nihil humanum mihi alienum puto Gutmütigkeit*[89], nach der Cato selbst sicher nicht wie intendiert gehandelt hat.

Dann aber fiel mir wieder ein, wie sie wohl die gute Rosa behandeln würden. Und ach, plötzlich erwärmte ich mich für Rosa, während ich an sie und Herman dachte, und ja, sogar an Lottie, ja, und ich gehe sogar noch weiter und schließe ihren Ehemann ein, dessen Namen ich vergessen habe, wobei Du ihn nachlesen kannst, wenn Du ein oder zwei Seiten zurückblätterst.

Während ich also in diesem Zug saß, begann ich Liebe für diese Menschen zu verspüren und dachte darüber nach, was die Nazis wohl mit

89 Geflügeltes Wort aus dem Lateinischen: Nichts Menschliches ist mir fremd.

ihnen tun könnten und wohl auch würden, und auch darüber, was sie Leonie antun würden, die ich wirklich mag, und daran ist nicht zu rütteln, sie ist jemand, den ich wirklich mag, respektiere und bewundere, Leonie und ihr kleines Mädchen. Oh wie furchterregend ist die Vorstellung, dass sie heutzutage nach Deutschland kämen, was sie gewiss nicht täten, da sie diesen pragmatischen, gesunden Menschenverstand haben, der die Juden nun mal so auszeichnet.

Oh ich dachte an all das und an all die boshafte Grausamkeit in der Welt. Und dann war ich so aufgewühlt und durcheinander, dass ich so sehr zu weinen begann, als würde ich nie wieder damit aufhören wollen. Das war mir nicht peinlich, da ich glaubte, der Waggon sei voller Deutscher, und Weinen ist in Deutschland keine so große Sache wie in England, und der Mann, der mir gegenüber saß, sah wie ein richtiger Deutscher aus, ich dachte also, dass alle annehmen würden, ich hätte meinen Freund verabschiedet. Und warum sollte ich auch nicht weinen? Ich weinte also, und die Tränen flossen meine Wangen herab, es war geradezu eine Flut. Und als ich schließlich nicht mehr so viel weinte, sah ich herüber, und da war der Mann mir gegenüber gerade dabei einzuschlafen. Nun, was sagt man dazu, der war am Einschlafen, sein Kopf bewegte sich hin und her, und er zuckte, als sei er noch nicht ganz weg, und auf dem Tisch vor ihm lag ein Exemplar von *Lady Chatterley's Lover*, ich konnte den Titel kopfüber entziffern. Und er war nun dabei wegzudösen, also musste ich schnell handeln. Ich fragte: Wenn Sie schlafen wollen, wäre es Ihnen recht, wenn ich Ihr Buch eine Weile lang lesen würde? Und was sagt man dazu, er ist die ganze Zeit ein Engländer gewesen, also sagte er: Ja.

Ich nahm mir also das Buch, und ich nahm es mir richtig vor, und ich las es intensiv, sehr aufmerksam, und ich habe direkt hineingefunden. Ich hatte zuvor nie die Gelegenheit, es zu lesen, obwohl ich großen Respekt vor D. H. habe, seit ich sein Buch *Kangaroo* gelesen habe, sein *Lost Girl*, seine Biografie zu M. M., das war ganz sicher eines seiner besten, und seit ich seine Kurzgeschichte *St. Mawr and The Rocking Horse Winner* gelesen habe. Diese Werke und *The Plumed Serpent* mag ich von ihm am liebsten. Nun dachte ich mir, lese ich also dieses. Der Mann mir gegenüber schlief wie ein Baby, und so schlief er, immer weiter und weiter.

Irgendwann war es Zeit fürs Abendessen. Und ich war die einzige im Waggon, die zu Abend aß, also nahm ich das Buch einfach mit. Ich war wirklich sehr dankbar dafür, dieses Buch lesen zu können, während ich mich so traurig fühlte. Da war das Buch wie ein Regenbogen. Das war noch, bevor eine Ausgabe in England erschienen ist. Es war die europäische Ausgabe, die der schlafende Dummbatz mir gegenüber wohl in Paris erstanden hatte, weil er es für eine rasche, einfache Lektüre gehalten hatte. Und ich musste lachen, als ich mir vorstellte, wie schwer es ihm gefallen sein muss, da hineinzulesen, und nicht mal ein kleiner Spaß für ihn dabei war. Und fünfzehn gute Manchester – da kam er her – Schillinge hat er dafür ausgegeben und nichts als Erschöpfung bekommen.

Beim Abendessen setzte mich der Kellner an einen Tisch für zwei, und ich saß also dort und las und las, und irgendwann platzierte er mir gegenüber einen Mann um die fünfzig, der hatte einen spitzen Bart und dachte wohl: Ich bin kein schlecht aussehender Mann, bin gut versorgt und laufe mit meinen fünfzig Jahren durch die Gegend, als wären es gerade mal die Hälfte. Ich las also weiter und weiter, und er starrte mich an, als hätte man ihm gesagt, dass er ganz bestimmt wunderschöne, magnetische Augen habe und das von Kindesbeinen an. Seine Mutter hatte damit angefangen. Als ich also mein Buch zur Seite legte, um zu essen, fragte er mich*: Sind Sie deutsch? Nein. Ach so. Italienisch? Nein. Was denn dann? Leider nur englisch.* Und dann lehnte er sich zu mir herüber mit seinen magnetischen Augen und sagte: *Ich weiß alles, was Sie denken.*

Puh, wow. Das war mal ein Typ und eine ziemlich ausgefallene Eröffnung, die ich noch nie zuvor gehört hatte. Mir fiel als Replik nur *So so so* ein. Das Essen war nicht schlecht. Die Suppe war meiner Meinung nach wirklich exzellent, und danach gab es gebackene Ente, die ebenfalls sehr gut war. Es stieg also langsam das Gefühl auf: Nun, man kann nichts daran ändern, nichts an der Situation der Juden, nichts am Atavismus, nichts an der Dekadenz, man kann einfach nichts daran ändern. Verhilf Dir also selbst zu einer weiteren Portion Apfelsoße, Pompey. Ich sagte: Verhilf Dir selbst zu einer zweiten Portion Apfelsoße.

Irgendwann merkte ich, dass mein Freund gegenüber immer noch redete. Er fuhr also fort, und es war etwas schwer ihm zu folgen, da er nicht auf Deutsch sprach, weil er dachte, dass sein Englisch in Ordnung sei, der Gute, dachte, sein Englisch sei in Ordnung, also fuhr er eben fort. Und nach der gebackenen Ente gab es Eisbombenpudding mit heißer Schokoladensoße, was ebenfalls ausnehmend gut war, und dann bekamen wir Häppchen: gebackene, mit Speck ummantelte Austern, und dann gab es Kaffee. Nun hörte ich den Kerl mir gegenüber sagen – lasst uns sagen, er fragte, ob ich mit ihm in sein Abteil zurückgehen würde, ob ich das würde, das würde ich nicht.

Ich sah ihn also an, und er schaute nicht wirklich hasserfüllt zurück, sondern auf gewisse Weise eher nett, redete die ganze Zeit und brachte die magnetischen Augen, die man ihm zeitlebens bestätigte, zum Einsatz.

Dieser Bursche war also auf dem Weg nach England, und er wollte einen Kredit in der großen, alten Stadt London aufnehmen, und ich nahm an, dass er keine Chance hatte, einen zu bekommen, und ich fand, dass etwas Trauriges darin lag, denn ich kenne sie, diese große alte Stadt London, und ich wusste, wie schnell man sich dort ein Bild von einem Burschen macht, und wie sie dabei ach so charmant sind, kein bisschen aufgeblasen, oh nein, das nicht, nicht wie die französischen und deutschen Geschäftsleute. Oh diese Börsentypen sind vollkommen freundlich und geben sich kumpelhaft, wenn Du aber keine guten Empfehlungen, keine guten Sicherheiten hast, nicht erstklassig und top in Ordnung bist, dann kannst Du genauso gut versuchen, bei einer Kuh Geld aufzutreiben. Genau so, und sie sagen *Nein*, sie sagen Dir *Nein*, während sie Dich hell und freundlich anlächeln, so freundschaftlich und vertraut, dass Du das Nein nicht mehr als solches hörst, oder dass Du, wenn doch, glaubst, nicht an die richtige Person geraten zu sein. *Oh nein, kein Mann, der so charmant, so elegant war, konnte etwas von Geld verstehen, oh elendes Geld, oh nein. Das war die falsche Person, wurde mir klar, so ein charmanter Kerl, der Sohn des alten Lord Hoop, der den internationalen Rosenstock-Preis gewonnen hat.* Aber es *war* die richtige Person, mein lieber ausländischer Freund, es war genau die richtige Person, und was er Dir gesagt hat, ist genau das, was er sagen wollte. Es war *Nein*.

Ich dachte an all das, was diesem Mann morgen widerfahren würde. Also wies ich ihn freundlich ab, ich sagte: Wissen Sie, ich bin tatsächlich im Augenblick etwas beschäftigt, Sie wollen mich also bitte entschuldigen. Er seufzte mächtig auf und sagte, dass auch er beschäftigt sei, und wie ich vorhergesagt hatte, kam es aus ihm heraus, dass er nach

London fuhr, um Kapital aufzutreiben, und dass alles vorbei wäre, wenn er es nicht schaffen würde, und dass er deshalb hier in der ersten Klasse reise und nun sein vermutlich letztes gutes Abendmahl zu sich nehme.

Ach, so schlecht ist es im Great Eastern nicht, sagte ich. Und er lächelte ein trauriges, trauriges, wehmütiges Lächeln, das mir sagen sollte, dass ich ihn nicht wirklich verstanden hatte, dass es nicht nur um eine erstklassige Küche ging, sondern ach so viel tiefer reichte, zu tief, um es mit Worten auszudrücken. Wenn es aber eines gibt, was ich an Tischgenossen beim Abendessen nicht leiden kann, dann ist es emotionale Anspannung. Also beließ ich es dabei.

Das war das letzte Mal, das ich im Ausland war, und ich hoffe inständig, dass es das letzte Mal bleiben wird, solange ich diese zweiwöchigen Urlaube bekomme. Es ist einfach zu wenig für zu viel Aufwand, auf diese Weise ins Ausland zu fahren und so rasch wieder heimzukehren.

Man ist so müde, wenn man zurückkommt. Es ist komisch, so müde zu sein, wie ich es bin, so fürchterlich müde, es ist komisch, man kann ein komisches Gefühl davon bekommen, wusstest Du das? Es ist ein bisschen, als wäre der Fokus verrutscht, als wäre man ein bisschen betrunken, so ein bisschen angeheitert, aber noch in der Lage zu sitzen und zu stehen und zu laufen und zu lächeln, aber es ist immer da, alles ein bisschen verschoben und schief, ein bisschen so wie das, was G. K. C.[90] eine *falsche Form* nennt. Aber sehr komisch, eigenartig komisch durch und durch.

Es ist komisch, wie in diesem Zustand nahezu alles geschehen kann und selbst die vertrautesten Dinge eine ungewöhnliche Verzerrung erhalten, als wäre es ein Traum. Oh wie Du Dir das wirklich Gewöhnliche herbeisehnst, und schon geht der Traum los. Nun, was ist los, kein Grund zu nörgeln. Da ist einfach nur das bekannte Piccadilly, und es geht weiter bis Ridgways, und die ganzen Leute sind einfach nur stinknormal, *sie könnten real sein.*

Sie könnten real sein. Sie könnten real sein. Ich sagte, sie könnten … oh wow, genau das … das ist das Passwort, das Dich in die Anarchie des träumenden Schlafs einlässt.

Es gibt da einen Invaliden, der Dir davon berichten kann – dieser großartige Autor de Quincey[91], der all diese Purple passages[92] aufwies, die ich mal auswendig gelernt habe. Die Stelle, die ich meine, in der er von der »Anarchie des träumenden Schlafs«[93] spricht, nun das ist so ein Purple Patch. Wenn Du Dich aber inmitten dieser Anarchie befindest, dann

90 G. K. Chesterston (1874–1936), britischer Schriftsteller.

91 Thomas de Quincey (1785–1859), britischer Schriftsteller.

92 »Purple Passages« oder »Purple Patches« bezeichnen in der Literaturkritik übertrieben blumige, ausgeschmückte Stellen.

93 Quincey zitiert in *Confessions of An Opium Eater* (1821) eigentlich *The Excursion*, ein Gedicht von William Wordsworth (1770–1850).

sind Dir Purple Patches ziemlich egal, dann findest Du sie ziemlich unspektakulär, schneuz, wie meine Cousine Joan in Ägypten, findest Du sie dann ziemlich unspektakulär.

Oftmals, wenn ich im Schlaf träume, schaue ich mich selbst im Spiegel an und denke nach. Ich könnte also real sein, es ist so gut, dass man das Gefühl hat, es berühren zu können. Und oft sehe ich Sir Phoebus an, dieses dunkle Jungengesicht, von dem ich sprach, und wenn ich so richtig wach bin, schaue ich mir dieses dunkle Jungengesicht über den Schreibtisch hinweg an und denke: Hurra, er ist so verdammt gut, dass er real sein könnte.

Wenn Du so müde wirst oder wenn Du so krank wirst, dann bist Du genau so. Und Du kannst in diesem Zustand eine Menge Beobachtungen machen, vorausgesetzt Du lässt Dich darauf ein, so als wärst Du beim Zahnarzt, der Dir ein Betäubungsmittel verabreicht und sagt: *Tief einatmen*. Was nichts anderes heißt als, lass Dich darauf ein, kämpfe nicht dagegen an.

Also lässt Du Dich darauf ein, und diese Erfahrung kann sehr reich und voller Erkenntnisse sein. Wenn sie sich aber völlig entfalten soll, brauchst Du einen Ankerplatz, jemanden der gut und ehrlich und stark ist, so wie de Quincey seine Schwester hatte und ich meinen Löwen von Hull. Oh wie freundlich diese Menschen sind, die so freundlich zu Invaliden sind, die sie nicht mit emotionalen Bedürfnissen plagen, die so etwas niemals tun würden, sondern einfach da sind mit gesundem Menschenverstand und einer Kanne Laudanum für Tommy, mit gesundem Menschenverstand und einer Kanne warmer Milch für Pompey. Diese Frauen sind das Salz der Erde, Schwestern und Tanten, und es gibt auch einige Mütter, die so sind, allerdings ist es schwieriger, wenn man die Mutter ist, weil es da emotionale Anknüpfungspunkte geben muss, und das kann Dein Kind ziemlich belasten und plagen und den steilen Hang hinab ins Wasser treiben, und einige Tanten sind auch so.

Oh wie abgrundtief dankbar ich dafür bin, keine Tante mit klugen Ideen zu Literatur und Malerei zu haben. Oh wie ich diese kulturellen *Gentlewomen* fürchte, von denen es in Amerika so viele gibt. Oh man, die stecken so viel Energie da rein, sich kulturell zu bilden, dass es ihnen ihre Nerven zerreibt, diese Frauen sind alle völlig nervös und laufen immer der neusten Meinung hinterher. Oh es ist ein Unglück, dass solche Leute das Lesen gelernt haben. Die glauben, dass es einen Wert hat, in der Gesellschaft über Bücher und Gemälde Bescheid zu wissen, also machen sie weiter und wissen immer mehr über diese Dinge, so wie zum Beispiel: Hier hat dieser Maler gesessen, und das ist der Ort, an dem dieser Autor sein Schläfchen gehalten hat.

Und nehmen wir mal an, Du weißt Bescheid über Malerei und Bücher, nehmen wir an, Du weißt auf reichhaltige Weise über sie Bescheid, welchen

Nutzen hat das dann? Niemand, der auf reichhaltige Weise über Kunst und Bücher Bescheid weiß, würde je annehmen, dass das irgendeinen Nutzen hat. Ein solch kitschiger Gedanke würde in ihm gar nicht entstehen. Aber man muss heutzutage vorsichtig sein, wie man über solche Dinge spricht. Da sollte man eher schön still sein, denn man will sich die Schlaumeier vom Leib halten, ja, die können heutzutage lesen, und die sind sehr geschickt darin, Gedanken anzunehmen, sehr rasch und geschickt, sie sind weitaus aggressiver dabei als die Menschen, die sich damit einfach beschäftigen, weil sie es mögen, weitaus aggressiver. Weil sie auf soziale Pluspunkte aus sind. Oh ja, das sind sie. Und es gibt nichts Aggressiveres als die Jagd nach sozialen Pluspunkten, ganz gewiss nicht.

Ich glaube nicht, dass diese Vorstellung schon sehr lange in der Luft liegt, das gibt es noch nicht so lange. Ich glaube, dass das alles entstanden ist, als die Leute gelernt haben, zu lesen, sie haben es dann mit dem gesellschaftlichen Spiel und den Modemagazinen vermischt. Wie eben jenes überlegene Modemagazin, das seine Leser mit hübscher Kleidung ausstattet und mit vergüldeten Ideen versieht, die sie dann einfach bei ihren Dinner-Gesprächen anlegen können. Dann kann man also in dem einen Jahr etwas zu El Greco sagen. Und das ist in Ordnung, alles fein. El Greco also für neunzehndreißigirgendwas. Wer hat euch El Greco für neunzehndreißigirgendwas angekündigt? Hm?

Nun, also trage Deinen Namen jetzt für ein Einjahres-Abo ein. Wir haben noch nie einen Leser hängen lassen. Ach, *mein Herzchen*, hast Du nicht gehört, dass sie immer noch über El Greco spricht?

Das passt alles zu den Werbeanzeigen, diese schicken aufgeblasenen Gespräche, die geführt werden, weißt Du: Mein Herzchen, wie können wir es der lieben Mrs. Snooks nur sagen? Warum sie nur immer noch ihr Gesicht auf die alte Weise wäscht? Sagt ihr denn niemand, dass sie niemals einen guten Partner finden wird, wenn sie weiter über El Greco spricht?

Man muss also vorsichtig sein, wie man heutzutage über Bücher und Kunst spricht. Das ist aber natürlich kein Grund, sie sich nicht anzusehen, vorausgesetzt natürlich, dass Du es für Dich behältst oder Dich halt mit den ein oder zwei wahrhaftigen Menschen zusammentust, die nicht plappern.

Und begib Dich nicht auf den Pfad des Sicheren und Gewöhnlichen, wenn Du denkst, oh, ich bin es so leid, keine interessanten Menschen zu treffen. Mach das bloß nicht, oder eines Tages werden die Dinge vor Deinen Augen eine ungewöhnliche Verzerrung erfahren, wie ich schon sagte, und Du besuchst die alte, langweilige Mrs. Tombe, um mit ihr Tee zu trinken, und dann kommst Du in ihr Wohnzimmer, und sie wird ihren Hut wie immer tragen, und die Rollläden sind halb heruntergelassen, um ihren Teint zu schützen, und es wird ein riesiger Schatten spendender Hut sein. Und irgendwann wird sie sagen: *Zwei Stückchen, Mr. Blimp*[94], *oder drei? Ich vergesse das immer.* Und dann schaust Du sie Dir zum ersten Mal richtig an, und da ist nur ein alter Papagei, der, wie gesagt, unter seinem Hut vor sich hin plappert.

Und der Raum, an den du Dich nur seiner *Gewöhnlichkeit* wegen klammerst, weil der Papagei Dir doch einen ganz schönen Schock verpasst hast, wird sich krümmen und drehen, und irgendwann wirst Du in der dunklen Nacht stehen, ohne die Umgebung zu kennen, ohne dass da irgendetwas auch nur vorgibt, gewöhnlich zu sein.

Ich nehme an, dass so etwas geschehen wird, wenn wir tot sind, tot und hübsch erledigt, und wir werden die Ewigkeit damit zubringen müssen, uns zu wünschen, dass wir Tante Marthas alten Fellumhang noch einmal sehen können, unsere Augen darauf richten können, ohne dass er sich sofort in die Landschaft verwandelt, die wir inzwischen so sehr hassen. Vielleicht ist das aber eine pessimistische Sicht der Ewigkeit, und ich behaupte nicht, dass es so sein muss, was ich aber sage ist, dass Du nicht dem Sicheren und Gewöhnlichen hinterher laufen solltest. Halte Dich daran.

Ich bin gerade zu einer Freundin von mir zu Besuch, die vor Kurzem geheiratet hat. Und als ich ankam, fand ich sie also verheiratet mit einem Mann, der war – und nach allem, was ich über Deutsch-

94 Colonel Blimp war eine britische Cartoonfigur aus den 1930er-Jahren.

land gesagt habe und welche schwarze Perfidie dort herrscht – okay, ich sage es, er war Jude, und nicht die Sorte wie Herman oder Bennie, die künstlerisches Temperament besaßen und die einfach immer auf Hochtouren liefen, sondern ein ganz einfacher, gewöhnlicher jüdischer Geschäftsmann, der ziemlich viel Ahnung von Geld hat. Und dieses Mädchen war nun ein eher intellektuelles Mädchen, ruhig, sehr ruhig, und wurde gern unterschätzt. Und keine Frage, da kam er also ins Spiel. Er war ein feiner, herzlicher Typ, das war er, und er vertrat keine Ansichten zu Dingen, die noch nicht in trockenen Tüchern waren, und dachte nie darüber nach, dass etwas Gegensätzliches gesagt werden könnte. Oh nein, er wusste Bescheid und behielt es nicht für sich. Er sagte Dinge wie: Ha haha, die I.W.W.

Ich weiß nicht so genau, wofür das steht, aber vielleicht für Industrial Workers of the World, was vielleicht ein bisschen anmaßend scheint. Dieser Ehemann sagte also: *Ha ha ha, die Ich Will Was ohne zu arbeiten*. Das war ein guter Witz. Schon mal gehört? Ich kann nun nicht sagen, dass ich ihn noch nie gehört habe. Aber das ist gewiss schon lange her. Und wie dem auch sei: Bitte fahre fort.

Er hatte sich nun einen schottischen Namen zugelegt, wie sie das so tun, und sein Bruder war ebenfalls hier, und auch er hatte sich einen schottischen Namen ausgesucht, wie sie es so tun, aber sie hatten sich nicht denselben schottischen Namen ausgesucht, und das war dumm gelaufen. Es tut natürlich niemandem weh, wenn Juden schottische Namen haben, da nimmt nichts Schaden, allerdings sollten Brüder sich auf denselben schottischen Namen einigen oder sich auf einen Doppelnamen verständigen. Bei den beiden davon aber keine Spur, der Bruder trug einen anderen schottischen Namen. Er litt außerdem an Neurasthenie. Das waren seine Symptome, er machte ständig Scherze, war sehr seltsam und neurasthenisch, jeder Satz enthielt eine Pointe. Aber er war *souffrant*, sehr *souffrant*, und da war durchaus etwas Niedliches an diesem Bruder. Ich war nicht sooo sehr begeistert vom Ehemann meiner Freundin, obwohl er ihr, das will ich einräumen, dieses Gefühl von Sicherheit und Gewöhnlichkeit gab, nach dem sie sich sehnte. Aber was weiß ich schon. Dieser Bruder jedenfalls war weitaus *sympathischer*. Und als er mich also sehr bescheiden, sehr ruhig fragte: Würden Sie sich auf meinen Schoß setzen? Da sagte ich nicht: Ich bin gerade recht beschäftigt, würden Sie bitte entschuldigen, dass ich dafür keine Zeit habe? Nein, ich hatte nichts dagegen. Also machte ich es.

Das führt uns nun also direkt zu diesem machtvollen Schreckgespenst Sex, das ein noch schlimmeres Schreckgespenst für Romanautoren ist als Familiengeschichten, die ich vor ein paar Seiten so clever vermieden habe. Aber ach, wie sehr habe ich Sex genossen, ich genieße ihn so sehr, ich kann nicht einfach darüber hinweggehen. Da saß ich also auf dem Schoß dieses Mannes und dachte, dass er eher traurig und niedlich sei, und ich dachte, ich würde ihn davon heilen, aufgrund seiner Neurasthenie weiter Scherze machen zu müssen, denn wenn ich auf seinem Schoß saß, musste er nicht ständig Scherze machen, und es war also erholsam für alle, selbst wenn ich nicht der Ansicht gewesen wäre, dass er so traurig und niedlich und im Vergleich zu seinem Bruder eine deutliche Steigerung darstellte.

Manche Leute verstehen Sex als körperliche Ertüchtigung, manche behandeln ihn eher als eine Art Konflikt. Manche müssen dabei sehr viel reden, erklären und streiten und proklamieren, und manche verstehen ihn so, als sei er ausschließlich Hass und Grausamkeit.

Das sind die Menschen, die sich nie von den zölibatären Mönchen wie dem heiligen Antonius lossagen konnten. Wenn man diese Leute mit einer Frau zusammenbringt, der die Vorstellung gefällt, dass sie als ihr Geschlecht daliegt, zur Opferung und Sühne, dann kann der Spaß zwischen den beiden schnell und furios sein, wie in dem Gedicht:

Through sacrificial tears
And anchoretic years
Tryst
With the sensualist[95]

95 Dt.: Durch opferreiche Tränen / und einsiedlerische Jahre / ein Stelldichein / mit dem Sensualisten.

Dieses Stelldichein steckt aber voller tückischer Gefahren. Die Quoten stehen eher schlecht dafür, dass man dabei überhaupt auf einen Sensualisten trifft. Und nach all den Jahren, und krank vor aufgeschobener Hoffnung braucht es gewiss ein starkes Herz und viel Widerstandskraft, um nicht zynisch zu werden, wenn die Freundin dann endlich irgendwann auftaucht und nichts weiter will, nein, nichts weiter als ein Zuhause und ein B-a-b-y. Mein Herz schlägt für jenen Einsiedler, der so lange gewartet hat und am Ende nichts als Zank und Verbitterung findet.

Ein weiterer Grund, weshalb ich nicht früh zu Bett kam, als ich bei Harriet gewesen bin, war, dass sie einen Kerl hatte, der nicht mit sich im Reinen war und sich selbst ständig Schwierigkeiten bereitete, und zweifellos gefiel es ihm so, das war aber nicht das, wonach Harriet suchte, auch wenn er gleichsam ein süßer Kerl war, und sie hoffte immer, dass er seine Selbstzweifel ablegen würde, da er ja nun kein Student mehr war und das alles hinter sich gelassen haben sollte, er trug es aber weiter mit sich herum, er zog es keineswegs wie Ruhmeswolken hinter sich her, es war einfach nur plumpe Halsstarrigkeit und *jeunesse*, die er hinter sich hätte lassen müssen, als er 25 geworden ist. Und das wäre schon spät genug gewesen.

Was mir aus diesem Schwall an Wörtern nun deutlich entgegenspringt, ist einfach nur dies: Es gibt zwei Krankheiten, an denen wir in unserer heutigen Welt leiden – wie schon gesagt, zum einen an *Diktator* und zum anderen an *Zölibat*, wie ich ebenfalls bereits sagte. Ein Mann kann sich *Zölibat* wie auch *Diktator* zuziehen, und manchmal kann der selbe Mann beides haben, was zweifelsohne großes Pech für die betreffenden Eltern ist, wenn der Junge diesen Weg einschlägt, und also kein Wunder, dass die Leute nicht so wahnsinnig darauf erpicht sind, Menschen in die Welt zu setzen, schließlich könnten sie an *Diktator* oder *Zölibat* erkranken und Elend und Leid über ihre Verwandten bringen.

An *Zölibat* leidende Menschen können Sex nicht einfach so nehmen, wie sie ihn finden, da braucht es noch zusätzlich Konflikt und Frustration, und er muss sooo absolut wichtig werden, wie er eigentlich gar nicht ist, wobei er natürlich schon wichtig ist, insofern als dass es ohne ihn eine ziemlich armselige Welt wäre. Von einem an *Zölibat* erkrankten Menschen kann man wirklich nie behaupten, dass er Sex genießen würde, das wäre kaum möglich, so etwas zu behaupten, wirklich nicht, Sex genießen, so was doch nicht, man kann nicht mal *Genuss* sagen. Witzig ist, dass man manchmal auf einen an *Zölibat* leidenden Menschen trifft, der glaubt, dass man Sex eigentlich genießen sollte, und so geht er raus und müht sich ab und kämpft, er unternimmt alles, um Sex zu genießen, aber natürlich kommt er nicht mal ansatzweise an das Gefühl heran, ihn zu genießen, da man Venus eben nicht fangen kann, man kann sie nicht in einem Netz fangen und erlegen. Oh nein, Venus macht sich lachend davon und überlässt den Tor seinen Qualen, denn auch, wenn sie nun darüber lacht, mag sie so etwas gar nicht, nein, so etwas akzeptiert sie einfach nicht, also verschwindet sie und lacht dieses boshafte, zynische Lachen, das sein Echo in den Tälern Thessaliens findet, und hinterlässt Qual und Trübsal für jenen Tor, der sie beleidigt hat.

Denn sie haben sie natürlich bereits damals beleidigt, aber nicht auf die gleiche *vordiplomische* Weise wie sie es heutzutage tun. Doch die Qualen und die Schwierigkeiten einer Mrs. Haliburton bleiben so ziemlich die gleichen. *Vénus toute entière à sa proie attachée.*[96] Manchmal reißt sie ihm schlicht und einfach bei lebendigem Leib das Herz aus dem Körper, meist aber geht sie einfach lachend von dannen und lässt den Tor mit schmerzenden Stichen und Skorpionen zurück. Nichts hasst Venus mehr als einen Toren. Nun also Jungs, drei Mal auf Venus, sie lebe hoch, hoch, hoch.

Oh wie ich Sex genieße und *wie* ich ihn genieße. Sex hat mein Leben um viele witzige Dinge bereichert, die mich zum Lachen gebracht haben, und davon erzähle ich Dir jetzt.

Da war mal diese Frau namens Miss Hogmanimy. Das war nun wirklich ein seltsamer Name. Das war zweifellos ein Name, aus dem man herausheiraten wollte. Diese Frau aber war sehr seltsam

96 Aus: Racine, *Phèdre*. Dt.: Venus, gänzlich auf ihre Beute fokussiert.

und gänzlich von Babys besessen und davon, wie sie geboren wurden, und sie widmete dieser Sache ihr ganzes Leben, fuhr durchs Land und hielt kostenlos Vorträge darüber, wie Babys geboren werden. Und es war gewiss seltsam, wie ekstatisch sie über dieses Thema werden konnte, und sie hielt ständig Vorträge vor jungen Mädchen, die noch in der Schule waren oder kurz davor waren, die Schule zu verlassen. Und diese Vorträge waren immer vermischt mit – ich erinnere mich nicht mehr wie genau –, mit der Idee nicht zu trinken, keinen Alkohol zu trinken, sondern immer schön bei Ginger Beer, Cola und Limos zu bleiben. Diese Miss Hogmanimy kam also an unsere Schule, ich glaube es war unsere Schulkapelle, und dort hielt sie einen Vortrag und illustrierte das mit Dias, um jungen Mädchen zu erklären, wie Babys geboren werden.

Meine Tante hingegen war nicht so ganz auf Seiten von Miss Hogmanimy, da sie dachte, so war meine Tante, dass es kein großes Geheimnis wäre, wie Babys geboren werden, sondern dass dies recht simpel und direkt vor uns lag, und auch immer gleich ablief, mal abgesehen von regionalen Unterschieden und etwaigen Komplikationen, ob man also Zugang zu einem Arzt hatte, Miss Hogmanimy hin oder her.

Wenn man aber Miss Hogmanimy so zuhörte, bekam man den Eindruck, dass man allein dadurch, dass man wisse, wie Babys geboren werden, alle Probleme der Adoleszenz sofort gelöst hätte. Man käme also geradegerückt und aufgeräumt und voll herzlichem Gemeinschaftsgefühl und mit den richtigen Gedanken aus dem Vortrag, wenn man nur endlich ein für alle Mal verstünde, wie Babys geboren werden. Man hätte keine Pickel mehr, man fühlte sich nicht mehr verunsichert durch den Schuldirektor, noch würde man sich in die Englischlehrerin verlieben, und man würde sich auch nicht mehr übermäßig stolz und elend fühlen, wie man es zu jener Zeit tut, bevor man ganz erwachsen ist. Alles das wäre vorbei, wenn man nur wusste, wie Babys geboren werden. Da war sie also.

Und irgendwie war meine Tante überstimmt worden, und deshalb waren auch meine Schulfreundin und ich da. Zu jener Zeit arbeiteten wir beide auf das Reifezeugnis hin und wollten etwas lernen. Wir hatten also nichts dagegen, wir hatten einen offenen Geist für die Fakten der ganzen Angelegenheit.

Und was bekamen wir dafür? Zunächst einmal besaß Miss Hogmanimy eine eigenwillige Art zu sprechen, so als ob ihr bei einer Gebirgsbesteigung irgendwann die Puste ausging, es klang wie dieses atemlose Flüstern, das man gerade noch vernehmen konnte, aber das muss ich ihr zu Gute halten, man konnte sie dennoch deutlich verstehen. Doch ach, welch einen Unfug sie hervorbrachte und wie sehr meine Freundin und ich uns an der Nase herumgeführt vorkamen, denn alles, was sie sagte, war immer nur: Oh wie schön es alles sei, und wie es das Heiligste auf der Welt sei, und sie würde nun zunächst mal ein Gebet sprechen, und wir warteten und warteten und hofften, dass wir ein paar Fakten an die Hand bekämen, aber nichts dergleichen, es war alles nur dieses seltsame, atemlose Geflüster.

Das Ende vom Lied war nun, dass sie von uns allen eine Unterschrift auf einer Selbstverpflichtung haben wollte, dass wir niemals etwas anderes als Ginger Beer und ähnliche Getränke zu uns nehmen würden. Und sie zeigte ein Lächeln, das sehr verschlagen und sehr gewollt schien. Es sollte spontan wirken, aber irgendwie wusste man, dass es jetzt nicht ganz sooo wahnsinnig spontan gewesen ist, sondern einfach nur zeitlich klug gewählt. Sehr verschlagen und clever war dieses Lächeln, und sie sagte: Also Mädchen, wenn ihr zu einem Abendessen geht und Wein angeboten bekommt, dann macht kein großes Aufhebens darum, macht kein Fass auf, sagt einfach: Vielen Dank, für mich bitte nicht. Damit aber gebt ihr der Person, die euch den Wein angeboten hat, den Eindruck, dass sie bis zum Hals in moralischer Verderbtheit steckt.

Und natürlich begann Miss Hogmanimy an diesem Punkt ausführlicher darüber zu sprechen, wie Alkohol zu unstetem sexuellen Verhalten führe. Ach, welch ein wunderbarer Ausdruck das ist, und wie es exakt nicht beschreibt, wie man sich manchmal auf Partys fühlt, wenn man die richtigen Freunde da hat, und dieses schöne Gefühl, wenn man sich abschießt, und es ist wunderbar, oh, wie ich das genieße. Wobei ich das natürlich erst lange nach Miss Hogmanimy gelernt habe.

Damals aber lernte ich in der Schule gerade Griechisch für mein Reifezeugnis, und das Theaterstück, das wir auf Griechisch einstudieren mussten, wie es einmal pro Jahr anstand, war *Bacchae* von Euripides. Unsere Griechisch-Lehrerin war vollkommen auf Euripides fixiert, wobei ich ihre Meinung nicht ganz teilen kann. Beispielsweise ist er eher ein Schatten, finde ich, ein dunkler Schatten aus Emotionen, der den hellen, schönen, harten und religiösen Formalismus der repräsentativen Griechen deutlich hervortreten lässt. Daher glaube ich auch, dass Racine weitaus griechischer ist als Euripides. Ich muss aber nun eingestehen, dass ich inzwischen kein Griechisch mehr lesen kann, ich habe fast alles vergessen, mit Ausnahme der Abschnitte, die ich für meinen Part auswendig lernen musste, die kann ich auch heute noch nach all den Jahren aufsagen, obwohl ich Dir nicht Wort für Wort sagen kann, was es bedeutet, sondern nur eine Zusammenfassung liefern kann, ich kann Dir nur den Inhalt der Rede wiedergeben. Es ist die Rede des zweiten Boten, sehr lang, sehr lang, über hundert Zeilen, die ich mit einigen Mühen auswendig gelernt habe, aber ich *habe* sie auswendig gelernt und habe sie noch parat.

Doch diese Emotionalität und dieses feine Gefühl für die soziale Unterlegenheit der Frauen bringt einen fast erstklassig gegen Miss C. Pankhurst und die Rechte des Individuums in Stellung, und das menschliche Herz ist so verängstigt und von seinen eigenen gegensätzlichen Emotionen zerrissen, nein, nein – das ist überhaupt kein griechisches Muster.

Hier sind meine Gedanken zu Euripides allerdings eingefärbt aufgrund des noch humanistischeren Übersetzers, den er momentan in England hat, für den unsere Griechisch-Lehrerin ebenfalls ein ausnehmend tiefes, sehr menschliches Gefühl hegte, sehr weich und durchdringend. Ach, dieses allzu Menschliche. Das verdirbt alles. Das ist geradezu hässlich. So ist es. Er hat Medea übersetzt. Medea hat gehört, dass Jason eine Vernunftehe schließen will, um sich mit dem Herrscherhaus in Korinth zu verbünden. Medea sagt dazu, und er übersetzt es so:

O Zeus, O Earth, O Light,
Will the fire not stab my brain?
What profiteth living? Oh,
Shall I not lift the slow,
Yoke, and let Life go,
As a beast out in the night,
To lie, and be rid of pain?[97]

Im Griechischen nun steckt keinerlei Hinweis auf irgendein Biest oder irgendeine Nacht, davon ist nirgends die Rede, das ist alles einfach nur eine

---

97 Aus: Euripides, *Medea*. Dt. von Otto und Eva Schönberger: O Zeus und Erde und Licht! Zerschmetterte doch ein Blitz vom Himmel mein Haupt! Welchen Wert hat das Leben noch für mich? Weh! Weh! Könnt' ich doch im Tod vergehen, das verhaßte Leben lassen!

phantasievolle, allzu menschliche, weiche, phantasievolle Interpretation des griechischen Originals. Schaut man sich aber das Griechische an, dann ist das, was da ist, schon »schlimm genug«. Ich setze das in Anführungszeichen, weil ich *schlimm genug* in dem Sinne meine, dass ich sage, dass es nicht griechisch, sondern mit seiner weichen menschlichen Gefühligkeit barbarisch ist, sehr barbarisch, sehr emotional.

Aber, sagst Du bestimmt, Medea war doch eine Barbarin. Das bedeutet nichts. Es hat keinerlei Bedeutung, dass sie eine Barbarin war. Das griechische Muster kann nicht deshalb umgeworfen werden, weil die Gefühle von irgendeinem Barbaren verletzt worden sind, der dann jedem erzählt, welche Verletzungen er hat. Das ist kein zulässiger Einwand. Im Griechischen habt ihr also »O Zeus, O Earth, O Light«, und das geht in Ordnung, das ist eine förmliche Anrufung. Das hat Bestand. Dann kommt da noch die Fürbitte nach Blitzen aus dem Himmel vor, um sie zu zerstören, um sie niederzuwerfen. Das ist auch noch da. Und dann noch dieser Gedanke: Was für ein Leben bleibt mir noch? Und dann dieser Gedanke: Wie angenehm es wäre, zu sterben, dieses hasserfüllte Leben im Tod abzulegen.

Nun, das ist relativ emotional, ja. Aber dieser Professor dreht die Emotionalität noch weiter hoch, sodass es völlig hassenswert und nicht mehr griechisch ist. Es ist ein Unglück, dass dieser Professor etwas Schlechtes noch schlimmer macht. Ich muss jetzt damit aufhören, aber das gefällt mir gar nicht, diese Aufruhr an Emotionen finde ich nicht gut, das gefällt mir überhaupt nicht.

Schau Dir nun mal Racine an, um zu sehen, was ich meine. Schau Dir Euripides' Stück *Hippolytus* an und danach zum Vergleich Racines *Phèdre*. Das ist die gleiche Geschichte, haargenau die gleiche Geschichte, aber Euripides ist zutiefst unruhig und rastlos, sodass es die Tragödie stört, Racine hingegen ist sehr gelassen, ausnehmend gelassen, sehr karg und einfach, und die Tragödie wird dadurch sehr stark und überhaupt nicht zerstört, sondern sehr stark und einfach. Und diese Tragödie ist außerdem überaus anregend, und während man sich bei der einen mit einem noli-me-tangere-Abwenden der Röcke schämt und zur Seite wendet, ist die andere sehr stark und völlig unausweichlich und unpersönlich. Das ist Griechisch. Das ist wahrhaft Griechisch und eben das, was das Griechische ausmacht.

Die Geschichte von *Phèdre* ist nun sehr bekannt, aber vielleicht ist es bei der Geschichte in *Bacchae* nicht so sehr der Fall. Daher will ich Dir diese Geschichte kurz erzählen, und Du wirst feststellen, dass sie sich nicht sonderlich für Kinder eignet. Und ja, vielleicht ist sie nicht sonderlich geeignet für Kinder, aber das liegt nur daran, weil Du Kinder auf diese Weise betrachtest. Es ist jedoch ein weitaus besseres Stück als *Medea*, also erzähle ich es Dir jetzt.

Es geht um Dionysos, und es kommt sehr viel dionysische Magie in diesem Stück vor, und das ist vielleicht ein bisschen furchteinflößend. Dionysos hat keinerlei gute Gefühle, nicht ein einziges, er hat keinerlei gute Emotionen und kein höheres Empfinden, er ist sehr zynisch und lacht viel, sehr grausam und sehr zynisch, dieser Dionysos. Jedenfalls ist er der Sohn von Zeus und Semele. Und Pentheus ist der Herrscher des Landes Theben. Und Pentheus ist der Neffe der Semele, die starb, als sie von einer riesigen Flamme verbrannt wurde, die starb, und auf deren Grab er stets das heilige Feuer brennen ließ. Sie also starb, und Dionysos lebte und wurde von Zeus fortgeholt und in seinem Schenkel sicher verwahrt, bis er alt genug war, um auf sich selbst gestellt zu überleben.

Nun lebt Pentheus also in dem königlichen Palast, und er hat seine Mutter Agave bei sich und auch andere Frauen des Hofes. Pentheus aber ist sehr stur, dumm fast, sehr stur. Nein, er erkennt die Göttlichkeit des Dionysos nicht an. Er hatte mit Semele als Kind gespielt. Nein, Semele hatte niemals einen göttlichen Sohn. Keine Tante hatte je einen göttlichen Sohn, also verehrte er Dionysos nicht. Doch die Frauen und Agave hatten fürchterliche Vorahnungen bezüglich dieser sturen Haltung des Pentheus, sie dachten, dass daraus nichts Gutes erwachsen konnte.

Davon also hörte Dionysos und lachte und lachte und kam nach Theben, während er lachte, und das rasch und sehr göttlich und wütend. Und er kam verkleidet. Und er trieb die Frauen in den Wahnsinn, sie wurden alle wahnsinnig, sie liefen in die Berge durch die göttliche Ekstase des Wahnsinns, die über sie gekommen war, und sie rannten und rannten, sie verließen ihre Ehemänner und ihre Kinder. Sie liefen auf die wilden Berge, und sie hatten ihre Thyrsosstäbe, und sie liefen im Wahn über die wilden Berge und verehrten Dionysos. Und sie waren so stark in ihrem Wahn, dass sie Wolfsjunge hochnahmen und sie an ihre Brust hielten und ihnen die Milch gaben, die ihre Kinder hätten bekommen sollen, und sie lachten und lachten und jagten den Löwen und fingen ihn und rissen ihn mit ihren nackten Händen in Einzelteile, sie zerfleischten ihn, rissen seinen Kopf ab, zerrissen ihn in seine Einzelteile, so irre und mächtig waren sie in ihrem Wahn. Danach waren alle Frauen aus Theben verschwunden.

Und nun kommt am heißen Nachmittag sehr sanft und ruhig und sehr hinterlistig Dionysos in den Palast, und der Palast ist sehr still und leer, er betritt den Palast, und keiner stellt sich ihm in den Weg, er lacht die ganze Zeit sehr sanft. Er kommt also zum König, und diesem sagt er: Was ist los Pentheus, wo sind all die Frauen hin? Doch Dionysos ist verkleidet, und der König so traurig, dass alle Frauen dem Wahnsinn verfallen sind, dass er nicht denkt: *Ich bin der König, warum sollte dieser seltsam aussehende Mann mir Fragen stellen dürfen? Der hat etwas an sich, das ich nicht mag. Ich vertraue ihm nicht. Warum sollte dieser Mann mir Fragen stellen?*

Nein, er spricht mit dem gut verkleideten Dionysos, der sehr sanft in sich hineinlacht: Warum, Pentheus, folgst Du den Frauen nicht und bringst sie zurück? Denn Pentheus, Dir, als starkem, klarem, offenem Mann, der so geradeheraus und ehrlich ist und keinen Unfug gelten lässt, Dir kann sich doch niemand in den Weg stellen? Also wirst Du doch gewiss den Frauen folgen und sie zurückbringen? Es wäre doch absurd, wenn Du irgendetwas anderes tun würdest, als den Frauen zu folgen und sie zurückzubringen. Die Leute würden Dich gewiss auslachen. Denn was, wenn ich sagen würde: Warum folgt Pentheus den Frauen nicht, warum lässt er sie gehen, warum lässt er sie wahnsinnig werden?

Nun, zuerst würden sie mir wohl nicht glauben. *Aber wir kennen Pentheus, er ist ein ehrlicher Mann, so etwas würde er nicht tun, es muss jemand anderes sein.* Mit der Zeit aber würde sich das ändern, und sie würden mir glauben und sie würden lachen, und plötzlich würde das Gelächter sehr laut werden, es würde sehr laut sein, und es würde sehr lange anhalten. Und Du würdest Dich in Deinen Palast zurückziehen. Doch das Gelächter wäre auch dort, sehr laut, sehr deutlich. Also würdest Du Dich in Dein Schlafzimmer zurückziehen, aber auf einmal würdest Du merken, dass es unmöglich war, in das Schlafzimmer zu gehen und auf einmal müsstest Du feststellen, dass das Schlafzimmer mit Gelächter angefüllt war, dass das Gelächter schon dort ist, dass es die ganze Zeit dort war: *Tja, hier ist es, wie dumm von mir, und gar nicht draußen, wie ich die ganze Zeit gedacht habe.*

Und da begann Dionysos laut zu lachen. Zunächst begann er sanft aufzulachen, doch dann wurde es weniger sanft und schließlich sehr laut, und dann begann auch Pentheus zu lachen: »Warum habe ich diesem Mann misstraut?« Er denkt: »Er ist sehr witzig, er hat mich zum Lachen gebracht, und es ist schon Wochen her, seit ich das letzte Mal gelacht habe.«

Später kommen sie also gut miteinander zurecht. Und dann findet Dionysos heraus, dass Pentheus Angst hat, sich den Frauen zu nähern, weil sie einem göttlichen Wahn verfallen sind und Löwen zerreißen können und keinen Mann in ihre Nähe lassen. Kein Mann darf auf diesen Berg steigen, sonst zerreißen sie ihn wie den Löwen.

Also sprach Dionysos sehr sanft, sehr einnehmend und wie nebenbei: *Aber Pentheus, mein lieber Freund, das ist doch einfach, verkleide Dich als Frau.* Da ist nun durchaus etwas Entwürdigendes daran, wenn ein König sich als Frau verkleidet, doch Pentheus verfügt ohnehin nicht mehr über sonderlich viel Würde, er kichert und lacht die ganze Zeit, er hat keinerlei Würde, keine Ehre mehr. Es ist also eine gute Idee, die sein neuer Freund da hat. Also lachen und lachen sie und besorgen Frauenkleider, und Dionysos legt sie Pentheus an: *Mein Lieber, wie gefällt Dir dieses Schößchen, meinst Du, das steht Dir?*

Diese Falte liegt so besser, findest Du nicht? Er lässt den König vor sich herumstolzieren und sich drehen, sehr schwer zufriedenzustellen, dieser Dionysos. Schließlich aber fällt jede Falte so, wie sie soll, und auch die Kopfbedeckung sitzt richtig, und er reicht dem König den Thyrsos[98]: Mein lieber Kumpel, Du siehst wie eine relativ ernste, leicht pompös auftretende Frau aus, genau wie meine alte Tante. Von der erzähle ich Dir beim nächsten Mal. Mein Lieber, niemand würde Dich nicht zumindest für eine Frau halten, vielleicht sogar für eine Tante und Mutter. Ach, ich glaube, Du behältst besser Deine eigenen Sandalen an. Es ist ein relativ steiler Aufstieg auf diese Berge.

Nun ist es Pentheus ein wenig kalt, als stünde er in einer rasch fließenden Strömung. Und da bekommt er das Gefühl, dass er hoch in diese Berge klettern und diese Frauen finden muss, aber es ist ein Sog, der von außen an ihm zerrt, der ihn dazu bringt, gehen zu müssen, er muss gehen.

Und jetzt packt Dionysos ihn am Arm und schiebt ihn vor sich her, sehr freundlich, sehr bestimmt. Dionysos führt ihn, drängt ihn aus dem Palast, und der Sog wird stärker, und Pentheus ist es nicht mehr so wichtig, er will einfach losziehen, es ist nicht mehr wichtig, sein netter Freund sagt, dass er gehen muss, und er ist doch ein sehr fideler Kerl, dieser Freund, voller lustiger Ideen, dieser Kerl.

98 Ein Stab, den Dionysos laut griechischer Mythologie stets bei sich trägt.

Pentheus geht also lachend weiter und geht lachend aus der Stadt und den Pfad hinauf, der enger und steiler wird, und er lacht sanft in sich hinein. Und in der Kurve, kurz bevor er aus dem Blickfeld gerät, fällt ihm ein, dass er sich nochmal umsehen sollte, es wäre doch etwas undankbar, schließlich hat dieser nette Freund ihm mit seinen lustigen Einfällen geholfen, da wäre es nicht angemessen, einfach so weiterzugehen, ohne sich noch einmal umzuwenden und seinem netten, neuen Freund zuzuwinken. Also kommt er an den Scheitelpunkt der Kurve und dreht sich um.

Und da steht Dionysos und wirkt größer und immenser und verändert. Er lacht. Es ist aber weniger ein Lachen, eher wie etwas, das Pentheus nicht recht beschreiben kann, nicht so sehr ein Lachen, ein Lachen zwar durchaus, aber doch eher ein Grinsen, etwas, das er zuvor schon einmal gesehen hat, ein Lachen mit weithin sichtbaren Zähnen. Ha ha, er schneidet nur Grimassen, das war alles, das war ja ein Kerl mit witzigen Ideen, er ist gar nicht größer, das ist nur eine optische Täuschung, die durch die Distanz entsteht. Also ruft Pentheus: Auf Wiedersehen und vielen Dank. Und Dionysos ruft zurück: Auf Wiedersehen Pentheus, richte Agave meine liebsten Grüße aus.

Und Pentheus ward nie wieder gesehen.

Das Theaterstück, das wir in der Schule aufgeführt haben, dem der Professor, von dem ich sprach, höchstselbst beiwohnte, und der sehr anerkennend war und dem Skript folgte, das hinterließ einen großen Eindruck bei mir, und ich sah mir die Szene im Palast gerne an, in der Dionysos den König in Frauenkleider hüllt, und auch ich lachte und lachte an dieser Stelle, und ich dachte da stets: Dionysos ist großartig.

Doch die Stelle, von der ich Dir erzählen wollte, die in dieser speziellen Rede, die ich halten musste, und die so unpassend und dennoch sehr witzig war, wenn man sie auf Miss Hogmanimy bezieht und auf ihre Ansichten bezüglich Alkohol und dessen Wirkweise auf sexuelles Verhalten, sie ging so. Die letzten vier Zeilen meiner Rede, im Griechischen waren es vier, und sie gingen so, und sie drückten genau das aus, was ich Miss Hogmanimy immer entgegenschleudern wollte, denn das war es, was sie eigentlich damit ausdrückte, was sie nicht vermeiden konnte zu sagen, mit dem ganzen Gewicht der Erziehung dahinter. Die Worte waren, dies waren die Worte: *Nimm den Wein hinfort und da ist keine Ausschweifung mehr, Keine Freude mehr, nichts, das dem Menschen bleibt.*

Ein dreifaches Hoch auf Euripides und Miss Hogmanimy.

Nun, mein Freund, sprachlich betrachtet, habe ich das vielleicht ein bisschen lose formuliert, aber meine Studien der antiken Klassiker haben mir eine Vorstellung der Olympier als sehr schöne, sehr liebreizende, zynische und immer lachende Gesellen vermittelt. Und sehr, sehr grausam waren sie, auf kalte, harte und göttliche Weise, das hatte nichts von der Grausamkeit der Menschen, die natürlich weitaus grausamer ist. Denn Menschen können bis auf den letzten Zentimeter ausrechnen, wo es wirklich schmerzt und wie sehr, doch die Götter und Göttinnen und diese Art von Geschöpf können sich mit diesen Feinheiten der Grausamkeit nicht weiter belasten, sie haben einfach nur eine Vorstellung davon, was die Sterblichen ihnen schulden, und sie verhängen Strafen, wenn sie das nicht bekommen, ohne sich groß um die Reaktion des Opfers zu scheren. Sehr grausam, sehr hart, so sehen wir die Olympier, doch das ist natürlich nicht ihre Schuld. Sie haben kein Herz. Sie haben kein Herz.

Nicht so Miss Hogmanimy. Mit ihrem hellen Lächeln, ihrem fein gepflegten Gesicht, ihrem Lächeln, ihren glänzenden, klaren Augen, ihrem unmodischen Hut und der unprovokanten Bluse, mit ihren klobigen Händen, die ständig auf die Kanten des Rednerpults niedersausten, sie ließ alle Symptome des Herzbesitzes erkennen, diese Miss H. Aber sie war auch streng. Herzen mussten auf die richtige Weise schlagen. Herzen waren keine Entschuldigung für unstetes Sexualverhalten, und Babys waren wunderbar, wenn sie rechtmäßig geboren wurden. Wichtig aber war, dass man es von Anfang an goldrichtig anging mit der Art, wie sie geboren werden. Ob nun aber rechtmäßig oder unrechtmäßig, sie kamen alle auf die gleiche, schmerzhafte Weise in diese Welt.

Da sie aber völlig in der Vorstellung von Liebe und dem religiösen Aspekt des ganzen verfangen war, ist es ihr unmöglich gewesen, die medizinische Seite des Themas zu vermitteln; sie malte also Bereiche auf die Tafel und stand dann mit ihrem stämmigen Körper davor und errötete heftigst, denn es war alles so heilig und so fürchterlich schrecklich, wenn es nicht rechtmäßig war. Und sie hoffte so inständig, dass wir keinen Wein trinken und keine provokativen Dekolletés tragen würden.

Wenn ich jetzt zurückblicke, habe ich ein bisschen Nachsicht mit Miss Hogmanimy, ihr Herz war am richtigen Fleck, aber ihr Verstand war vernebelt. Ich kam aus diesen Vorträgen mit einer tiefen Abneigung gegen das Thema und verspürte eine vage Übelkeit, wenn ich Freunde und Bekannte über die Hervorbringung von Nachwuchs reden hörte. Ich betete dann für sie und wusch mir danach die Hände.

So gänzlich anders war die errötende, simple, idiotisch-ekstatische Herangehensweise von Miss H. im Gegensatz zu der polternden, deftigen Herangehensweise von Mr. Bosch und Miss Clytie Fennimore und der Schule der freien Leichtigkeit. Mr. Bosch hält ständig Vorträge. Während seiner Vorträge macht er dauernd Scherze, er ist sehr haha und benutzt immer die guten, alten angelsächsischen Wörter. Er liebt es, diese schroffen, alten

Einsilber zu verwenden, die roh und anzüglich aus dem Boden zu kommen scheinen, aus dem Boden, der in den Blumenkästen von London, W.C. 1[99] steckt.

Aber so frei und leicht kann man natürlich nur sein, wenn man als Frage der Ehre einen erstklassigen Abtreibungsservice bereitstellt – kostenlos für alle, die danach fragen. Oh nein, anders geht das auf keinen Fall. Eine Frau, die die sexuelle Philosophie eines Mr. Bosch annimmt, wird ihr ganzes Glück von Verhütungsmitteln abhängig machen müssen. Und dann berücksichtige auch die Anzahl Deiner verheirateten Freunde, die Unfälle hatten, lauter kleine Jacks und Jills, die zu füttern und auszubilden sind, und dann wird Dir klar, wie hoch der Einsatz dabei ist.

Mr. Bosch tritt dafür ein, verfassungsrechtlichen Druck auf die Rechtsexperten auszuüben. Gleichzeitig aber lautet das Motto der Schule der freien Leichtigkeit: Weiter so wie zuvor. Weiter so, altes Mädchen, weiter so, es macht so großen Spaß, und das Risiko ist verschwindend gering, Du solltest nicht so viel darüber nachdenken, es hemmt nur und ist morbide, und ohnehin ist es *Dein* Risiko. Abtreibung? Liebes, mach so etwas niemals. Verdammt nochmal, natürlich nicht, das ist ein Verbrechen; nein, das würde ich Dir nicht nahelegen, und außerdem geht das gegen meine Prinzipien, es

99 Postleitzahlgebiet von London, größtenteils Camden.

ist definitiv unmoralisch, Babys sind gut für Frauen, sie vervollständigen Dich, weißt Du. Nahrung, Bildung? Sei nicht so snobistisch – wozu gibt es die Volksschulen? Und Nahrung? Niemand verhungert heutzutage. Und warum solltest Du Dir überhaupt darüber Sorgen machen, die Chancen stehen 1 zu 1000. Du denkst zu viel nach, das ist Dein Problem, Du musst positiv brüten, Du solltest Dir Leichtigkeit angewöhnen. Es ist nur ein großartiger Scherz. Kopulation ist ein exzellentes Vergnügen. Und darum solltest Du Dich glücklich schätzen, wenn Du die Gelegenheit dazu hast, schau Dir nur all die deprimierten Frauen an, die niemals gefragt werden und sich nach unheiliger Maßhaltung stinkend durch die Gegend bewegen. Ach na komm schon, so ist's recht, Liebchen, hilf mir aus meinem Holzbein und hüpf ins Bett. Das wird Dir ganz sicher gut tun, Du glückliches Mädchen.

Vor einer Weile jedenfalls wurden diese Statistiken veröffentlicht. Du weißt ja, wie aufregend es ist, solche Statistiken zu lesen. Nun, die Statistiken besagten, dass die Prostitution in England definitiv zurückginge, sodass man den ganzen Leicester Square entlang kaum mal eine ehrliche Hure zu sehen bekam, und jene Passage – sie war im Grunde verwaist, mein lieber Freund, nichts und niemand bis auf ein paar Polizistinnen und ein altes Mädchen, das so günstig wie möglich einkaufen gehen wollte.

Nun ja, nun ja, nun ja, die Leute, die nicht an *frei-und-leicht-lebt-sich's-gut* glauben, sollten sich dafür nicht vorschnell auf die Schulter klopfen. Statistiken sind so irreführend. Wird ihnen niemand sagen, wie es eigentlich ist, und wie die Schule der freien Leichtigkeit, die das Thema Abtreibung nicht anrührt und eine solch tiefgreifende Abneigung gegen *quid pro quo* hat, aus manch einem hoffnungsvollen, jungen Mädchen, das einen ernsten Blick auf sein Liebesleben gelenkt hat, eine Betrügerin gemacht hat.

Da war beispielsweise Cynthia. Cynthia war ein gutes Mädchen, eine alte Bekannte aus Schulzeiten und, um es ein bisschen interessanter zu machen, eine Sozialarbeiterin. Sie sah nicht schlecht aus, obwohl sie jetzt nicht pralinenschön war, oh nein, sie hatte gelbe Haare und Sommersprossen und große, grüne Augen, und ihr Gesicht wirkte ein wenig unarisch schief, es sah ein bisschen aus wie ein Ei, und die Augen saßen flach über den breitflächigen Wangenknochen, sie war ein eher bäuerlicher Typ, vorwiegend slawisch, man könnte sie sich als Olga auf der Wolga vorstellen. Sie hatte einen plumpen, kleinen Körper und eine liebenswerte Art. Sehr freundlich, sehr pragmatisch war sie, diese Cynthia.

Späterhin war sie aber nicht mehr *intacta*, sie entwickelte einfach ihr Liebesleben, ja, das tat diese Cynthia. Nach und nach wurde sie recht gewandt in alledem, und wenn es nicht Bill war, dann war es George oder Brian oder Barry, und einen Everard gab es auch. Für all diese tatkräftigen jungen Männer war das also eine ziemlich gute Sache, ja, denn sie erhielten nicht nur eine Miss Bettwürdig, sie bekamen auch ein Herzchen und eine Putzfrau und eine Hausfrau und eine Schneiderin, sie mussten nur danach fragen.

Ich fand daher, dass Cynthia gleich mehrere Berufe auf einmal betrog, den der Ehefrau, der Geliebten und all die anderen, die ich erwähnt habe. Sie lebt immer noch auf diese Weise, doch als ich sie das letzte Mal gesehen habe, bekam ich den Eindruck, dass es etwas von seinem ursprünglichen Charme verloren hatte, es war mehr wie ein Händeschütteln, eher wie ein Händedruck geworden und relativ monoton dabei, sie wünschte sich also, nun alles mit einem Baby abzurunden, doch das würde sie zwar mit den Theoretikern auf eine Linie bringen, allerdings auch in Konflikt mit den Behörden, und in dieser Welt der Kompromisse kann man seine rechte Hand einfach nicht wissen lassen, was die linke tut.

Also hatte sie sich auf Soziale Arbeit festgelegt und war sehr gut darin, die kleinen Rotzlöffel aus dem Süden Londons auszubilden, und man hielt viel von ihr, und sie war in menschlichen Dingen weitaus erfahrener als die meisten anderen ihrer Berufskollegen, das muss ich ihr zugestehen. Und da ist sie nun also und widmet ihr Herz ganz den Rotzlöffeln und folgt ihnen auch außerhalb der Arbeitszeiten und nimmt sie mit an Orte wie Jubilee und Kew Gardens und den Tower und feiert mit ihnen und bleibt einfach dran. Und im Augenblick ist da, glaube ich, kein Tom, Dick oder Harry, aber das ist natürlich einfach glücksabhängig und etwas, das jedem von uns passieren kann.

Und diese Geschichte enthält keinerlei Moral, sondern einfach nur ein paar Anmerkungen, die Tadelsüchtige in Bezug auf das Betrügen und das Zerstörerische machen würden, das in der Verwöhnung von Tom, Dick und Harry, Brian, Bill und Barry liegt, denn für sie ist das sicher einfach schön und prima. Aber solch großherzige Mädchen wie Cynthia eins ist, können einfach nicht *zu viel* geben, und wenn man so geschaffen ist, ist man eben so geschaffen, und all die fürchterlichen Mädchen, die einen Kerl mit Abtreibungskliniken und Hochzeitsringen nerven, sind eben nicht so geschaffen. So ist das eben.

Hast Du mal das Theaterstück *Maya* gesehen, das ist das Stück, das sie immer im Repertory Theatre spielen, wenn das Programm etwas dünn besucht wird. Ich sagte: *Maya.* Ein sehr wirkungsmächtiges Werk und wie die Kritiker gern sagen: Eine sorgfältige Bearbeitung eines unangenehmen Themas. Das Rep. Theatre ist dann bis auf den letzten Platz ausverkauft mit all den vielen Leuten, die sich wahrhaftig für die sorgfältige Bearbeitung unangenehmer Themen interessieren, und es hängt eine rote Lampe an der linken Seite der Bühne, um den besser Informierten einen authentischen Hinweis mit dem Zaunpfahl zu geben, um welches unangenehme Thema es geht, und der Vorhang hebt sich, und schon ist man mittendrin, werte soziologisch interessierte Ladys und Gentlemen, schon ist man in einem opulenten Freudenhaus von Marseilles. Rein in die Freuden und wieder raus, Freuden, an denen man sich erfreut, darum geht's, verstehst Du?

Dieses Bordell aber ist ein gehobenes Etablissement, oh ja, sehr gehoben. Da sitzt also ein Mädchen in seinem Apartment, vielleicht in einem Apartmentblock in London oder New York, wären da nicht die vielen Seemänner mit eher rauem Äußeren, die von Zeit zu Zeit hereinkommen, und nichts anderes im Sinn haben, so scheint es, als den Tag mit einem guten Gespräch über das Leben daheim und die Kinder zu verbringen, und Wie ist es Dir ergangen in all den Monaten. Wollte nur mal kurz vorbeischauen, um mit einem Mädchen zu plaudern, das einen Kopf auf den Schultern sitzen hat und ein verdammt guter Zuhörer ist und das einem Mann das Gefühl gibt, dass das Leben letztlich doch etwas zu bieten hat, und nicht nur Sexappeal und Sexappeal ohne Ende.

Sehr tief gehen diese Gespräche manchmal. Einer der Besucher sagte etwas über Yogi, und das Mädchen hatte großes Interesse an Yogi. Und ehe man sichs versah, gab es nicht mehr viel, das sie nicht über Yogi wusste. Und ich bekam den Eindruck, dass das alles ganz korrekt und zweifelsohne kein ungewöhnliches Verhalten sei, sondern einfach nur nette, offene Gespräche, wie man sie an Sonntagnachmittagen bei der Nudist Society führt, offene Gespräche eben, und alle fühlen sich besser, sich das von der Seele geredet zu haben.

Und das einzige, was darauf hindeutete, dass es sich nicht um eine Wohnung in Bloomsbury oder Greenwich Village handelte, waren die lustigen Klamotten, die sie trugen, wie Maya selbst, so wurde das Mädchen genannt, das sehr tief und symbolisch und *ich-mache-keinen-Hehl-daraus* mit der Göttin des Überflusses verbunden war, natürlich durch die Linse eines ernsten Studenten der Anthropologie und der Vergleichenden Religionswissenschaften betrachtet. Diese Maya trug schon eher Kleider, wie eine Prostituierte es tun würde, ständig in Tücher und Kimonos gehüllt, und sie lief in Pantoffeln herum.

Was ich aber meine, ist dies, und das meint die ganzen Besucher, die meistens Seemannskleidung trugen, die überwältigende edle Gesinnung und unergründliche Respektabilität, die diesen Leuten anhaften, nimm die Kleidung weg und nichts davon bleibt. Sie waren allesamt freundlich gesinnte, gut erzogene Mädchen und Jungen mit einem lustigen Hang zu einem ausgefallenen Kleidungsstil, der ein bisschen Bohème war, aber harmlos, ach mein Lieber, ganz harmlos. Und keiner von ihnen war zynisch oder leichtfertig wie so manch einer, den ich erwähnen könnte, sondern von wirklich edler Gesinnung und stets in dem Wissen, dass wir alle hier sind, um dem größeren Zweck zu dienen, das alles, wenn wir wieder gehen, besser zu hinterlassen, als wir es vorgefunden haben. Verstehst Du?

Und muss ich noch erwähnen, dass es eine Stelle darüber gibt, wie Maya in leutseliger Weise eine Tochter unterstützte, die eine regelmäßige Kirchgängerin war und nicht ahnte, dass ihre Mutter eine – nun Du weißt, wie unbarmherzig manche Menschen sind. Und sie sah ihre Tochter nicht mal, obwohl sie vor echter Zuneigung fast platzte, wirklich, nein, sie sah das Mädchen nicht, ließe sie selbst dann nicht vorbeikommen, wenn sie glaubte, dass Kimonos eine vorgeschriebene Alltagskluft außerhalb von Freudenhäusern wären.

Sehr bewegend war diese Stelle, und alle kamen aus dem Stück mit dem Gefühl, dass das Leben einer Hure nichts als ein langer, langer Pfad des Dienens und der Selbstaufopferung war, so wie man es von Krankenschwestern sagt. Und also gingen sie alle nach Hause und fühlten sich richtig gut, ganz so als wären sie in die Kirche gegangen.

Ich glaube, dass die beiden Themen, zu denen der größte Unfug erzählt wird, Sex und Kindererziehung sind.

Sollen wir nun also darüber sprechen, wie man Kinder aufzieht? Das ist ein interessantes Gesprächsthema. Sollen wir darüber sprechen und die Wahrheit gemeinsam erkennen, Mr., Mrs. oder Miss Gigadibs[100]?

100 Bezieht sich auf das Gedicht *Bishop Blougram's Apology* von Robert Browning (1812–1889). Gigadibs ist der Zuhörer, der nie zu Wort kommt und schließlich von den Argumenten des Bishops überzeugt scheint und seine Ansichten ändert.

Mein Verlobter und ich, wir – habe ich erwähnt, dass mein Verlobter Freddy und ich beide in Bottle Green leben? Das ist ein wohlbehaltenes Wohngebiet im Norden Londons. Nicht wie die ganzen Hampsteads oder Highgates oder Golders Greens, einfach nur direkt im Norden, in der Nähe von Enfield, wo sie kleine Waffen herstellen und einen Marktplatz und ein Wohngebiet haben, das dem Bottle Greens noch überlegen ist.

Die soziale Situation ist in England sehr kompliziert, sehr verworren, aber aus diesem Blickwinkel immer gleich. Alle versuchen ständig die Leiter hochzuklettern, und das ist alles sehr tüchtig und einer der Gründe für das Überleben des *status quo*. Denn mit einem leichten Gehaltsanstieg und etwas gewöhnlichem Glück und einer gewieften Frau, bist Du schon da, ein Wimpernschlag, und schon bist Du auf der nächsten Stufe. Und warum sollte man die soziale Ordnung zerstören, wenn sie einem diese wunderbare Möglichkeit zur Verfügung stellt? In der Tat, warum? Wir werden also niemals eine Revolution in *Eng.* haben, solange die Menschen weiterhin auf gesunde Weise den nächsten gesellschaftlichen Aufstieg, wie schon gesagt, beneiden und ihm nacheifern. Oh wie großartig das alles ist – kein grässlicher Abgrund, der zwischen dem Proletariat und dem nächsten sozialen Rang klafft.

Freddy nun weiß gewiss eine ganze Menge über die Menschen in Bottle Green, und er ist ein sehr gewissenhafter Beobachter ist Freddy, und er erzählt mir Vieles, das so lebhaft ist, dass ich das Gefühl habe, es selbst erlebt zu haben.

Ich kenne es aber gar nicht aus eigener Anschauung, weil ich niemals Tennis gespielt habe. Das ist wichtig. Und ich bin niemals einer Laientheatergruppe beigetreten. Das ist ebenfalls wichtig. Dort trifft man Leute, wie es in unseren Leserbriefecken als Rat an all die Mädchen heißt, die noch nicht vergeben sind oder keine jungen Männer treffen können oder nicht können. Nun, so ist es eben, und sie werden ganz elend und traurig, weil sie keine jungen Männer treffen. Also sagen wir ihnen: Tretet einem Tennisverein bei. Und das tun sie dann, sagt Freddy jedenfalls, und es ist wirklich zum Schießen, wie sie das tun.

Das ist wirklich so. Da war ein Mädchen, das schrieb an ... Nun, es war eine Zeitung, ich verrate aber nicht welche. Dieses Mädchen schrieb jedenfalls, dass sie einen jungen Mann in einem Tennisverein gesehen habe, dem sie beigetreten sei, um sich nicht mehr so einsam zu fühlen und so zu einem jungen Mann und einem Haus oder einer Wohnung und einem Baby zu kommen. Und dieser junge Mann also, den sie gesehen hatte, der würde dafür taugen, der sei ganz in Ordnung. Und wie also würde sie ihn dazu kriegen, ihr einen Antrag zu machen. Nur damit Du das einordnen kannst, die beiden hatten noch nie miteinander gesprochen, aber wie würde sie ihn dazu kriegen, ihr einen Antrag zu machen? Die Antwort auf Leserfragen kam ohne Umschweife: und diese Antwort lautete: Richten Sie es so ein, dass Sie den letzten Satz mit ihm spielen, und dann verweilen Sie noch ein wenig, hängen Sie hoffnungsfroh noch etwas herum, und vielleicht bringt er Sie nach Hause.

Was für ein wunderbarer Satz. Ach, wieso konnte mir ein solcher Satz nicht einfallen, er ist so reich und voll und von solch bildhafter Qualität. Sieh mal, erkennst Du nicht, dass überall in den Vororten, in den Kleinstädten, überall auf Landhauspartys, überall in Indien, überall in Singapur und Shanghai, überall Mädchen sind, die es so eingerichtet haben, dass sie den letzten Satz spielen und dann hoffnungsvoll in der Nähe herumhängen?

Ich halte das nicht für einen sonderlich guten Rat. Nein. Nun, sieh mal; da ist *Mariana in the Moated Grange*[101] und da ist auch das *White Girl*[102], das Whistler gemalt hat, sehr blass ist sie nun. Diese Frau hängt ebenfalls herum, allerdings nicht hoffnungsvoll, ich würde sagen, sie hängt eher herum wie jemand, von dem die Verwandten sagen, dass sie sehr krank sei – sie hängt nur noch herum. Und es ist der Tod, der aus diesem Spiegel hervortreten wird, und ich glaube, sie wird froh sein, und

101 Zwei bekanntere Gemälde mit Bezügen zu Shakespeare und Tennyson sind *Mariana in the Moated Grange* (1851) von Sir John Everett Millais und *In the Heart of the Night* (Mariana and the Moated Grange, 1862) von Dante Gabriel Rossetti.

102 Gemälde von James McNeill Whistler, *Symphony in White, No. 1: The White Girl* von 1861–62.

ich glaube, wir sollten ebenfalls froh sein, wenn der Tod aus diesem Spiegel hervortritt, sodass sie nicht mehr länger herumhängen muss.

Das erinnert mich an ein anderes Gemälde, in dem das Mädchen nicht herumhängt, aber auch nicht allein ist, sie war wie eines der anderen Mädchen, von denen ich gesprochen habe, wie Cynthia also oder Maya. Da ist also dieses Gemälde, auf einer schönen Leinwand, es ist rechteckig und in dunklen Farben gehalten, ein dunkler Innenraum mit Mobiliar, es ist viktorianisch, sehr viktorianisches Mobiliar, alles sehr schäbig, sehr düster. Auf der linken Seite steht ein Sofa aus Pferdehaar, das sich perspektivisch vom Betrachter wegbewegt. Auf diesem Sofa befindet sich eine nackte Frau, sie liegt einfach da. In der Mitte des Bildes ist ein offenes Feuer im Kamin, das ihre Haut ausleuchtet. Ansonsten ist das Bild sehr dunkel, angefüllt vom Gestank des Barchents[103] und der eingeschlossenen Luft und übervoll. Gegen den Kaminsims lehnt ein Mann, der komplett angekleidet ist, er ist ein Mann mit Zylinder, der leicht über eine der Augenbrauen gezogen ist, er steht dort und schaut hinab auf das Mädchen, er sieht eher gelangweilt aus, oh ja, er scheint eher gelangweilt, ein Bein über das andere geschlagen, vermutlich sind beide eher gelangweilt. Ja, natürlich, es handelt sich um ein Sickert[104], ein

103 Barchent ist ein Mischgewebe aus Baumwoll-Schussfäden, das oft als Leinen-Ersatz verwendet wurde.

104 Walter Sickert (1860–1942), englischer Maler.

gewöhnliches, kleines Sickert. Möglicherweise heißt es *Home Chat*[105], ich habe es vergessen.

Nun aber muss ich zu dem Thema Bottle Green zurückkehren. Das ist ein relativ faszinierendes Thema, dieses Bottle Green, wo ich lebe, und wo Freddy die Menschen kennt. Die unverheirateten Mädchen dort haben die Vorstellung, sie haben diese Idee, dass wenn sie nur verheiratet wären, alles gut werden würde, und die verheirateten Frauen denken: Nun bin ich also verheiratet, also *ist* alles gut. Manchmal ist es das auch, aber manchmal müssen sie es sich schon recht nachdrücklich sagen und ständig wiederholen: Nun bin ich also verheiratet, nun ist also alles gut, und Miss So-und-So ist nicht verheiratet, da ist also nicht alles gut. Und wenn schon.

Und die unverheirateten Mädchen verzweifeln, oh ja, sie verzweifeln, das sagen sie die ganze Zeit, es ist ein bisschen wie ein Refrain aus *Drei Schwestern*[106]. Es ist ein Leitmotiv in ihrem Leben. Die Ehe ist ihr *Moskau.* Ach könnten wir doch nur nach *Moskau.* Wenn wir doch nur nach *Moskau* kämen. Dann, ja dann wäre alles endlich gut.

---

105 Offenbar verschmelzen hier zwei unterschiedliche Gemälde in der Erinnerung Pompeys bzw. Stevie Smiths zu einem. Das Sickert-Gemälde mit dem Titel *Home Chat* zeigt eine liegende, nackte Frau und einen neben ihr sitzenden, angezogenen Mann, der eine Zigarre raucht und sie anschaut. Mehrere andere Bilder Sickerts zeigen angezogene Frauen auf einem Sofa und einen Mann im Hintergrund, der an Mobiliar lehnt.

106 Theaterstück von 1901 von Anton Tschechow.

Oh die Schluchzer und Tränen, all das Recken und Strecken und Pläne aushecken, und währenddessen haben die Sekretärinnen der Tennisvereine allen Grund sich zu freuen, weil es zumindest einen verlässlichen Grundstrom an bezahlten Mitgliedschaften gibt, da diese törichten Dummköpfe ihre Beitragszahlungen niemals in Verzug geraten lassen würden, oh nein, denn ihre Mitgliedschaften führen sie nach Russland. Sie gewähren ihnen zumindest Einlass in das Russland ihrer ehelichen Ambitionen. Sie kommen zumindest über die Grenze, wenn auch nicht unbedingt in die Vororte und hinter die Stadtmauern von *Moskau*.

Aus diesem Ehestand ihrer Träume fließen dann ganz automatisch alle Segnungen und Vorzüge. Das sind für sie *fons et origo*[107]. Nichts kann da mithalten. Oh nein, lieber Leser, es gibt nichts Vergleichbares zu dieser lachhaften Vorstellung, die diese lustigen Esel sich von der Ehe machen. Und wenn sie es leider doch irgendwie schaffen, in welch unglücklicher Situation befindet sich dann der junge Mann, der ihr Ehemann wird, denn eines steht fest, bald schon werden sie herausfinden, dass die Ehe keineswegs *fons et origo* ist. Und dann werden sie ganz gewiss, anstatt ihre blauäugigen Träume anzupassen, anstatt sich also mit der Realität zu arrangieren, werden sie ganz gewiss wahnsinnig werden, allerdings nicht auf solch aufregende und er-

107 Lateinisch für »Quelle und Ursprung«.

frischende Weise wie die wahnsinnigen Frauen von Theben, sie werden einfach nur ihre Ehemänner in den Wahnsinn treiben.

Jedoch sind sie da selbst schuld. Man sollte sie ersäufen, töricht wie sie sind, solch Wehklagen zu äußern, und sie sind schwach und eine Last. Und sie sind das Publikum, auf das wir uns stützen, das unsere Zwei-Pence-Wochenmagazine kauft und liest. Und das tun sie, das tun sie. Und deshalb, Sir, sind wir in der Lage 15 Prozent Dividende auf unsere Standardaktien zu zahlen und 10 Prozent auf die nachrangigen Aktien. Du bist aber bereits zu spät dran, um Dich an der lohnenswerten Sache zu beteiligen, denn wir verkaufen nicht, wir halten unsere Anteile weiter. Und das einzig Gute, das diese weiblichen Schwachköpfe je getan haben, ist der Kauf unserer Publikationen, durch den sie für das Anschwellen unserer Dividenden sorgen.

Gott liebt fröhliche Käufer eines Wochenmagazins, und wir lieben sie auch. Das sind die Mädchen, die alles glauben, was unsere Beiträger ihnen sagen. Sie geben einen Tropfen Parfüm hinter ihre Ohren, sie ermutigen ihre jungen Männer über Fußball zu sprechen, sie sind gute Zuhörerinnen, sie sind gute Kumpel, sie sind feminin, sie lassen ihn wissen, dass sie ihre eigenen Rocksäume nähen, sie gehen manchmal sogar so weit, Wert auf ihre Körperhygiene zu legen.

Es ist schon unglaublich witzig, welche Art von Literatur sie diesen kleinen süßen Herzchen zukommen lassen. Denn Literatur und Ratgeberartikel in Sachen Erotik sind ihnen gestattet, oh ja, genauso wie harte Lektionen in Sexappeal. Es ist ihnen erlaubt, ihre kleinen dauergewellten Köpfchen mit wunderhübschen Träumen eines Niemalslands zu füllen. Das ist es, fürchte ich, wo sie ihre lustigen Vorstellungen von der Ehe her haben.

Nun zur Literatur für die verheiratete Frau. Die geht so. Ganz gewiss ist Miss Snooks inzwischen mit jenem netten, soliden jungen Typen verheiratet. Jetzt aber ist die Glasur vom Kuchen, der Lack ist ab. Jetzt geht es nur noch ums Spülen und Kartoffelschälen, und da sind ein paar Kinderchen, und die Möbel sind noch nicht abbezahlt, und es sieht jetzt bereits aus, als bräuchte es bald schon neue. Und ach, wie grau in grau und eintönig ist ein Leben zwischen quäkenden Gören und Zahlungsraten. Verleger aber sind etwas zurückhaltend, was diese Gedankengänge angeht, weil es ein bisschen gefährlich ist, sich mit dem System Zahlungsraten zu beschäftigen, denn, nun ja, Anzeigenkunden sind etwas eigen. Doch lasst uns nicht weiter über dieses abgrundtief fürchterliche Thema nachdenken. Es gibt nur ein Wort, das hier umfassend greift und das lautet: kündigen.

Eines Tages kommt eine alte Freundin aus dem Büro ... Ach, ist das nicht hässlich? Ach, ich fühle mich bereits krank, was für ein hässlicher Gestank. Diese alte Freundin aus Bürozeiten war gut gekleidet und hatte eine Dauerwelle, die aussieht. Die aussieht. Diese alte Freundin, sie sagt also. Sie sagt. Und sie sieht.

Sie sieht jeden Fettfleck, jeden rissigen, alten Vorhang, jeden Sabber in Tommys Gesicht, alles, was schon von Anfang an billig und nur funkelnder Plunder war, schon jetzt billig und dumpf und Plunder und fern vom satten Olivgrün und der braunen und gelben modischen Schäbigkeit von Sickerts Londoner Inneneinrichtungen, stattdessen voller Tageslicht, das alles so deutlich sichtbar macht, oh alles die ganze Zeit so sichtbar. Und die Schubladen und Schränke haben vielleicht noch eine helle Oberfläche, aber die Griffe sind schon eine Weile lang ab, und die Schubladen schließen nicht, und die billigen Haushaltsgeräte funktionieren nicht, und die kleine, glitzernde, billige Spieluhr, die jedes Mädchen durch den Hochzeitsring zu erspähen glaubt, ach, sie sieht nur noch nach »ach« aus.

Und die Fenster liegen nicht hoch genug, um aus ihnen herauszuspringen. Oh nein, wenn es nun ein New Yorker Apartment wäre, könnte man mit Glück vielleicht hinaus in die Vornehmheit und Einsamkeit und Ewigkeit springen. Nicht aber hier, nein, nein, denn ach, die Fenster lassen sich nicht mehr öffnen, die Schubladen schließen nicht, die Schranktüren blockieren, das elektrische Bügeleisen funktioniert nicht, der Kühlschrank friert nicht mehr, da ist keinerlei Stille, keine Einsamkeit, keine Dunkelheit, keine Vornehmheit.

In dieses helle, kleine, enge, kleine Höllenloch kommt nun eine Freundin aus dem Büro, und sie sagt und sagt: Warum kommst Du nicht wieder ins Büro? Der Boss wäre einverstanden. Da verdienst Du Geld. Und also denkt die Ehefrau nach, und allmählich sagt sie dann: Ja, ich komme wieder. Und gerade als sie versucht die Eingangstür zu öffnen, die aber blockiert, sie hat immer eine leichte Blockade, stößt Tommy den Kochtopf um, jenen Kochtopf, der das Abendessen für den Ehemann enthielt, und der Kochtopf ist fürchterlich heiß, und Tommy tut sich fürchterlich weh, und also denkt sich die Ehefrau: Jetzt hätte ich fast mein schönes Zuhause verlassen, meinen lieben Tommy, meinen lieben Ehemann. Denn schließlich bin ich verheiratet, und wenn man verheiratet ist, *muss alles gut sein*. Die Freundin aus dem Büro ist nicht verheiratet, also ist sie gewiss bloß neidisch.

Und weil sie nun also denkt, dass alles gut sei, weil sie verheiratet ist, und dass sie ausschließlich sanft und freundlich mit der armen Freundin umgehen muss, die immer noch keinen Mann hat, für den sie abwaschen kann, sondern immer noch unterlegen und unverheiratet ist, muss sie nun sehr taktvoll und freundlich zu dieser Freundin sein, und sie darf bloß nicht, oh nein, irgendetwas sagen, das die schwere Bürde der Unterlegenheit für ihre Freundin vergrößert, und wie leer ihre Hände sind, da sie kein *Kindchen* hat. Und nun fällt ihr wieder ein, wie sehnsüchtig ihre Freundin geguckt hat, als sie Tommy gebadet hat. Als sie das tat. Als. Ach, nun weißt Du also, wie diese Geschichten ablaufen, oder nicht, sie sind ein bisschen ... sie geben Dir ein bisschen das Gefühl, dass ...?

Nein, hier muss ich aufhören, ich bin bereits zu weit gegangen. Man kann durchaus zu viel bezahlen für eine gute Dividende.

Ich kann Dir nicht auch noch die Geschichten für die unverheirateten Mädchen erzählen, diese Geschichten, die so clever und kokett geschrieben sind, ach. Und sie sind so hell und strahlend und voller hübscher Ideen, die allesamt immer nur zum Abspülen führen. Du weißt, wie die funktionieren, aber ich kann sie Dir nicht erzählen. Ich spüre bereits jetzt: Nein, ich hätte das alles nicht sagen sollen. Es ist die hässlichste Sache, die man je hätte erdenken können, weil sie auch so trivial ist, so durch und durch erfüllt von der Verneinung menschlicher Intelligenz, die doch so geschwind und wendig und tiefblickend sein sollte und auch so stolz. Und Dir, Leser, den ich nun am Handgelenk festgehalten und gezwungen habe, zuzuhören, Dir gilt mein Bedauern, da ich Dich gezwungen habe, zuzuhören.

Ich sage noch dies, dass es weise wäre, jedes intelligente, empfindsame Kind früh mit dem Gedanken an Tod durch Suizid zu gewöhnen. Das ergibt sich zwangsläufig aus dem, was ich gerade gesagt habe. Aber scheu Dich nun nicht und zieh Dich nicht zurück, denn wir kommen nun zu dem reichen und weitläufigen Gedanken, in dem der menschliche Stolz überragt.

Ich werde Dir nun erzählen, wie mir dieser Gedanke kam, als ich acht Jahre alt war. Als ich acht Jahre alt war, musste ich einige Zeit fern von meinen Eltern in einem Erholungsheim verbringen, wo ich so stolz und aufgebracht war, von meiner Mutter getrennt zu sein, dass ich nicht aß, und ich hörte nicht auf zu weinen, ich dachte: Wenn ich nur lang genug weine, werde ich sterben. Nachdem ich aber tagelang geweint hatte, lebte ich immer noch, woraufhin ich sehr zynisch wurde. Ich dachte: Ich lebe immer noch, nach all diesen Tränen lebe ich immer noch.

Und so machte ich noch andere Entdeckungen. Da war ein Dienstmädchen, das einen Narren an mir gefressen hatte. Sie setzte mich immer auf ihren Schoß. Wenn ich in der richtigen Stimmung war, konnte ich auf ihre Freude an mir eingehen, aber selbst dann war ich zutiefst verängstigt. Ihre Gefühle für mich, und das spürte ich sehr deutlich, wobei ich aber für einige Zeit nicht verstehen konnte, weshalb sie mich so erschreckten, bezogen sich auf mein äußeres Erscheinungsbild, was so weit ging, dass sie mich umarmte und auf ihren Schoß setzte, sollten es nach außen hin Dinge sein, die meine Mutter ...? Nein, siehst Du nun, wie zutiefst verstörend, wie willkürlich ihre Gefühle in der Essenz waren, so oberflächlich, so zufällig auch. Das Gefühl, das sie für mich hegte, war also keineswegs ein tiefes Gefühl, sondern so, wie wenn man ein Hündchen streichelt und kuschelt, und es erfüllte mich mit der Angst, die ein Kind im Angesicht von Grausamkeit empfindet. Es war so unsicher, so ohne jedwede Tiefe oder Bedeutung. Äußerlich hatte es so viel Ähnlichkeit und war innerlich doch ganz anders und so abwegig, so falsch und grausam. Es hat mich zutiefst verstört und erschreckt und verängstigt.

Du siehst, es war vielleicht ein bisschen früh, der Falschheit äußerlicher Ähnlichkeit zu begegnen, und das war vermutlich auch der Grund, weshalb das Dienstmädchen, das mir so gedankenlos – und wie man annehmen würde harmlos – zugetan war, mich zum ersten Mal so verängstigt hat, wie ich nie zuvor verängstigt gewesen bin, und es verletzte meinen Stolz und lenkte meine Gedanken wieder in Richtung Tod.

Und der Gedanke an den Tod, und ich hatte da schon verstanden, dass es möglich war, zu sterben, wenn man von einer hohen Klippe oder aus einem hohen Stockwerk stürzte, dieser Gedanke an den Tod tröstete mich und war sehr beruhigend für mich. Es war außerdem eine große Kraftquelle, sodass ich aus dieser Erfahrung also gestärkt und voller Stolz hervorging. Und die Schwestern und die Hausmutter fragten sich, ob sie mich vielleicht besser heim schicken sollten, denn auch wenn ich nicht mehr wie zu Beginn törichterweise versuchte, mich durch Weinen und Nahrungsverweigerung ums Leben zu bringen, verdarb ich mir, wenn ich aß, immer recht schnell den Magen und musste mich oft übergeben, also dachten sie, dass es vielleicht besser wäre, dass ich nach Hause ginge und Platz machte für ein anderes Kind, das hier im Erholungsheim genesen und nicht kränker werden würde. Plötzlich aber betonten sie, wie empfindsam ich sei. Und so blieb ich eine ganze Weile in diesem Heim und kam dann nach Hause, um mit neun Jahren mit der Schule beginnen zu können.

Doch die Angst, die ich in diesem Erholungsheim verspürt hatte, so wie ich es Dir berichtet habe, hat mich nie mehr völlig verlassen, sie verlagerte sich nur nach meiner Rückkehr nach Hause auf meine Mutter. Ich hatte natürlich keine Angst vor ihr, sondern um sie. Sie war in der Tat sehr krank, sie war sehr krank und sehr schwach und kraftlos, und sie hatte eine Herzerkrankung. Doch da war auch der Löwe, meine Tante, die sehr stark war, und auch meine Mutter verfügte über einen sehr starken Geist und Charakter, aber dennoch hatte ich oft Angst um sie.

Wenn ich beispielsweise mit meiner Mutter unterwegs war und wir eine Straßenbahn nehmen mussten, und wenn da so viele Leute in der Bahn waren, wenn es so voll war, dass wir nach oben gehen mussten, dann hatte ich Angst um sie und war sehr erbost und kämpferisch, wenn die Bahn auch nur irgendwie ruckelte. Die ruckeln aber wie die Mappin Terraces[108] auf hoher See. Und da war meine Mutter, und ich hasste die Straßenbahn für sie, und ich hasste auch all die anderen Leute, es war einfach mehr, als ich mit Gleichmut ertragen konnte, so wütend und machtlos zugleich zu sein. Das ist ohne Frage eine sehr hasserfüllte Mischung, Wut und Ohnmacht, und zweifellos habe ich das schwache Herz meiner Mutter nur noch mehr geschwächt, indem ich so wütend war, aber es war so schwer zu ertragen, dass ich hätte platzen können.

Und manchmal hatte meine Mutter Erstickungsanfälle, und man kann da nichts für die Menschen tun. Sie nahm dann ein Medikament ein, das ihr Arzt ihr verschrieben hatte. Das enthielt Ether. Ich konnte ihr das verabreichen. Doch als ich eines Tages von der Schule nach Hause kam, war sie alleine zu Hause. Ich klingelte an der Tür, wir hatten kein Hausmädchen, und ich wartete, und schließlich kam sie und ließ mich herein, und ich konnte erkennen, dass sie einen Herzanfall hatte.

Ich konnte wirklich nichts für sie tun. Ich gab ihr das Medikament, und da war nichts, was ich sonst noch machen konnte. Sie war sehr weiß im Gesicht, und ihre Lippen waren sehr grau, und sie bekam überhaupt keine Luft, sie konnte nicht atmen, sie konnte überhaupt nicht atmen. Und ich war starr vor Wut und Ohnmacht, und starr voller Tränen der Wut und der Hilflosigkeit und der Empörung.

108 Australisches Gehege im Zoo von London.

Ich erinnere mich jetzt daran, wie meine Mutter sich von diesem Anfall erholt hat, ich erinnere mich daran, wie sie anfing zu lachen, und sie sagte: Pompey – nein, damals noch Patty – Patty, Du bist ja erstarrt. Und schließlich fing ich auch an zu lachen. Für den Moment war es vorbei, alles war wieder eine friedliche Stille nach einem großen Sturm der Wut und der Angst. »All thoughts to rive the heart are here, and all are vain; Horror and scorn and hate and fear and indignation – Oh why did I awake? when shall I sleep again?«[109] Das ist ein guter Vers, wenn Du in Housman-Stimmung bist, für mich aber drückt er keine tiefe Wahrheit aus. Für mich ist der heitere, himmlische und edle, immer präsente Gedanke: Der Tod ist mein Diener.

Daher denke ich, dass jedes empfindsame, junge Kind dies früh lernen sollte. Das ist eine große Quelle der Kraft und des Trosts. Es ist doch immer möglich, dass die Dinge so groß werden, dass wir sie nicht mehr ertragen können, oder nicht? Das ist gar nicht mein Gedanke dahinter, sondern eher, dass es möglich ist, dass wir so viel Angst davor bekommen, dass die Dinge so groß werden, dass wir sie nicht mehr ertragen können. Es ist ein tödliches Gift in der Angst enthalten, dass die Dinge größer werden

109 Die letzten Zeilen des Gedichts *Be Still, My Soul, Be Still* von A. E. Housman (1859–1936). Dt.: Alle Gedanken, die das Herz zerreißen, sind hier, und alle sind vergebens; Schrecken und Hohn und Hass und Angst und Empörung – Oh, warum bin ich aufgewacht? wann werde ich wieder schlafen?

könnten, als wir ertragen können. Da steckt ein überaus tödliches Gefühl der Versklavung in diesem Gedanken. Denn wenn wir das denken und von unserer Angst übermannt werden, kann es sein, dass wir unsere Mitmenschen zu hoffnungsvoll beruhigen, weil es uns vorkommt, als befänden sie sich in einflussreicheren Positionen und als hätten sie mehr Macht als wir über die Dinge, die uns unterdrücken. Doch mit dem Tod als unserem unmittelbaren Verbündeten verschwinden solche Gedanken.

Why should the human heart afraid, Utterly done dismayed, Moaning, from the truth afar, toion d'apebe tode pragma[110], *And sitting dumb beneath necessity of hidden fate, Turn up its mournful eyes and weep and wait. For the accustomed end and the deep grave. Slain by itself when but itself could save?*[111]

In diesem Gedicht hat der Selbstmörder sich selbst getötet, weil er Angst hatte. Das ist ein ziemlich verkehrtes Motiv. Und es ist ein Motiv, das ich von einem Kind fernhalten würde, fernhalten würde, damit es sich nicht bei ihm einpflanzt. Es ist ebenso möglich, bei der Selbsttötung unehrenhaft zu sein wie in allen anderen Bereichen menschli-

---

110 Aus Euripides, *Medea*. Griechisch für: So endet diese Angelegenheit.

111 Dt.: Warum sollte das Menschenherz, verängstigt, ganz erledigt und bestürzt trauernd um die ferne Wahrheit, *toion d'apebe tode pragma*, und einfach still da sitzen aus der Notwendigkeit versteckten Sinns, die trauernden Augen nach oben drehen und weinen und warten. Für das gewohnte Ende und das tiefe Grab. Erschlagen durch sich selbst, wenn nur es selbst sich retten konnte.

chen Handelns. Nein, nein, das reicht noch nicht. Um ein Kind, das sich bereits voller Angst und Abneigung vom Leben, in das es geboren wurde, abwendet, vorzubereiten und zu festigen, muss man ihm sagen: Die Dinge können sehr leicht größer werden, als ich zu ertragen gewählt habe. Das ist eine sehr gesunde und sehr positive Einstellung. Ihr solltet aber erwähnen, dass das Kind dann mit einem Mal kein Christ mehr ist. Denn der Gedanke: Dinge können sehr leicht größer werden, als ich ertragen *kann*, lässt es einen Christen bleiben, wenn auch einen halbherzigen, ungläubigen Christen. Die Tür bliebe dabei immer noch halb geöffnet ... ›Ich habe es getan, Herr, aber ich habe es in einem Augenblick zeitweiligen Wahns getan, nicht aus *felo de se*[112], also hilf mir Gott.‹

Doch das »gewählt haben« ist ein großer alter Brich-alle-Brücken-hinter-Dir-ab-Satz, der dem Kind ordentlich Kraft verleiht, und ihm vielleicht sogar ein hohes Alter beschert, verstehst Du? Wenn es am Schluss nicht auf natürliche Weise abtritt, wäre ich überrascht. Sieh mal, mir zahlt niemand etwas für diese Aussage, aber schau her, hier bin ich. Sieh, was es mir gegeben hat. Ich bin nun doppelt so stark wie das Mädchen, das in dem Erholungsheim weinte und auf den Tod wartete. Nein, als ich mich aufrichtete und sagte: Der Tod muss kommen, wenn ich ihn rufe, da rief ich ihn nie und habe es nie getan.

112 Lateinisch: Selbstmord.

Lehrt also eure Kleinen, den Tod als Thanatos-Hades zu betrachten, als den Gott des Todes, der auch als großer Fürst, der er ist, ihre Gebete erhören muss. Und lasst sie auf den schattenhaften Flügeln des dunklen Fürsten aus dem Morast aus Notbehelf und ängstlichem Kompromiss aufsteigen.

»Der Mensch muss leben.« Nein, darin liegt keine Verpflichtung. Der Mensch muss sterben. Ja, es gibt viele Umstände, in denen ein Mensch sterben muss. Ich habe noch ein Gedicht geschrieben: There are many things I'd rather not be than dead, And this is the thought that runs for ever in my head. When I'm walking alone or lying upon my bed. What's life, friend, that you so much should prize it, Or death that you'd think on it to disguise it, Remembering, not go forth to surprise it? It is the end of life, the end of strife, A rope, a poisoned cup, a knife.[113]

Doch Leiden mitzuerleben und nicht helfen zu können? Wie wird unser Kind darauf reagieren? All die Gedanken, um das Herz zu bewegen, verzeih, ich sollte sagen, um es zu zerreißen, sind da.

Dabei musst Du nun bis zu Deiner äußersten Leidensfähigkeit mit der leidenden Person mitleiden.

---

113 Gedicht von Stevie Smith. Dt.: Es gibt so vieles, dass ich lieber nicht wäre als tot, / Und das ist ein Gedanke, der ständig in mir tobt. / Wenn ich allein spaziere oder lieg in meinem Bett. / Was ist das Leben, Freund, dass man es loben soll, / Was ist der Tod, dass man ihn verhüllen soll, / Dass man stets dran denkt und ihn nicht überraschen soll? / Er ist das Ende des Kampfes, des Lebens als solches, / Ein Seil, ein gift'ger Becher, die Klinge eines Dolches.

Begib Dich an ihre Seite, und nimm Dich in Acht vor Selbstmitleid. Alles Mitleid trägt ein Element des Selbstmitleids in sich. Ich fürchte, daran kann man nichts ändern. Das musst Du übergehen. Daran ist nichts zu ändern. Du möchtest so gerne mildern. Das ist im Grunde positiv und zu begrüßen. Aber Du kannst es nicht. Du stellst Dir vor, in der Position des Leidenden zu sein. Und schon wird es gefährlich. Je lebhafter Deine Vorstellung, desto größer Dein Mitleid. Und desto größer wird Deine Angst. Da ist es bereits gefährlich.

Als ich sah, wie meine arg geliebte Mutter litt, konnte ich ihr nicht helfen. Ich wütete gegen Notwendiges, ich wütete gegen meinen flüchtigen und ausnehmend abwesenden Vater, ich wütete und tobte und fauchte. Ich nehme an, dass meine Emotion einfach, rein und energisch war. Doch steckte darin nicht doch auch Selbstmitleid? Mit der Zeit hörte ich auf, meinen flüchtigen Vater voller Empörung zu betrachten. Und während ich zunächst »Gib Rach, gib Rach! schallt nun des Sängers Wort«[114] dachte, verdonnerte ich späterhin meinen inneren Timotheus zum Schweigen. Meine Mutter war eine unpassende Verbindung eingegangen, und zweifellos empfand mein Vater sie ebenfalls als sehr unpassend. Und unpassende Verbindungen bringen die Pompeys dieser Welt hervor und auch eine Menge anderer Probleme.

114 Anspielung auf Georg F. Händels *Das Alexanderfest* (UA: 1736). Die betreffende Stelle lautet: »Revenge, revenge, Timotheus cries«.

Als Baby war ich recht zynisch. Ich habe ein Gedicht darüber geschrieben, das ich jetzt mit Dir teilen werde. Es wird die Seite für Dich auflockern. Und dem Auge etwas Neues zu bieten, hilft dem müden Gehirn, und es hilft bei der Konzentration. Ich wage zu behaupten, dass Du es schwierig findest, Dich zu konzentrieren? Mach Dir nichts daraus, das Wichtige ist, dass man sich nichts daraus macht. Versuche es einfach weiter, und eines Tages dienst Du vielleicht als Fallbeispiel in einem dieser Bücher, die die Schlaumeier schreiben, die so abgehobene Titel haben, dass sie sich auf jedem Wohnzimmertisch gut machen würden, so wie jenes, das mir gerade vorschwebt: *The Economics of Fatigue and Unrest*[115]. Ich sagte *The Economics of Fatigue and Unrest*. Ist das nicht ein toller Titel, um ihn in goldener Schrift auf rotes Leinen zu drucken?

Spürst Du, lieber Leser, je dieses schmerzliche Gefühl von Ökonomie und Unruhe? Tust Du das?

Natürlich tust Du das. Nun, hier ist das Gedicht, finde es selbst heraus:

It was a cynical babe
Lay in its mother's arms,
Born two months too soon,
After many alarms.
Why is its mother sad,

115 *Economics of Fatigue and Unrest and the Efficiency of Labour in English and American Industry* (1924). Buch des amerikanischen Ökonomen Philip Sargant Florence (1890–1982).

Weeping without a friend?
Where is its father, say?
He tarries in Ostend.
It was a cynical babe. Reader before you condemn, pause:
It was a cynical babe – not without cause.[116]

Ich habe lebhafte Erinnerungen an meinen Vater und den Krieg. Mein Vater war schließlich doch in die Navy aufgenommen worden, und er durchlebte eine sehr kalte und hässliche Zeit vor Island oder vielleicht auch Grönland. Er war so sehr der stille Diener, dass wir wirklich nur ungefährste Vorstellungen über seinen Verbleib hatten. Aber es ist zu einer Art Gewohnheit geworden, sich an die »Bin los nach Valparaiso«-Postkarten zu erinnern, von denen ich schon erzählt habe.

Aber zumindest wussten wir während des Kriegs, dass Vater an einem Ort war, an dem es immer – nein, nicht Nachmittag war, sondern an dem es immer Eis und Schnee gab. Wir haben mal ein Foto bekommen (ich meine, das war zu Ehren der Royal Navy nach dem Krieg), das zeigte sein Schiff, vollkommen eingehüllt in Schichten von frischem Schnee auf Schnee, und die großen Kano-

116 Gedicht von Stevie Smith. Dt.: Es war ein zynisches Kindchen / Es lag in seiner Mutter Armen / Zwei Monate zu früh / Nach vielen Fehlalarmen. / Warum ist die Mutter traurig / Was weint sie allein, ohne Freund? / Wo ist der Vater, sprich? / Er weilt in Ostend. / Es war ein zynisches Kindchen. Leser, gib noch kein Urteil kund: / Es war ein zynisches Kindchen – nicht ohne Grund.

nen wirkten, als hätten sie nie Granaten enthalten, die sich im Inneren ihrer Röhren zur Zerstörung hinwinden.

Mein Vater hasste die Kälte mehr als alles andere. Das war gewiss sehr schlimm. Einmal wurde er mit einem Begleitschiff gen Süden geschickt. Das war besser. Wir schickten ihm warme Unterwäsche hinterher, und er erhielt sie, als er wieder zum verhassten Scapa aufbrechen musste. Es war bestimmt alles sehr anstrengend. Und selbst auf dem Begleitschiff war es alles andere als leicht. Die Südafrikaner, kräftige, überbezahlte Ganoven, wollten einfach nicht den Anweisungen der jähzornigen Briten Folge leisten, mein Lieber. Sie dachten wohl, wie alle einfachen Leute, auf ihre ungebremste Art, dass der ganze Aufriss wegen der Nachtruhe schlicht Englische Hochnäsigkeit und Bevormundung war.

Wie dem auch sei, wir haben sie, wie Du weißt, sicher herübergebracht, wir haben noch kein Begleitschiff verloren. Und wenn sie *Terra firma* erreichten, wo auch immer sie an Land gingen, waren ihre Risiken sicher nicht größer als ein paar Kilometer von ihrem Heimathafen entfernt.

Neben vielen anderen ihm aufgetragenen Pflichten war mein Vater im Bereich Verschlüsselung tätig. Und das war ausnehmend kompliziert, und ich denke oft mit großem Mitgefühl an ihn, wenn ich unsere eigene keineswegs simple Verschlüsselung im Büro erledige. Denn genau wie ich, konnte auch er sich nicht darauf verlassen, dass die Empfänger am anderen Ende die simpelsten Wörter entschlüsselt bekamen. Sie sind unterbelichtet, und zwar völlig, *mein Lieber*, ganz einfach zu diagnostizieren, wenn ihr Hausarzt nicht geschmiert worden ist.

Die Konsequenzen allerdings können bei einer Institution wie der Royal Navy, bei der alles von der raschen Umsetzung verschlüsselter Instruktionen abhängt, recht schwerwiegend sein. An einem Tag, und ich hasse es, das berichten zu müssen, war es dann so, dass das Admiralsschiff, *mein Lieber*, dass das Admiralsschiff, mit Verlaub, vollkommen versagt hat, einen Ruf der H.M.S. *Towser* zu beantworten. Und was war die Folge? Welche Folgen hatte das, könntest Du zu Recht fragen. H.M.S. *Towser* schoss auf das Flaggschiff – und verfehlte.

Das wurde vom Oberkommando als zweifacher Fehler eingestuft, und das war alles, was dazu gesagt wurde. Was hätte man auch sagen sollen, außer jenen lebhaften angelsächsischen Einsilbern und ein paar hundert Pfund für die Steuerzahler, was sonst hätte man sagen sollen? Wir stellen, Gott sei Dank, unsere Admirale nicht mehr vors Kriegsgericht – wir haben uns seit der Zeit des jüngeren Byng[117] und der anderen üblen Schurken dann doch etwas weiterentwickelt. Wenn wir wirklich *encourager les*

117 Während der ältere Admiral Byng bis heute als Kriegsheld verehrt wird, wurde sein Sohn, Admiral John Byng (1704–1757), in einem damals wie heute umstrittenen Prozess vorm Kriegsgericht zum Tod verurteilt.

autres[118] wollen, gibt es andere, weniger barbarische Methoden. Und so kommen wir zum Ende mit freien Plätzen für straffällige Gauner im Schatten der Admiralty Arch[119].

Andere Kriegserinnerungen steigen in mir auf, da wir uns gerade im Schatten dieses anglo-italienischen Wirrwarrs befinden. William war ein Freund der Familie.

Er trat der Armee 1914 bei und wurde 1915 verwundet. Ihm wurde ins Bein geschossen, er wurde angeschossen. Oh William, ich erinnere mich, wie William in ein nahegelegenes Krankenhaus gebracht wurde, das bis zu seinem Tod von Lord Rumbelow, der Miss Funnyabove nicht geheiratet hatte, bewohnt worden ist, bis sein Sohn ebenfalls gestorben war und es niemanden mehr gab, der das Haus behalten wollte, das eine hübsche, hochliegende Kolonnade hatte, das ein hübsches palladianisches Haus war, das über die Parklandschaft des Anwesens scheinbar schwebend sich erhob und das einen großen Abschnitt des Sees überblickte, sehr still gelegen, sehr tief, mit einer Insel in der Mitte, mit einer Insel mit Bäumen, die sich herabsenkten und sich über das Wasser des Sees bewegten. Sehr schön war dieser Park, und als Kind hatte ich das

118 Frz.: die anderen ermutigen. Dies galt als Begründung für das harsche Urteil gegen Admiral Byng. Das Oberkommando und die Regierung wollten offenbar zum einen vom eigenen Versagen ablenken und zum anderen an Admiral Byng ein Exempel statuieren.

119 Teil des Londoner Gebäudekomplexes der Admiralty, die bis 1964 für die Royal Navy zuständig war.

immense Bedürfnis, ihn zu besitzen, einschließlich des hohen und hübschen Hauses.

Lord Rumbelow war oft auf einer hoch ausschreitenden, feinen, schwarzen Stute zu sehen. Er kanterte über den ausgedehnten Rasen vor dem Haus und oberhalb des Sees. Die Stute war ein außerordentliches Geschöpf, das über einen leichten, flinken Trab verfügte und einen Kanter, der einem das Gefühl gab, diese Stute unbedingt besitzen zu wollen. Ich habe sie nie galoppieren sehen. Lord Rumbelow kam vor dem Krieg bei einem Jagdunfall ums Leben. Und sein Sohn starb drei Wochen später an einer Blutvergiftung. Sein Frettchen hatte ihn gebissen. Er war zwölf Jahre alt und Einzelkind. Also verkaufte die Familie das Haus und das Grundstück und zog hinaus aufs richtige Land. Ich glaube, dass sie dahin zogen, da Bottle Green bereits nicht mehr das *richtige* Land war.

Wobei dort noch Bauernhäuser standen. Es gab noch Wälder und Jagdverstecke und Pförtnerhäuser. Doch der Schatten des herannahenden Londons legte sich bereits über den Ort, und wenn auch der Krieg den Fortschritt etwas bremste, sorgte der Waffenstillstand dafür, dass die Bauarbeiter sich bereits an die Arbeit machten und ganze Straßenzüge neu verlegt wurden und die alten Pflastersteine verschwanden. Und plötzlich war es bereits ein Vorort.

Aber ich bin sehr dankbar, und mit großer Dankbarkeit erinnere ich mich daran, dass der Rat des

Vororts das Haus und das Land von Lord Rumbelow erworben hat und das Haus in eine Krankenanstalt für Kriegsversehrte verwandelt hat und den Park ebenfalls angekauft und zu einem öffentlichen Park gemacht hat, ohne daran irgendetwas zu verändern. Und das war großartig und zurückhaltend von ihnen gewesen. Sie haben nichts verändert bis auf dies: Sie haben ein Geländer um den See gezogen. Das musste vermutlich geschehen, da der See in einer Senke lag, sehr groß und tief und gefährlich war, und spielende Kinder hätten sonst einfach hinunterrennen und in den See fallen können, der die seltsame Eigenschaft besaß, am Ufer nicht flach, sondern bereits sehr tief zu sein. An manchen Stellen war er sechs Meter tief, und es gab Strömungen, die sehr gefährlich und trügerisch waren, sodass niemand in dem See schwimmen konnte, weil es zu gefährlich war.

Lord Rumbelows Haus und Anwesen hatten auch einen hübschen Namen, das Ensemble hieß Scapelands und heißt immer noch Scapelands, inzwischen allerdings Scapelands Park. Es sieht aber überhaupt nicht aus, wie Parkanlagen normalerweise aussehen.

Die meisten Parks – es gibt einen in Ipswich, den ich kenne, und es gibt einen in Hull, an den ich mich vage erinnere. Die haben … zunächst haben die keinen See, es sind eher Teiche, zementierte Ufer und zementierte Böden, mit fiesen Eisenstäben als Geländer. Scapelands' See hingegen, obgleich er so tief und trügerisch ist, verfügt nur über ein nicht gar so hässliches Geländer aus weißen Holzpfosten in regelmäßigen Abständen.

In einem *gewöhnlichen* Park gibt es außerdem, weil es das geben muss, Gebüsch und Blumenbeete, die sehr ordentlich gezogen sind, und die Blumen sind selbstverständlich Geranien. Und dann gibt es, weil es das geben muss, irgendwo einen kleinen Hügel, und oben auf dem Hügel befindet sich ein rustikales Gartenhaus, in dem manchmal, wenn es sehr groß ist, ein verschließbarer Schrank steht, in dem Besen aufbewahrt werden, die für das Auffegen des heruntergefallenen Laubs von den Asphaltwegen benötigt werden, die ein *gewöhnlicher* Park ebenfalls besitzt. Und außerdem können die Menschen drinnen sitzen, wenn es regnet, vorausgesetzt, es ist ein großes, rustikales Gartenhaus.

Der *gewöhnliche* Park besitzt auch einen eigens eingerichteten Bereich für Sport. Es gibt einen Bereich für Tennis und einen Bereich, in dem sich der Spielplatz für die Kinder befindet. Und die Menschen, die behaupten, dass Kinderstimmen die reinste Musik seien, sollten auch die Menschen sein, die neben Kinderspielplätzen sitzen müssen. Und sie sollten dort sitzen und mit der Wahrheit herausrücken, wie Kinderstimmen nämlich wirklich klingen. Ich finde, die sollten ganz klar bekennen müssen, wie Kinderstimmen klingen, denn, auch wenn es an und für sich kein erhabener Augenblick ist, wenn man so etwas über Kinderstimmen denkt, kann es doch später zu einer gravierenden Veränderung Deiner geistigen Vorstellungskraft führen. Setz Dich also auf den Kinderspielplatz, und denke darüber nach, dass Du die Fakten nie wieder zurechtbiegst.

William lag also im Bett, mitten im wunderschönen Scapelands-Haus. Und jetzt weiß ich wieder, dass Schnee auf dem Boden lag. Es war Dezember. Es war ein sehr harter Winter, dieser Winter, und der Boden war sehr hart, und die Spurrillen, die zum anderen Eingang des Krankenhauses führten, waren ebenfalls hart, und so fest, dass man das Gefühl hatte, darauf laufen zu können. Die zerbröselten einfach nicht. Williams Schwester Elizabeth jedenfalls schrieb uns einen Brief. Und meine Mutter und Tantchen Löwe zogen sogleich los, meine Mutter in ihrem Bath Chair[120] und der Löwe *poussant*[121], um William in seinem Krankenbett einen Besuch abzustatten. Und William war eine sehr große Belastung und ein Hemmschuh für die Schwestern des VAD[122]. William war sehr auf Disziplin bedacht, weil er an einer Art Neurose litt, und alles musste in Ordnung sein, alles musste auf bestimmte Weise *angeordnet* sein.

Zunächst mussten die Bücher in seinem Regal aufgestellt werden, genau so. Und er brauchte einen

---

120 Eine Art Rollstuhl.

121 Schiebend.

122 *Voluntary Aid Detachment.* Britische Freiwilligenorganisation, die insbesondere im 1. und 2. Weltkrieg Pflegedienste für Kriegsverletzte organisierte.

Apfel. Und seine Pfefferminztoffees von Fullers. Und sein antiseptisches Schwämmchen. Und einen Extraverschluss für seine Wärmflasche. Das musste alles auf bestimmte Weise angeordnet werden. Und die Krankenschwester, die aus einer Familie aus Bottle Green stammte, hieß Miss Champagne, und sie war ständig mit den Nerven am Ende. So schlimm war es. Und William setzte sich aufrecht in sein Bett, gestützt von Kissen, und er sah eher aus wie George III., recht blass, mit einem runden Gesicht. Das Gesicht war eher fett, seine Augen blau und seine Nase recht spitz für ein eher fettes, obgleich nicht übermäßig fettes Gesicht. Vielleicht war seine Nase einfach nur recht spitz.

Und Williams Gesichtsausdruck wurde recht eigen, wenn Miss Champagne so entnervt aussah, er hatte eine sehr eigene Art zu schauen. Und in diesem Gesichtsausdruck lag etwas, das sagte: Warum ist diese Frau so genervt? Ist sie genervt? Sie kann nicht genervt sein, sie hat absolut keinen Grund, genervt auszusehen. Ich habe ihr schon so oft gezeigt, wie der Apfel liegen muss. Ich aber sehe nicht genervt aus, obwohl ich ihr immer wieder sagen muss: Der Apfel muss dort hin. Sie ist also nicht diejenige, die in irgendeiner Weise genervt sein sollte.

Und dann war da noch etwas in seinem Gesichtsausdruck, das sagte: Es ist wirklich eine Schande, dass sie das nicht versteht. Darüber muss man nun wirklich nicht wütend werden. Aber es ist schade, dass sie nicht begreift, dass der Apfel dort hin muss.

Das ist vielleicht einfach eines dieser Dinge im Leben, an denen man nichts ändern kann.

Und dann trat noch eine Mischung aus Traurigkeit und Stärke in seine Augen, und vielleicht auch ein wenig Geduld. Und seine Augen wirkten entrückt und fern. Dieser Rückzug aber war ein Rückzug ins Äußere seines Selbst, aus der Zeit heraus, ein Rückzug in die *Ewigkeit*.

Und die Person William, und seine Gesichtszüge in Schmerz und Schwäche, sie waren vielleicht berechtigt zu sagen: Es sind die Tränen der Dinge, und unsere Sterblichkeit berührt uns. Sein Geist aber schwebte weit über ihm und fern der Strafen der Körperlichkeit in einem großen Akt der Abspaltung von der Körperlichkeit. In der der Apfel nie dort hingelegt wurde, wo er hingehörte, auf dem zweiten Regalbrett nämlich, wo er nicht vom Pfefferminzaroma der Toffees beeinflusst wurde.

Nämlich auf dem zweiten Regalbrett. Sehr langsam und sehr geduldig und immer wieder hatte er das alles Miss Champagne erklärt: *Auf das zweite Regalbrett* vor ein Buch, das zu jener Zeit ein absolutes Lieblingsbuch von William war, ein Buch, das Chomjakow[123] über die mystische Philosophie der Russisch-Orthodoxen Kirche geschrieben hatte.

Ich muss dazu sagen, dass das Buch zu jener Zeit ein ständiger Begleiter Williams gewesen ist, und dass er es wohl meiner Mutter geliehen haben

123 Alexei S. Chomjakow (1804–1860), russischer Dichter und Theologe.

muss, was der Grund gewesen sein muss, weshalb ich es irgendwann gelesen habe. Ich war da zwölf, und ich schrieb mir eine Seite aus dem Buch ab, und das ist sie:

Die Kirche und ihre Mitglieder wissen durch innere Kenntnis des Glaubens um die Einheit und das Unergründliche ihres Geistes, was letztlich der Geist Gottes ist. Die Kraft des Verstandes allein kann Gottes Wahrheit nicht erfassen, der Menschen Schwäche wird ersichtlich an der Unzulänglichkeit von Argumenten, die Kirche ist weder in einer Schrift noch als Tradition und nicht als Schöpfung manifestiert, doch bezeugt sie sich selbst in der Schrift. Denn Christus weiß, was das Seine ist, und die Kirche, in der er lebt, weiß es ebenso aus der ihr ureigenen Überzeugung und kann nicht anders, als den äußeren Ausdruck ihres eigenen Lebens kennen. Oh Herr, erbarme Dich meiner, vergib mir, reinige mein Herz, Oh Herr, erneuere den rechten Geist in mir. Komme in mein Leben und belebe mein Totsein. Fahre in meinen Arzt und heil meine Wunden – hier ist ein Wort, das ich nicht lesen kann; es geht noch weiter – und entfache in meinem Herzen eine brennende Liebe zu Dir. Fahre in mich, mein König, um in meinem Herzen den Thron zu besteigen und regiere dort. Du allein bist mein König und mein Herr. Dies ist ein Gebet des Dimitri von Rostow[124], das William aufgeschrieben

124 Dimitri von Rostow (1651–1709), Metropolit von Rostow. Die gängige Übersetzung des Gedichts weicht erheblich ab.

und in ein anderes Buch gelegt hat, das er meiner Mutter später ebenfalls geliehen hat, weshalb ich es irgendwann las.

So kam es dazu, dass ich dieses Buch und das Gebet von Dimitri gelesen habe, und zu jener Zeit strebte ich sehr danach, ins Innere dieser christlichen Religion vorzustoßen, was man erreichen kann, wenn man es *kann*, ins Innerste der heidnischen Religion hingegen kann man nie vorstoßen. Denn die ist Vergangenheit, und jedes bewusste Suchen danach muss eine Wiederbelebung sein, nein, keine Wiederbelebung, denn in dem Wort ist Leben enthalten, sondern ein falsches Gefühl, das in diesem Suchen nach dieser vergangenen heidnischen Religion liegt, etwas Falsches, das kann zu nichts Gutem führen.

Und war der gute Heide je so sehr im Innern seiner Religion, wie es der gute Christ in der seinen ist? Das glaube ich nicht. Das einfache christliche Gebet, das die Essenz der christlichen Religion ist, *O Gott, mach mich zu einem besseren Menschen,* das hätte von einem Heiden nicht gebetet werden können. Das ist eine dem Christentum eigene Haltung. Doch zu jener Zeit habe ich es sehr versucht. Ja, zu jener Zeit drängte und zwang ich mich dazu, in das Innere der christlichen Religion vorzustoßen. Zugleich aber war mir die ganze Zeit kalt, sehr kalt, und ich fühlte mich fremd und in keinster Weise warm und darin aufgehoben.

Ach und wie ich die Bischöfe der Church of England bewundert habe, weil sie immer so darin aufgehoben zu sein schienen und gar nicht fremd, und zugleich sehr intellektuell und akademisch und ohne Sentimentalität und ohne an die unvergänglichen Arme zu denken, die schützend unter allem liegen, als wären sie ein ewiges Federbett.

Ich dachte also darüber nach, wie sie so geworden und so geblieben sind, und die ganze Zeit war da in meinem gedanklichen Hintergrund die Idee des Todes, als personifizierte Idee, es war eine Vorstellung von Thanatos, dem Gott, der auf Anruf kommen würde, aber kein Gott, zu dem man betet, um ein besserer Mensch zu werden.

Aber nicht mit der notwendigen Idee kombiniert, dass der Tod eine Auslöschung ist, wobei ich zugleich mit der Möglichkeit spielte, auch wenn ich mich erinnerte, dass »die Doktrin der Ewigkeit des Universums kompatibel mit der Vorstellung ist, dass jedes Individuum darin vergeht, die Art allein lebt weiter und erneuert sich selbst in neuen Individuen. P. behauptet jedoch, dass es die Ideen von Individuen gibt, und da die Welt der Phänomene alles, was Realität ist, aus der Welt der Ideen hervorbringt, ist dies schlüssig und daher unauflöslich. Nichts, das wirklich ist, kann je verschwinden. OUDEN APOLETAI ONTON.[125]«

Und wer nun ist dieser »P«, der diese positiven Annahmen tätigt? Dieser P. ist, rate mal, rate mal, er ist ein bisschen v. Chr. aber nicht sehr. Und der

---

125 Altgriechisch: Nichts vernichtet das Seiende.

Mann, den ich hier zitiere, das ist der edle Dr. I., der gestern und heute und ewig in ___ schreiben wird. Schau hier, Mr. Wedding-Guest-Leser, Du wirst Dich etwas anstrengen müssen.

Und die ganze Zeit bewunderte ich die Bischöfe der Church of England, und insbesondere jenen heiligengleichen Bischof, der der Bischof von Oxford war, der, als er gebeten wurde, vor den Truppen zu predigen, bevor sie in die Schlacht zogen, die Klugheit besaß, nicht über Ruhm und Tod und größere Liebe und *esprit de corps* zu sprechen und all diese Phrasen, die völlig abgenutzt waren und denen der Geruch bitteren Todes anhaftet. Und nicht jenen Todes, den ich mit Thanatos meine, sondern einfach der Tod mit einem Gähnen im Gesicht, der vollkommen gewöhnlich aussieht, wie ein Mann, der gerufen wurde und sich nicht mehr vertrösten lässt, wie der Mann, der zu Dir bestellt wurde, und diesmal die erstklassige Geschirrspülmaschine mitnehmen und sie Dir wegnehmen wird, und Gebete und Tränen werden Deine geliebte elektrische Maschine, die eine solch tolle Sache ist, nicht retten, da schon so viele Raten ausstehen, dass Du sie nicht mehr zahlen kannst. Und er ist sehr gewöhnlich, wirklich sehr gewöhnlich, sehr unangenehm und sehr entschlossen. Fort geht er also mit der Geschirrspülmaschine, die eine so tolle Sache war.

Das ist es, wie der Tod aussehen soll, wenn plumpe, grausame Männer sich mit dem Thema auseinandersetzen. Doch dieser großartige Bischof war überhaupt nicht so, er stand einfach auf und sprach zu den Männern darüber, in die Schlacht zu ziehen, er sprach mit ihnen über Fron und erste Früchte. Das holte sie aus ihren eigenen Gedanken und ließ sie erkennen, dass es noch andere Probleme gab, die genauso dringend waren wie die ihrigen.

Oh, die wirklich großen Christen sind sehr bewundernswert, sehr ruhig. Später dann las ich *John Inglesant*[126], und wenn ich jemals nah dran gewesen bin, das Innere der christlichen Religion zu erreichen, dann war es zu jenem Zeitpunkt. »Das Kreuz Christi besteht aus vielen Kreuzen, es steht im Zentrum, ist der Grundtypus, die Essenz aller Kreuze. Wir müssen mit Christus leiden, ob wir an ihn glauben oder nicht. Wir müssen für die Sünden anderer leiden, als wären sie unsere eigenen; und in dem Leiden finden wir die heilende und reinigende Kraft, das heilende und reinigende Element. Das ist es, was dem Christentum in seiner einfachsten und unverfälschten Form Kraft und Leben verleiht. Sünde und Leiden fürs Sündigen; ein Opfer, das selbst rätselhaft ist, wird dem göttlichen Nemesis oder dem Gesetz der Sünde dargebracht, gefürchtet, unklar, unbekannt, und dennoch bestimmt und unausweichlich mit der

126 *John Inglesant* (1881). Historischer Roman von Joseph Henry Shorthouse (1834–1903).

eisenharten Notwendigkeit des Gesetzes. Das hat der intellektuelle Christ, der platonische Sokrates, nicht bieten können; daher sein Scheitern und der Erfolg des Nazareners. *Vicisti, Galilaee*[127].«

Es ist witzig, wenn ich das neben dem anderen Zitat noch einmal lese, beide abgeschrieben zu unterschiedlichen Zeitpunkten. Ich glaube, dass es mir jetzt zum ersten Mal verständlich wird. Ich komme einfach nicht weiter als bis zur neuplatonischen Vorstellung von Christus. Das ist mir am nächsten. So sehr sehne ich mich danach, dem Innersten nahezukommen, komme aber nur bis hier hin und nicht näher.

Ich glaube, dass sehr viele Menschen heutzutage nicht mehr ins Innere vorstoßen können, dann aber sagen sie: Das ist der Fehler der Kirche. Und nach und nach denkt die Kirche: Das ist unser Fehler. Es ist gewiss unsinnig, dass die Church of England so denkt. Und dann sagen sie: Wir schneiden die Doktrin heraus und begeben uns hinab zu den Menschen und predigen nicht mehr, wir führen nur noch ein gutes Gespräch von Menschenherz zu Menschenherz, von Mensch zu Mensch, ein hilfreiches Gespräch an Sonntagabenden, und überhaupt nicht clever, sondern so einfach wie das ABC, wir sind einfach sanft und einfach sanft und.

Oh, wie ich das hasse. Es ist so niederträchtig und verräterisch. Das verwandelt die Kirche in

127 Der Überlieferung nach die letzten Worte des römischen Kaisers Julian (331/332–363). Dt.: »Du hast mich besiegt, Galiläer.«

eine Wüste, eine riesige Einöde. Das verwandelt die Church of England in Arizona und Salzwüsten. Das ist, und ganz gewiss ist es das, ein Fehler, was auch immer die gute Intention dahinter sein mag, es ist ein schwerwiegender Fehler, der die Church of England zum Unhold selbst werden lässt, nur Staub und Asche, und das Herz des Unholds, der gähnt und die Gelenke seiner Finger knacken lässt. Ach, wie langweilig es ist im Herzen des Unholds, in den Salzwüsten von Arizona. Das ist ein Fehler.

Dann gibt es noch jenen Bereich der Church of England, zu dem William gehörte, der angefüllt ist mit Weihrauch und Ritualen, sehr attraktiv, sehr warm und lebendig, richtig lebendig ist es da, und dort erklären sie einem die Bedeutung und Wichtigkeit von Ritualen. Und das ist zunächst etwas schwierig, aber ebenfalls attraktiv, weil man mit der Zeit den Eindruck gewinnt, etwas zu verstehen, das über die Bedeutung von Ritualen hinausgeht, man versteht etwas, das mehr als das ist, also hört man zu, man spitzt seine Lauscher, man hört zu, man ist voller Hoffnung.

Doch mit der Zeit erkennt man, dass es überhaupt nicht mehr als das ist. Oh, ist das jetzt unser eigener Fehler? Ja, teilweise ist es unser Fehler, weil wir so oft den Intellekt schlechtmachen. In dieser Hinsicht ist es also auch unser Fehler. Wir sagen, dass wir überhaupt nicht clever sind und sind stolz darauf, nicht clever zu sein. Wir sind aber clever genug, wenn es darum geht, auf eine Weise clever zu sein, die sich auszahlt, da sind wir dann gar nicht so dumm.

Ich glaube inzwischen, dass die Kirche sich erheben sollte, sie sollte sich jetzt sofort erheben und sagen: Dummheit ist eine Sünde. Und dann sollte sie in einer sehr schwer zu verstehenden, sehr komplexen Sprache predigen, überhaupt nicht zugänglich sein, sondern wirklich ausnehmend kompliziert werden, und sie sollte die Philosophie des Christentums in sehr komplizierten Begriffen lehren, und sie sollte immer sehr komplex sprechen, sodass es die Möglichkeiten der Menschen übersteigt und sie Schwierigkeiten haben zu folgen. Und dann wäre die Kirche vielleicht leer. Sehr gut, lasst sie leer sein. Denn nach und nach wären die Leute es satt, das alles nicht zu begreifen, und sie würden sich Mut zulegen und clever sein. Sieh nur, wie clever sie darin sind, Kreuzworträtsel zu lösen, wie clever sie dabei sind, mit Torquemada[128] zurechtzukommen, mit den Feinheiten der Börse und den Feinheiten der, sagen wir den Feinheiten der Verleumdungsgesetze, was ganz gewiss nicht leicht zu verstehen ist, und mit den Feinheiten von Somerset House und den Problemen des Steuerrechts und der Ökonomie. Denk mal darüber nach, wie viele Menschen auf unterschiedliche Weise mit diesen schwierigen Problemen zurechtkommen, die die gleichen Verstandesregionen berühren, die angesprochen werden, wenn man

128 Tomás de Torquemada (1420–1498), spanischer Dominikaner und der erste Großinquisitor in Spanien.

mit den Problemen der Apologie des Christentums zurechtkommen muss. Und hatte der Heilige Paulus einfach nur sonntagabends Gespräche geführt, die kein bisschen clever waren? Er nicht. Er war gewiss einer von der ganz cleveren Sorte, dieser Heilige Paulus, sehr tiefgründig und gewieft.

Lass die Kirche halt denken, sie sei in einem unchristlichen Land, wo die Leute strunz denkfaul geboren wurden, aber gerade eben gut genug sind, wenn sie sich für etwas interessieren und nicht nur aus materiellen Gründen, manchmal sogar auf eine schummrig dunkle Weise wissen, sie wissen, nur indem sie ihren Verstand bis zum Maximum und darüber hinaus einsetzen, werden sie dem Herzen der Langeweile des Unholds entkommen. Und lass die Kirche umherziehen, lass sie sehr komplex in ihren Predigten sein, sehr tief, ohne, dass sie sich schert, sehr; *Mir-doch-egal-wenn-Dir-das-zu-hoch-ist-streng-Dich-ein-bisschen-an-Du-fauler-Hund.* Und kein bisschen umgänglich oder einfach, und nicht sehr freundlich, sondern eben sehr tief und geistreich. Wer weiß, vielleicht probieren sie es aus. Das wäre mal was anderes.

Nun saß William aufrecht in seinem Bett und sah aus wie George III., haargenau wie George der Dritte, als hätte er sich gerade auf ein paar Reißzwecken gesetzt, er sah aus wie George, der aussah, als wäre er mürrisch. William besaß ein natürliches Talent für Religion. Er gehörte zur High Church[129],

129 High Church: Ein Teil der englischen Staatskirche. Die Mitglieder streben die Vertiefung der liturgischen Formen an.

die ich der anglikanischen Kirche weitaus vorziehe, weil diese einen direkt zurück zu Laud führt, und dieses kleine Wort anglikanisch oder anglo-katholisch, wie sie auch gern sagen, führt einen direkt in eine Clique, was ein toller Spaß ist, wenn man Freude daran hat, in Cliquen abzuhängen und Geheimgesellschaft zu spielen.

Und es ist witzig, wie sie das tun, und wie jeder, der für diese Bewegung spricht oder schreibt, mit seinen Initialen genannt wird, sehr intim und freundlich, oder auch mit Spitznamen, ebenfalls sehr intim und freundlich. Also ich denke beispielsweise an Ronny Knox für Fr. R. Knox, der spät zu dieser Überzeugung gelangte, den wir nun verloren haben, hüstel, an die Italienische Mission, und an die boshafte Natur von Kreuzworträtseln, und nein, nicht so sehr an Kreuzworträtsel als viel mehr an Akrostichen und jene Art von Detektivgeschichten, die, mein Freund, nichts als eine Erweiterung der akrostischen Angewohnheit ist. Und sie hatten ein großartiges Gefühl, sehr erhaben und warm war es, für Vater – ich habe seinen Namen vergessen –, der vor einiger Zeit gelitten hat, als die Menschen noch die Option hatten, für ihre Überzeugungen zu leiden. Der war auch sehr erhaben und anglikanisch, dieser Vater, und wurde ins Gefängnis geworfen, als Queen Victoria dachte: Diese ganzen Rituale sind völliger Unsinn. So wie meine Tante sagt: Völliger Unsinn – erzähl mir nichts davon.

Diese Vorstellung, für die eigenen Überzeugungen zu leiden, habe ich nie recht verstanden. Das dürfte aber wohl ebenfalls mein Fehler sein, so wie es eben auch mein Fehler ist, dass ich nicht in das Innerste der christlichen Religion vorstoßen kann. Ich verfüge gewiss über einen recht flapsigen und frivolen Geist, und das wird zweifellos schlimmer, je älter ich werde.

Ich bin gewiss ganz entschieden nicht *ernst*, wie die Franzosen das Wort verstehen, nicht ernst, obwohl ich Gelegenheit dazu gehabt habe, wenn ich an William und seine Freunde denke. Da war Tommy zum Beispiel, der uns gelegentlich besuchen kam, und auch noch andere Freunde von William. Sie kamen ab und an vorbei und saßen auf unseren Sofas und Sitzbänken und Stühlen und Ottomanen und danach auf dem Boden, und da erzählten sie dann. Und ich, wie alt war ich da? Der Krieg war schon fortgeschritten, ich muss so 14, 15 gewesen sein, und ich saß und lauschte und redete ebenfalls, und einmal war es so, dass ich die Gelegenheit hatte, ernst zu werden, aber da war immer etwas in mir, das grundsätzlich unernst war; wie meine Englischlehrerin in der Schule über mich schrieb, als ich einen Essay über Marcus Antonius abgab.

Schon gleich zu Beginn schrieb ich das Folgende. Freunde, damals konnte ich schreiben, sodass es klang wie das, was man in der Zeitung lesen konnte. Es begann so: »Der brillante, unverantwortliche Marcus Antonius.« Und darauf folgte noch mehr in dieser Art. Am Ende schrieb sie mir unter den Essay: »Du hast keinerlei Wertschätzung für die besseren Eigenschaften des Menschen.« Und das machte mich nachdenklich, konnte ich nicht doch noch ernst werden? Doch nein, das konnte ich nicht. Aber hatte ich nicht tausend Gelegenheiten dazu, während ich dasaß und William und Tommy zuhörte und als Captain Poltallock meine Latein-Hausaufgaben für mich erledigte?

Weißt Du, diese Leute waren praktizierende Christen, wirklich gute. Und sie hatten etwas sehr Niedliches an sich. Aber ich konnte einfach nie vollkommen und absolut ernst sein, obwohl ich es wirklich versucht habe, ich versichere Dir, dass ich diese Bemerkung über die besseren Eigenschaften des Menschen, die mangelnde Wertschätzung dieser Eigenschaften, sehr ernst genommen habe und ständig versucht habe, die Dinge aus einem Blickwinkel zu betrachten, der ernst war, und manchmal wurde ich dabei einfach nur morbide, Freunde, dann saß ich da und weinte und hielt mich für Goethes Mephistopheles, jenen Geist, der stets verneint.

Wie es war, könntest Du nun fragen. Ich saß oft da und dachte an Rom zu Zeiten der Kaiser und zwar nicht zu Zeiten der guten Kaiser. Denn denk Dir, es gab auch gute Kaiser. Alle guten Dinge aber müssen enden, und das gilt natürlich gleichsam für alle schlechten Dinge. Lass uns also nicht das Dunkle ins Auge fassen. Doch genau da begab ich mich immer hin, ich saß da und dachte über Rom unter – nun, nehmen wir einen durchschnittlichen, guten wie schlechten Kaiser, sagen wir, was soll's, nehmen wir Tiberius, der war gut, nun, er war gut im, war er doch, oder? Nehmen wir Tiberius, und nehmen wir an, Du warst damals ein Christ, der für seine Überzeugungen leiden musste. Aber immer, wenn ich mir vorstellte, ich sei ein Christ, lief ich durch Rom, als wäre ich überhaupt gar kein Christ, sondern lediglich einer jener Römer, die ihr Vermögen verloren haben und nun auf ihr Köpfchen und ihre Freunde angewiesen waren.

Aber weißt Du, dieses für die eigenen Überzeugungen leiden – wenn Du Dich überhaupt in Dein eigenes Ich begeben kannst. Ich nehme an, dass das eine recht aufgeladene Redewendung ist, sie ist auf jeden Fall bedeutungsschwanger. So sagen sie, wer auch immer das gesagt hat: Begib Dich an Deinen eigenen Ort. Das ist doch die Idee, verstehst Du? Du bist schlecht, stell Dir vor, dass Du schlecht bist, aber überall herumläufst und erklärst, Du seist gut. Überhaupt nicht gut. Es ist das, was im Herzen eingraviert ist, das zählt.

Ach so. Nun, dann gilt das aber auch umgekehrt, oder? Nehmen wir an, stell Dir einfach vor, Du seist gut und läufst überall herum und erzählst allen, wie schlecht Du bist. Überhaupt nicht gut. Es ist das, was im Herzen eingraviert ist, das zählt. Warum also setzt Du dann Deinen schönen Körper, der Dir ein guter Freund ist und einiges für Dich wegsteckt, einer verdammt schlechten Behandlung aus, die ganze Trinkerei beim Essen und das lange Wachbleiben, wie Harriet und ich es tun – warum setzt Du ihn also den Folterspielen der Verdammten aus, nur um Deine Überzeugungen vorzuführen, wenn doch das, was in Dein Herz eingraviert ist, das ist, was zählt, und das, was wirklich zählt, ist das, was Dich ständig formt und zu einer klar definierten Person macht, so klar, als hätte sie einen Stempel, die einen eigenen Ort hat, an den sie sich begeben kann? Und das Wichtige daran ist das, was Du die ganze Zeit über auswählst und aussortierst, während die Jahre vergehen, in denen Du Dich zu einer ausgeformten und klar definierten Person entwickelst, die einen eigenen Ort hat, an den sie sich begeben kann. Und wenn sie sich an diesen Ort begibt, wie kann sie dann irgendwas anderes sein als glücklich? Denn in dieser Welt der regellosen Kämpfe sind wir so oft an dem Ort, der ganz gewiss *nicht* unser Ort ist und somit unglücklich.

Oh, ich kann durchaus verstehen, dass man auf diese Weise für seine Überzeugungen leidet, ich werde Dir noch zeigen, dass ich oft für meine Überzeugungen gelitten habe. Es gibt einige Dinge, die mir so wichtig sind, dass ich kaum Worte finde, um sie gegenüber Menschen zu vertreten, die nicht so denken, sodass ich das Gefühl bekomme, dass sie besser sterben sollten, im Grunde wäre es mir dann lieber, sie wären nie geboren worden. Ich meine beispielsweise eine bestimmte Form der Vulgarität.

Wenn ich mit dieser bestimmten Vulgarität in Form eines gewissen Typs vulgären Menschen konfrontiert werde, kann ich spüren, dass ich ein Tiger bin, mit Klauen, der das Fleisch vom Körper des anderen reißen würde. Da ist eine echte Hitze und das Licht einer weißglütigen Flamme in diesem Hass, den ich verspüre, wenn ich mit einer bestimmten Form von Vulgarität konfrontiert werde, die mit Dummheit verbunden ist, was in einer sehr niederen Grausamkeit mündet. Nein, ich meine nicht das Tigerklauen-Gefühl, das ist keine Grausamkeit. Das ist einfach nur Blitz und Flamme, das diesen Schurken rösten und versengen oder, wie die Russen es nennen, liquidieren würde.

»If nothing skills I cannot help my case
'Tis the Last Judgment's fire must cure this place,
Calcine its clods and set my prisoners free.«[130]

So fühle ich und nichts weniger, wenn mir eine solche Person begegnet. Ich fühle mich als ein Instrument Gottes, der nicht gänzlich der christliche Gott ist, als ein Instrument dieses Gottes, das *diese Schurken sengen muss*, die zugleich dumm und vulgär sind, und die Gefangenen Gottes freilassen muss, die geschickt, weiß und schön und sehr hell und flammend-wild sind.

130 Zeilen aus dem Gedicht *Childe Roland to the Dark Tower Came* von Robert Browning (1812–1889). Dt.: »Hilft alles nichts, ich kann nichts daran ändern / das Feuer des Jüngsten Gericht muss diesen Ort reinigen, / die Schurken sengen und meine Gefangenen frei lassen.«

Was meine ich also mit Vulgarität und Dummheit? Es gab mal einen Mann, der Swinburne las. Dieser Junge hatte Swinburne gelesen. Und? Das ist also der Junge, der Swinburne las. Und auch mit der Zeit kam er nie weiter, als dieser Junge zu sein, der Swinburne las. Irgendwann aber, so erinnere ich mich nun, las er auch Kipling. Da hatte er dann eine Zeile über die Armee gelesen. Und er erinnerte sich daran, die Bibel gelesen zu haben. Die hatte ihm wiederum eine Zeile zu Kipling geliefert und auch die Spur eines Stils, den er dann recht clever verteilt hatte. Er war ein durchaus cleverer Junge. Über nichts, sehr dünn und schmal, hatte er ihn verteilt. Ohne Grundlage und über nichts.

Er gab sich dann als Mann von Geschmack, Kultiviertheit und Bildung aus. Er hatte sogar von A. Huxley, D. H. Lawrence und den Sitwells gehört. Er sagte: Die gehören gekreuzigt. Recht freigiebig war er mit diesen netten, alten maskulinen Sätzen, sehr freigiebig, und sehr still und dumm gegenüber zeitgenössischen Schriftstellern und Künstlern. Es war grandios, einfach grandios, Freunde, wie dieser Junge die Pferde einlaufen sah, noch bevor er seine Wette platziert hatte. Doch D. H. L. und A. H. und die Sitwells bekamen eine taktlose Watsche, wo auch immer er auftauchte. Und natürlich, *mein Lieber*, war er auch »selbst eine Art Schriftsteller«. »Oh ja, wissen Sie, ich *schreibe* ganz direkt und ehrlich. Es ist ein Job wie jeder andere auch, nicht wahr? Nur schwerer, schwerer als ein Job bei der Navy. Es ist nur ein JOB JOB JOB.« Man sollte meinen, der saß tagein tagaus da und schrieb die Encyclopedia Britannica.

Und worin bestand nun diese harte, harte Arbeit? *Mein Lieber*, der Junge war ein *Lady Novelist*[131]. Der einzige überlebende Lady Novelist. Das war es, was dieser Junge war, der Swinburne gelesen und dadurch diese Zeile über die Armee aufgeschnappt hatte, als schriebe Ouida[132] persönlich. Man könnte meinen, dass britische Offiziere den ganzen Tag mit geradem Rücken und Gesichtern im Profil herumsäßen und leicht ergrautes Haar und zynische blaue Augen hätten. Zynische, blaue Augen und schütter werdendes graues Haar – so war dieser Junge, der Swinburne las, das war die Vorstellung, die dieser Junge von sich hatte.

Doch was war nun dieser Job, Job, Job, den dieser einzige überlebende Lady Novelist erledigte mit dieser Vorstellung von sich selbst, als Mann mittleren Alters, distinguiert, ich würde sagen mit distinguierter, soldatischer Figur, mit zynischen, blauen Augen und schütterem, grauem Haar? Was war denn nun sein Brot-und-Butter-Job, Job, Job?

---

131 Ein von George Eliot (1819–1880) geprägter Begriff für kitschig konzipierte Romane für Frauen, die meist von Frauen geschrieben wurden. Einer der Gründe, weshalb George Eliot ein männliches Pseudonym für ihre literarischen Publikationen wählte. *Silly Novels by Lady Novelists*, Essay, 1856.

132 Ouida, Pseudonym der erfolgreichen Schriftstellerin Maria Louise Ramé (1839–1908), die von ihren Zeitgenossen als Exzentrikerin wahrgenommen wurde.

Nun, mein Freund, da war er also. Ach, nun komm schon, Pompey, woran schrieb er denn? Nun, Freund, weißt Du, er schrieb diese schicken kleinen Geschichten im Mittelteil von Mädchenzeitschriften, jene billigen Wochenmagazine für Mädchen, die immer emotionale Krisen haben und sich immer Gedanken machen über ihre jungen Männer. Ganz viele Gedanken.

Dieser Junge, der Swinburne las, dieser Lady Novelist Schrägstrich Soldat aus Clarksons war genau das, was ich meinte, als ich sagte, dass man für seine Überzeugungen auch sehr leiden kann, indem man solche Leute vor sich hat, die so gottverdammt dumm sind, und die man dennoch nicht k.o. bekommt, sondern an denen man im Stillen leiden muss, und manchmal schafft man nicht mal das. – Ach, und die sind überall, und wenn sie obendrein, wie es dieser Junge ist, randvoll *männlicher Protest* und pseudo-maskulinem Mist sind, dann ist es sehr schwer, dann werde ich kalt und wütend, dann ist dies alles an Leid, das ich ertragen muss, um all das Leid zu spüren, das der mir zugedachte Anteil an Leid ist: einfach nicht vergessen zu können, dass sie da sind.

Und in meiner Erinnerung ist da nun – klar und schön wie eine unter einer Glasglocke konservierte Pflanze – William, der in seinem Krankenhausbett sitzt und aussieht wie der hannoveranische George, er sieht aus wie George III., der sich auf ein paar Reißzwecken gesetzt hat. Da war aber etwas Niedliches an William, und wir sind damals Freunde geworden. Wir waren recht *platonisch* und hielten uns fern von den Komplikationen, die mit Sex einhergingen.

Jetzt zieht sich William immer durch mein Leben, wie etwas, das sehr ruhig und stark ist. Er lebt inzwischen in Bury St. Wash, das ist ein kleiner Ort am Meer in Lincs, und dort besuche ich ihn seit Jahren an Wochenenden und bleibe in unregelmäßigen Abständen bei ihm zu Gast. Doch das ist nicht weiter wichtig.

Und jetzt beschreibe ich ein Wochenende mit ihm, das gerade vergangen ist. Das war ein sehr gutes Wochenende, wirklich entspannend und eine Erholung von der Aufregung, die ich in den letzten Monaten erlebe, seit ich mit meinem lieben Freddy verlobt bin, der ebenfalls sehr süß ist. Doch verlobt und unter dem nahenden Schatten der Ehe wirkt er nicht mehr so wahnsinnig süß, wirklich nicht. Ich bin oft mit den süßen Typen, die ich hatte, nach Bury St. Wash gefahren, um William zu besuchen. Und manchmal ist das großartig, einfach großartig, Freunde. Und manchmal ist es das nicht. Freddy aber muss mitkommen. Er muss beim übernächsten Mal mitkommen, und dann sollten wir es gemeinsam genießen. Das sollten wir besser.

Ich fühlte mich traurig, während ich nach Bury St. Wash reiste, da ich die ganze Zeit dachte: Ich kann Freddy nicht heiraten, und ich dachte: Ich habe bereits das ganze witzige ha-ha Verlobungsbuhei abgeblasen, das für uns beide immer ein solches Beschwernis, ein solches Trauerspiel ist, und jetzt kann ich das Ganze doch nicht einfach wieder abblasen, sonst wirkt es, als würde ich dauernd meine Meinung ändern.

Dann aber erreichte ich Bury, und William holte mich mit dem Auto ab und er sagte: »Pompey, wir gehen jetzt einfach einen schönen, heißen Kaffee trinken, der ist sehr gut, und ein paar Kekse, und dann gehen wir aus, wir fahren ein bisschen mit dem Auto spazieren, und am Abend musst Du unbedingt zwei deutsche Freunde von mir kennenlernen.«

Es gab ein schönes Feuer im Kamin seines Zimmers, und ich fühlte mich bereits besser. William bewohnt inzwischen ein Haus ganz allein im Vorortbereich von Bury, und er kocht selbst und besorgt die Hausarbeit. Ich fühlte mich verloren, als ich dort saß, später aber tranken wir Kaffee, und ich muss sagen, dass William einen sehr guten Kaffee kocht, und wir aßen eine ganze Menge köstlicher Ingwerkekse, und ich erinnere mich, dass sie eher wabblig waren, der Ingwergeschmack aber war noch erhalten. Und wenn sie auch die Knusprigkeit frischer Ingwerkekse verloren hatten, so sagte ich das nicht, denn ich war da bereits viel umgänglicher geworden und milder, und ich besaß nicht die Unhöflichkeit auszusprechen: William, Deine Kekse sind wabblig. Nein.

Dann machten wir uns auf und fuhren in eine kleine Stadt, die Skye Blue hieß, und wir kauften uns dort eine große Steak-und-Nieren-Pastete zum Aufwärmen im Ofen. Doch wir kamen gar nicht dazu, die Pastete auch zu essen, ganz ohne Zweifel isst William jetzt also Steak-und-Nieren-Pastete. Für ihn allein wird sie die Woche durch bis Donnerstag ausreichen. Jedenfalls sagte William: Erzähl mir alles. Also erzählte ich ihm alles, da ich ihn 18 Monate lang nicht gesehen hatte. Und Dir erzähle ich nun also alles, was ich William erzählt habe.

Ich sagte: Erinnerst Du Dich an Josephine? Das ist eine seltsame Sache mit Josephine. Sie ist irgendwie sanft, sie hat etwas Sanftes an sich. Und sie ist ganz reizend, sie hat ein reizendes Kind, und sie gibt mir reizende, aprikotfarbene Bettwäsche, und das Schlafzimmer sieht sehr nett aus. Es ist reizend, bei ihr zu Gast zu sein, so wie es auch reizend ist, bei Harriet zu bleiben, allerdings sind sie sich ansonsten natürlich in keiner Weise ähnlich.

Harriet ist wie ich, und. Und Josephine ist nicht wie ich, aber.

Josephine ist meine Freundin, und sie war eine sehr enge Freundin, aber nun ist ihr Ehemann gestorben, und deshalb ist sie weiter raus gezogen, um auf dem Land zu leben. Wenn Josephine diese Geschichte erzählt, muss ich weinen. Sie ist eine solch begabte *raconteuse*[133], aber das erzähle ich Dir später.

---

133 Erzählerin.

Seit dem Tod ihres Ehemannes lebt Josephine also außerhalb von London, wo sie zuvor eher hochrangige Menschen empfangen und eine recht privilegierte Existenz geführt hat, sich aber in keinster Weise der Bohème annähernd, sondern sehr orthodox, sogar ausnehmend orthodox und dabei so gut wie irgend möglich South Kensington-Style und sehr solide, schick und *rangée*[134]. Josephine lebt inzwischen auf dem Land am Meer mit ihrer kleinen Tochter namens Reine. Ich erzähle William also von Josephine, und wie dort dies und jenes ist, und dann das noch und dann noch etwas anderes. Während ich über Ostern bei Josephine war, veranstaltete sie eine Kinderparty für eher ältere Kinder. Das war an Karfreitag, und wir spielten die ganze Zeit diese Spielchen; da musste man mit Stricknadeln dicke Bohnen aus dem Glas holen, wahlweise mit Essstäbchen. Das ist leicht, wenn man gewohnt ist, mit Essstäbchen zu essen.

Mit Essstäbchen essen. Ich denke gerade an ein Café in Berlin. Das ist ein japanisches Café, allerdings nicht so, wie man es vielleicht vom Kirchenbasar kennt, wo all die Damen, die nicht mehr so richtig, richtig jung sind, sagen: Wir brauchen Kostüme, obwohl ihre eigenen Kleider oft schon so aussehen, dass es nicht notwendig scheint, aber sie sagen: Wir brauchen Kostüme. Und natürlich, Herr steh mir bei, müssen es japanische oder holländische Kostüme sein.

---

134 Ordentlich.

Das Café in Berlin sieht überhaupt nicht so aus. Es ist sehr zurückgenommen mit einer sehr guten und stärkenden und erfrischenden Strenge, und in diesem Café war ich eines Abends mit Karl und habe mit Essstäbchen gegessen. Und ich trug einen schwarzen Hut und Mantel, sehr dunkel, und dazu einen grau-schwarz-weiß bedruckten Chiffonschal, den ich mir wie ein Taschentuch um den Hals gebunden hatte. Und plötzlich beobachtete ein Mann von draußen, wie Karl und ich da saßen und uns anschauten. Er verkaufte Rosen. Also lächelte er und kam herein, und er trug einen Riesenstrauß dunkelroter Rosen, und er sprach Karl an, und Karl kaufte die Rosen für mich, und Karl sah mich lächelnd an und sagte: *Das geht. Das geht.*

Wie das Rot der Rosen im Kontrast zu dem schwarzweißen Hintergrund und den versilberten Eichentischen ohne irgendeine andere Farbe wirkten, daran kann ich mich nun wieder lebhaft erinnern, und auch an das lächelnde Gesicht Karls und an die Kellner, die sich sehr still verbeugten, verbeugten, verbeugten über unsere Hände, die einander hielten.

Ich habe also schon mit Stäbchen gegessen. Doch bei der Party für ältere Kinder, die Josephine ausgerichtet hat, spielten wir später Scharade. Und ein Mädchen, das bereits nahezu erwachsen war, sie war etwa sechzehn oder siebzehn, sagte, dass es doch vergnüglich wäre, das Wort *tartlet*[135] vorzuspie-

135 Törtchen. Auch Verniedlichungsform von Tart, ein Slangwort für Prostituierte.

len, und dass man für *tart* ein rotes *Barett* anziehen und dann herumtänzeln und nach vorn und nach hinten zu blicken und auf altmodische Weise schauen und eine *Tart* sein könnte. Aber Josephine sagte: Nein. Und auch ich dachte, dass es keine so gute Idee war, auf einer Kinderparty, auf der die Kinder nicht allein sind, die Kinder sich gegenseitig ihre eigene Wortauswahl vorspielen zu lassen, denn offiziell wurde es ja von den Tanten und Eltern gebilligt und unterstützt, die alle anwesend waren. Das war es aber nicht, weshalb Josephine Nein sagte. Ich hatte keinerlei Zweifel, weshalb sie Nein sagte. Es war eines der witzigsten Dinge, die Josephine je gesagt hat. Es war so witzig, ich werde es Dir einfach erzählen und es dabei belassen. Sie sagte: Nein, ein solches Wort können wir nicht spielen. Es ist Karfreitag.

Als ich William das erzählte, musste er sehr lachen. Er sagte: Pompey, das kann ich nicht glauben. Das ist zu witzig. Das hast Du Dir doch ausgedacht. Und ich antwortete: Nein, aber danke, vielen Dank, nein, so etwas hätte ich mir nicht ausdenken können.

Und dann hing ich ein wenig meinen Gedanken nach, während ich im Auto neben William saß. Ich dachte an Josephine, die mir zugleich eine so liebe Freundin ist. Und ich habe zweifellos eine Menge guter Freunde, und ich habe zweifellos viel Glück, aber ich bin ein verwöhntes und sehr undankbares Mädchen. Ich bin ein hoffnungsloser Fall. Und wie mir das kürzlich wieder vor Augen geführt wurde, will ich auch noch erzählen.

Momentan aber denke ich an Josephine. Sie ist klein, etwa so groß wie ich, aber nicht so dünn, und sie hat einen gemischt-englischen Teint, bräunlich-helles Haar, sehr weich und geschmeidig, und blaue Augen, die manchmal etwas kalt scheinen. Diese englische *Blondheit* ist nicht mit der weichen, liebevollen und aufopfernden *Blondheit* der weichen, liebevollen und aufopfernden deutschen Frauen zu vergleichen. Da ist viel Selbstbewusstsein enthalten, und sie kann unglaublich gnadenlos sein und manchmal auch sehr wütend und gemein, und sie trägt diese Gemeinheit von Jahr zu Jahr weiter. Sehr steif, stur und unnachgiebig. Ein Mann kann sich den Kopf an ihr blutig schlagen und sein Herz ebenso.

Als ich an diesem Osterwochenende aber bei Josephine zu Gast war, erzählte sie mir immer wieder von ihrer Familie und wie liederlich ihr Cousin ist, und wie *stürmisch* und unterdrückend ihre Tante, die immer so extrem extravagant ist, und jetzt lebt sie bei Josephine, weil sie ihren Unterhalt durchgebracht hatte und das Jahr noch lange nicht rum war. Es ist ein Unglück, dass die Dauer des Jahres nicht mit der Höhe des Unterhalts übereinzubringen war. Das Jahr leidet zweifellos an einer Zeitverschiebung. Denn schau Dir den Unterhalt an, da kann ein Jahresbetrag in zwei Monaten aufgebraucht sein, und dann sind da noch zehn weitere Monate übrig. Und ist es nicht ziemlich belastend für Josephine, dass sie für die Lücken des übrigen

Jahres aufkommen muss? Da sage ich, ja, das ist ziemlich mies für Josephine, und ich sitze neben ihr, und sie fährt und fährt wütend und rücksichtslos über alle schmalen Landstraßen, und ständig sagt sie Sachen wie: Pompey, meine Tante ist eine sehr extravagante Frau. Du kannst Dich glücklich schätzen, wenn Du nie erfahren musst, wie es ist, die einzige Nichte einer extravaganten Frau zu sein.

Und mit der Zeit entsteht so Strich für Strich das Porträt einer extravaganten Frau. Das ist sehr lebhaft; *oh Keith oh Keith of Ravelston, The Sorrows of thy line*[136]. Da ist dieser ständige Unterton in Josephines Sätzen. Oh stolzes Herz und eine unzulängliche Brieftasche. Oh Mutter der unwürdigen Gracchen[137]. Oh Kinder von Eltern, deren Stolz sie daran hindert, nach Besserem zu streben. Oh beklagenswerter Cousin, Du verwöhnter junger Bruder. Oh Krankheit und Krieg und Liebe und Tod. Alles das erzählt mir Josephine, und die Sonne scheint auf den fuchsroten Adlerfarn, und die Trampelpfade führen in die Wälder, aber wir folgen immer weiter der weißen Straße und den Schicksalsschlägen der Eltern, der Boshaftigkeit der Onkel, der Extravaganz der Tanten und der Gleichgültigkeit der Cousins.

---

136 Aus: *Ballad of Keith of Ravelston*. Gedicht von Sydney Dobell (1824–1874). Oh Keith oh Keith von Ravelston, / die Leiden Deiner Linie.

137 Gemeint sind offenbar die Brüder Gracchus, römische Volkstribune, die im 2. Jh. v. Chr. mit der sogenannten Gracchischen Reform eine Boden- und Sozialreform durchführen wollten.

Und die ganze Zeit über sitzt auf der Rückbank des Wagens die kleine Reine, das schönste, kleine Kind, das ich je gesehen habe, das einen so frischen, klaren Kopf hat und ein Auge fürs Detail und eine praktische Sorgfalt, die es von seiner Mutter hat.

Sie führt mich im Garten herum: Das ist Spinat, und das sind Loganbeeren, und das sind Onkel Ivors Begonien, nein, dummes Tantchen Pompey, nicht die da, die hier. Und gestern war ich Fahrradfahren, und heute werde ich mit Daphne und Paula Tee trinken, und morgen grabe ich meinen Garten um. Heute aber ist es zu nass dafür.

Und in der Kathedrale von Winchester sah sie sich das Grab des Kardinal Beaufort an und sagte: Was macht er da? Ist er tot? Ist das schon lange her? Ist er bei Gott? Warum ist er dann hier?

In den Straßen von Winchester hielt sie meine Hand, zog sie aber plötzlich weg, und ich stieß mit einem Domherrn zusammen: Oh Herzchen, sagte ich zu Reine, schau doch, wo Du hinläufst. Doch der Domherr glaubte, das konnte ich an seinen erbosten, blauen Augen erkennen, einen Augenblick lang glaubte er, dass ich ihn meinte.

Wir trinken Tee in einer Bäckerei mit einem feinen, alten, rustikalen Ambiente und einer feinen, alten, rustikalen Art, die Rechnung zu präsentieren. Es ist wirklich angenehm und so richtig *verheiratete-Dame-ohne-Ehemann*, wann immer ich mit Josephine unterwegs bin. Vor dem Tod ihres Mannes, als sie noch in der Stadt wohnten, habe ich eine

Menge Persönlichkeiten von der Fleet Street bei ihr zu Hause getroffen, auch Leute aus dem englischen und amerikanischen Zeitschriftengeschäft. Denn damals gab es noch keine Reine, und Josephine war Redakteurin bei einem Magazin.

Sie und Harriet sind meine einzigen beiden Freundinnen aus dem Büro, aber Josephine ist schon vor langer Zeit weg und lebt jetzt in einem kleinen Ort am Meer. Das ist wie ein Vorort, ein sehr guter Wohnbezirk, weißt Du. Es ist seltsam, aber Josephine ist immer recht gut in Wohnungsangelegenheiten und sozialen Kontakten. Sie hat einen großen Sinn fürs Pragmatische und weiß genau, was sie vom Leben will und weiß, was sie tun muss, um es zu bekommen. Ihr Denken verläuft schnurgerade, sie verschwendet keinerlei Energie, niemals verschwendet sie ihre Zeit. Sie ist leidenschaftlich, verfügt über erhebliche Integrität und verfolgt ihre Ziele ohne einzuknicken. Sie ist eine großartige Frau, was aber ihre Gefühle betrifft, ist sie die treuste Freundin.

Und ständig will ich ihr Leben ausprobieren, davon kosten und es betrachten, allerdings ist es in keiner Weise das meine.

Ach zu probieren, zu kosten, zu schmecken – wie viel meines Lebens verbringe ich in dieser angenehmen Leichtigkeit. Wie sehr ich es genieße, ein Wochenende, eine Woche, vielleicht auch zwei Wochen lang das Leben meiner Freunde auszukosten. Sie sind alle so unterschiedlich, meine Freunde, sie sind sich überhaupt nicht ähnlich und können nicht mal ohne Probleme nebeneinander gesetzt werden. Zeig mir die Freunde eines Menschen, und ich sage Dir, was für ein Mensch er ist. Was also ist Pompey für ein Mensch, deren Freunde allesamt unterschiedlich sind? Gibt es überhaupt eine Pompey? Ist Pompey eine Chimäre, eine Schöpfung wie Lord Mellifont in *The Private Life*[138], dessen Existenz von der Gegenwart seiner Freunde abhing?

Ich bin jetzt sehr traurig und niedergeschlagen wegen dieses Problems, wobei es mich den Großteil der Zeit nicht zu kümmern scheint. Nun aber schwinden meine sehr *sympathischen* Gedanken über chère Josephine, ich tauche auf und befinde mich wieder im Wagen mit William und wende mich wieder mir selbst zu, und ich bin, oh, wie soll ich nur –?

»Du bist sehr geschickt mit Deinen Freunden, Pompey«, sagte William. Und: »Du bist wunderbar«, und er lachte, »Du bist wunderbar, Pompey, es ist erstaunlich, wie anpassungsfähig Du bist, wie Du mit jedem zurechtkommst.«

Und so fühle ich mich, traurig und stürmisch. Ja, es stimmt, ich komme mit allen zurecht, aber ich will nie sehr lange mit ihnen zurechtkommen, und dennoch liebe ich sie. Aber ich muss fort. Ich liebe sie, und ich liebe auch die Erinnerung und den Gedanken an sie. Und nach einer Weile muss ich trotzdem fort, und nach einer weiteren Weile muss ich wieder zu ihnen gehen.

---

138 *The Private Life* (1892). Kurzgeschichte von Henry James (1843–1916).

Meine Freundschaften sind ein bedeutender Teil meines Lebens, sie sind so leicht wie Spinnfäden und fest wie Stahl. Und ich kann sie nicht ablegen, weder gänzlich mit ihnen noch ohne sie leben. Und ich liebe sie in dem Augenblick, da sie sagen: Schön, Dich wiederzusehen. Und ich liebe sie auch in dem Augenblick, in dem sie sagen: Auf Wiedersehen, bis bald.

Der Rhythmus von Freundschaft ist ein sehr guter Rhythmus. Jetzt aber bin ich in Liebesdinge verwickelt, und ich muss heiraten oder darf nicht heiraten. Doch der Rhythmus der Freundschaft liegt mir so sehr im Blut; ich muss fort, und ich muss wiederkehren. Hier bin ich wieder. Jetzt gehe ich fort.

Und dieser Rhythmus ist nicht mit der Ehe übereinzubringen, und er funktioniert in der Liebe nicht sonderlich gut ohne die Ehe; das hat mir in der Vergangenheit bereits einiges an Schwierigkeiten bereitet, mein ganzes Leben hindurch. Denn sie fühlen nicht immer so, wie ich fühle, dass sie zunächst fort müssen, um dann wiederzukommen, und für sie ist es eben meist nicht gleichzeitig so leicht wie Spinnfäden und fest wie Stahl. Es ist so fest wie Stahl, während es gerade ganz intensiv ist, aber danach ist es für sie vielleicht eher wie überhaupt gar nichts. Während es für mich so leicht wie Spinnfäden und so fest wie Stahl zugleich ist. Die Stärke des Stahls aber ist dann nicht so offensichtlich, und ich bin glücklich und lache viel und denke nicht wirklich über irgendwelche Stahlstärken nach.

Dann aber, wenn sie vielleicht fort sind, verschwindet zwar die Leichtigkeit der Spinnfäden, die Festigkeit des Stahls aber bleibt für mich sichtbar. Und das führt zu großer Traurigkeit und wilden Ausbrüchen und Verzweiflung. Und man wendet sich hierhin und dorthin, und nirgends ist Halt, man kann überhaupt nichts tun, trotz all der Wildheit und Tränen und der Verzweiflung. Du hast verloren. Plötzlich hast Du alles verloren, und die Stunden werden sehr lang, und es braucht tausend Stunden, bis Du wieder geheilt bist. *Les heures s'écoulent*[139], so langsam, Minute für Minute, und Deine Freunde sind gütig und sagen: Die Zeit heilt alle Wunden. Und das ist wahr. Allerdings ist sie eine sehr langsame Ärztin, diese Zeit, und nirgends ein Anästhesist in Sicht. Und Du sitzt da und weinst und wringst Dir die Hände und weinst: *Soll ich niemals wieder ruhig sein*. Nimmermehr, oh nie Du Tor. Sprach der Rabe.[140]

Ach, diese Orgie der stürmischen Traurigkeit und der Verzweiflung und des Todes. Und nach den tausend Stunden und nach tausendundeiner Stunde ist alles wieder in Ordnung, es ist alles wieder relativ in Ordnung, und die schelmische Pompey tänzelt weiter, und der Liebende wird nun in der Erinnerung zu einem Freund, an den sich zu erinnern sehr angenehm ist, auch wenn wir uns nie wiedersehen.

---

139 Die Stunden laufen ab.

140 Aus: Edgar Allen Poe, *Der Rabe*. Gedicht. In der Übersetzung Theodor Etzels.

Ich habe den Altar der Venus nie vernachlässigt und bin auch ihren *supplices*[141] nicht ausgewichen, ich stufe diese Göttin ganz ohne Zweifel sehr hoch ein und habe eine Begegnung mit ihr nie abgelehnt und habe sie auch nie so pietätlos wie Herr Bosch behandelt oder wie jene Personen, die sie als Vorwand für die Bewerbung der gesundheitsfördernden Betätigung der Drüsen behandeln. *Oh Vénus implaccable, oh détestable pensée.*[142]

Schon merkst Du, wie meine Gedanken sich wieder dem dramatischen Gedicht annähern, das ich immer lesen muss, wenn die Schmerzen der Liebe ihre Freuden verdrängen. Und welches Stück ist das? Es ist Racines *Phèdre*, um deren unglückliche Familie ich das längste Gedicht gestrickt habe, das ich bisher geschrieben habe, für das ich folgende Zeile benutzt habe: *La Fille de Minos et de Pasiphaé*[143]. Ich habe das Stück einmal in der Inszenierung des Arts Theatre Club gesehen, mit Sybil Thorndike in der Hauptrolle, und sie war wirklich exzellent, was mich ziemlich überrascht hat, da ich nie sonderlich viel für sie in den anderen beiden Inszenierungen übrig hatte, an die ich mich am deutlichsten erinnere: eine Übersetzung von *Die Troerinnen*[144] und Shaws *St. Joan*[145]. Doch in *Phèdre*, in *Phèdre* war sie wirklich gut.

141 Torturen.

142 Aus: Racine, *Phèdre*. Dt.: Oh unerbittliche Venus! Oh abscheulicher Gedanke!

143 Die Tochter von Minos und Pasiphaé.

144 Tragödie von Euripides. Vermutlich 415 v. Chr.

145 George Bernard Shaw, *Die heilige Johanna. Dramatische Chronik* (1923).

Ich bin nicht sehr empfänglich für das Theater. Es gibt nur sehr wenige Stücke, an die ich eine lebhafte Erinnerung habe. Und Theaterstücke in Versen verschaffen mir überwiegend ein ausnehmend depressives Gefühl der Unwirklichkeit, das ist sehr deprimierend für mich, sehr schmerzhaft. Das ist es, was mir an Shakespeare missfällt, dass die Verse bei ihm konventionell wirken und das Gefühl so warm und so menschlich und so verstörend ist. Für mich ist das eine Antithese, die in mir nichts bewirkt, außer bestürzt zu sein und mich unruhig zu fühlen. Doch bei Racine spüre ich keine Antithese, die Verse und die Emotionen sind perfekt austariert, sie verschmelzen perfekt und erwirken die Reinigung, die die Essenz der Tragödie ist.

Es gehört wohl eher in den Bereich der Komödie, wie oft ich in meinem Leben nun schon *Phèdre* gelesen habe, wenn ich mich aufgrund einer beendeten Liebesbeziehung im Zustand erheblicher Qualen befand. Inzwischen also sehr häufig, und ich kenne das Theaterstück nun wirklich sehr gut, und für die Tragödie und die Einfachheit von Phèdre habe ich ein sehr tiefes Verständnis. Doch ach, wie sicher ich mir bin, dass es so viel besser ist, Liebe mit all ihren Schmerzen und Ängsten und Fanatismen zu erleben, als das Leben unberührt als Leben einer Pflanze zu führen. Doch wie sehr es einen zerreißt und wie *unruhig* es ist.

Und jetzt habe ich gerade *Romeo und Julia* gesehen. Löst das aber das gleiche edle, erhebende und lehmig-traurige Gefühl in mir aus? Nein, das tut es nicht. Auch hier bin ich bestürzt und peinlich berührt durch die Verwicklungen und Taktlosigkeiten des Plots, hauptsächlich aber durch die Verwicklungen.

Der Plot einer Tragödie muss glasklar und einfach sein. Und das ist er hier nicht. Und die Poesie wird zu jeder Gelegenheit durch die Verwicklungen des Plots vereitelt, und selbst die geniale Figur der Amme, die Genialität der Zeilen, die sie spricht, sind eine Ablenkung. Und so wird Mercutios berühmte Rede über Queen Mab zu einer Ablenkung und nicht zu einer Auflösung. Das Stück ist ein sehr frühes Werk von Shakespeare, und da ist eine ordentliche Portion Elizabethanismus enthalten, all der Horror und die Knochen und das Beinhaus und Julias Morbidität, mit der sie in solch niederschmetternden, anspannenden, schädelplatzenden Worten all diese Dinge visualisiert, die sie lieber nicht tun will, aber dann doch lieber nicht *nicht* tun würde, als ihre Liebe zu verlieren. Und die Grabszene selbst ist zugleich Elizabethanismus und also ein Schatten des später geborenen Hamlets.

Sind nicht alle Stücke von Shakespeare letztlich Fassungen, Schemen und Geister von Hamlet? Hier aber ist das Echo aus der Zukunft so deutlich: das tote Mädchen, ganz gleich, dass es späterhin wieder aufersteht, das tote Mädchen und die beiden Männer im Krieg um seine Totenbahre. Das ist interessant. Ich bin froh, das gesehen zu haben. Doch ist es ein Abend der Irritation, finde ich, der

Verzweiflung, als würde man unwiderruflich zu den Versen halten, die so sehr darum bemüht sind, sich über den Zusammenstoß und das Geschrei des Unwesentlichen zu erheben. Wie oft habe ich schon mit Harriet darüber gesprochen, sie aber bleibt offen und empfänglich für das Genie Shakespeares, und ich bin es nicht, und es ist zu meinem eigenen Schaden, da habe ich keinerlei Zweifel. Es ist aber nichts, was man lernen oder geschenkt bekommmen kann.

Doch DU, oh Geist des Lebens ›thy friends are exultations, agonies And love and man's unconquerable mind‹[146]. Und schon bin ich wieder geerdet. Und meine Füße sind am Boden. Und das Praktische, das Bequeme, das Vernünftige, das Nützliche sollte mein Denken erfüllen, wie kann ich das William sagen, der neben mir sitzt und in diesem Wagen fährt über die Wege und Straßen von Lincs Lincs Lincs – ich denke nun an einfache Reime: Laubloses Lincs für liebliche Drinks. Ist diese Werbeanzeigen-Welt nicht voller einfacher Reime?

Ich denke gerade an den einfachen Reim, der mir vor ein paar Tagen in den Sinn kam, als ich Sir Phoebus' dunklem, lächelndem Gesicht gegenübersaß, dem für den Moment kein Satz einfiel, um einen alten Schulfreund und Möchtegern-Autor kurz

146 Aus: William Wordsworth, *To Toussaint, L'ouverture* (1815). Dt.: Freunde sind Dir Freuden wie Qualen / Und Liebe und der unbesiegbare Geist des Menschen.

und bündig zu entmutigen, ohne ihn zu beleidigen:

Astarte, sie / Gab eine Party / In Cromarty / Alle waren Eher Garstig.

Recht plötzlich, siehst Du, recht einfach, es kommt einfach, da. Ich lache. Sir Phoebus hebt fragend eine Augenbraue. Ich erzähle ihm, dass ich ein Gedicht gemacht habe. Ich teile es mit ihm. Er lacht: »Ach, zur Hölle mit dem alten Schulfreund«, sagte er, »erledigen Sie ihn für mich.«

Ehemalige aus Eton abfertigen; langweiligen Bekannten schreiben; Reden schreiben, schreiben, schreiben, schreiben; mit Regierungsvertretern über »Landbesitz in Argentinien« sprechen, über »Schürfrechte in Alaska«, über die Verschiffung einer religiösen Statue in ihre Heimat Frankreich – eine Geste (großzügig obendrein, da sie ihn 100 Guineen gekostet hat) zum Seelenheil von Sir Phoebus; das Bezahlen von Bediensteten, die Buchhaltung erledigen, Verschlüsseln und Entschlüsseln, die Hunde spazieren führen, wohltätige Pressetexte für den firmeneigenen Wohltätigkeitsverein für Tiere schreiben (103 unterschiedliche Anträge dieses Jahr); Manuskripte lesen. Ich unterzeichne meine Briefe mit: Privatsekretärin – unvergesslich und glorreich das Ereignis, als ich eine Antwort von der Sekretärin des Ministers für Ratemal erhielt, die an mich adressiert war: Liebe Privatsekretärin, und signiert war das mit Privatsekretärin; ein Bellen aus der Tiefe in die Tiefe, von Privatsekretärin zu Privatsekretärin. »Der Minister hofft ...« »Wären

Sie so freundlich, den Minister darüber zu informieren?« »Sir Phoebus hofft ...« Ministeriale und baronetische Hoffnungen, die von den Privatsekretärinnen abhängen. Ich unterschreibe meine Briefe so: Charity Publicity. Ich unterschreibe meine Briefe mit: Redaktionsleitung. Ich unterschreibe meine Briefe mit: Phoebus Ullwater *tout court*[147], ohne das absichernde, aufdringliche, mutlose i. A. Phoebus Ullwater, in schrägen, wüsten, verwegenen Buchstaben, die eine Fälschung sind. Eine Fälschung.

Ich liebe Sir Phoebus in diesem Augenblick, ich liebe ihn mit einer tiefen und dankbaren Liebe. Er ist der einzige Mann, bei dem ich mich dauerhaft (das denke ich, er denkt das vielleicht nicht) betragen habe, als effiziente Arbeiterin, als williger Affe, als glückliches, ausgeglichenes Wesen, das unaufgeregt und glücklich seine Pflichten erfüllt; ein *animula, vagula, blandula*[148] des Büros. Ich bin ihm so dankbar, dass ich zumindest für ihn kein alles einreißender Teufel sein kann, der weint und um sich schlägt. Ich betrachte ihn mit einem lächelnden, glücklichen, unschuldigen Gesicht. Ich schaue ihn über den Schreibtisch hinweg an. Ich lache, denn es gibt immer so viele Dinge, über die man lachen kann, und es gibt viel zu tun. Und die Menschen kommen herein, um Sir Phoebus zu treffen, all die alten Freunde, sie sind alle Anlass für mich zum Lachen, es sind

147 Kurz und bündig.

148 1. Zeile eines Gedichts des römischen Kaisers Hadrian (76–138). Dt. von Theodor Birt: Mein Seelchen, freundliches Seelchen, Du.

alles alte Witze, die niemals verblassen. Und: Wie geht es Ihnen? Wie geht es Sir Phoebus?

Der alte Jude Topheim: »Ah, Miss Casmilus ... Sir Phoebus, er ist so charmant, so taktvoll, so jung. Ich habe ihn beim Duke gesehen.« Topheim hustet zurückhaltend und schwillt sichtbar an. Er ist Sir Phoebus wahrhaft zugeneigt: »Miss Casmilus, ich bin Sir Phoebus Ullwater ergeben ... *ergeben.*«

Ich bewundere und schätze diesen Topheim, sehr gerissen und ausdauernd und *fidèle*[149] ist dieses kämpferische, edle Tier.

Doch zu dieser Veranstaltung *beim Duke*. Es ist wahr, dass der altbewährte Topheim dorthin gebeten worden war, um P. in dringenden Angelegenheiten zu treffen. Er traf diesen freundlichen Mann dort wohl beim Cricket-Spiel. Ich habe dies seiner zunächst etwas überraschenden Beschreibung entnommen: »Sir Phoebus sah hinreißend aus in Weiß«. Das ließ in mir sofort die Idee eines scheuen Mädchens entstehen, ein Greuze-Mädchen[150], die Augen niedergeschlagen, Gebetsbuch in der Hand, hingebungsvoll der Kommunion entgegensehend.

Aber nein, aber nein. Es ist Sir Phoebus, der beim Cricketspielen glänzt. Sir Phoebus »Hinreißend in Weiß« ist der Oscar-Film des Jahres. Die strahlendweiße Blume des Monats Juni, die Auswahl der British Horticultural Society, die Auswahl der Society's

---

149 Treu.

150 Jean-Baptiste Greuze (1725–1805). Französischer Maler, bekannt für seine Porträts junger Mädchen.

Mamas der vergangenen Jahre. Für diesen Augenblick aber und für immer, für eine stolze Mitarbeiterin war er nun »Hinreißend in Weiß«.

Das dunkel leuchtende Gesicht von Sir Phoebus über dem Schreibtisch, vielleicht mit eigenen Schicksalsschlägen, die über ihm einschlugen, und glücklos, ohne Befriedigung, ohne Rache. Wie kann ich ihm von Angesicht zu Angesicht gegenübertreten, wenn ich nicht länger ich selbst bin, die klare *animula*, nicht mehr *vagula, blandula*, nicht mehr *hospes comesque corporis*[151]. Sondern verwüstet, zerrissen, zerschmettert; einzig hierfür geboren, für den gegenwärtigen Aufruhr; über lange, erste Jahrhunderte angesammelt, durch Feuer, durch Eis, durch tropischen Sumpf und wieder Eis, der Kummer Pompeys, die Sorge Mrs. Haliburtons, der unstillbare nicht zu stillende Hunger des rasenden Kismet, des diabetischen Biests von Cornwall, ewig fressend und niemals satt, niemals zufrieden.

Oh unbehaglicher Kismet, welche Deiner Sorgen könnte man mit den meinen vergleichen? Oh Katze im Körbchen, oh abenteuerlustiges Baby zwischen Katze und Flut. Oh Flut des Tränenflusses. Oh süßer Duft des Todes. Oh Wirrniss, Entsetzen und Groll. Oh *comble*[152] ihrer Träume, oh meiner Träume schlimmste Schöpfung. Oh allzu prophetischer Traum. Oh Nacht der Pompey.

---

151 2. Zeil des Gedichts Hadrians. Dt. von Theodor Birt: So wanderlustig immerzu.

152 Gipfel.

Mein süßer Freddy hat mich verlassen.

Ich tänzle nicht mehr leichtfüßig und arglistig wie ein Tiger auf samtener Tatze, um zu spielen, zu kratzen, zu tätscheln, zu stupsen, zu putzen; um zu umarmen, zu küssen, zu lecken, zu beißen; um im Licht des Kaminfeuers zu liegen; um glücklich zu sein; Kaminvorleger-Glückseligkeit im Elfenbeinturm, ein kleiner Raum, eine Schatulle voll Zeit für die Liebe und das Spiel und die Freundschaft; die langen Sommertage voll Spiel und Tränen und Lachen. Lange glückliche Stunden, die rasch vergingen. Über eingestürzten Türmen aus vielerlei Elfenbein. Oh gesegnete Zeit, die nicht gewesen ist.

Zwei Jahre lang war Freddy nun mein eigener besonderer Freund und Spielgefährte. Nun aber ist er stolz und rachsüchtig; er will die Ehe jetzt oder nie; will die Ehe jetzt gar nicht mehr, denn er ist nun beleidigt und eingeschnappt, voller Zorn. Ich dachte, das würde vergehen. Nun wird es das nicht. Oh Freddy, mein süßer, dummer Junge, wie kannst Du Dich mir so kalt verschließen, so dauerhaft nachtragend sein? Du, der Du dieses liebende, gütige Gesicht hattest, einen liebevollen und wissbegierigen Charme, wie verändert Du bist, wie anders, wie kalt und fern und unvernünftig. Wie zart war unsere Beziehung, so leicht wie Spinnfäden und fest wie Stahl.

Ich sitze wieder im Auto und sage zu William: Wie könnten wir heiraten, wie könnten wir? Wäre das nicht vollkommen dumm, vollkommen selbstmörderisch? Er so arm und ich so arm, in dieser Welt der Waren, arm an Gesundheit, an Nerven- und Körperstärke? Doch war es aus diesem Grund, der meinem verlorenen, lieben Freddy so wichtig war, dass er den Bund zwischen uns zerschnitt und zerriss, der rätselhaft sich gebildet hatte, von mir nicht vorhergesehen, um das Fleisch fortzureißen und zu bluten und zu bluten? *Die Liebe ist tausendform.* Wie schändlich, etwas zu zerstören, weil es nicht gewöhnlich ist.

Mein Freddy hatte viele lustige Eigenheiten. Oft sagte er Dinge, die man für harmlos hielt, für solch einen Schatz schien es süß, so etwas zu sagen. Aber nein, nein, im Herzen der stolzen und teuflischen Pompey loderte die weiße Flamme des Antagonismus, sodass dort nun nicht länger ein süßer Kerl war, sondern ein Monster, das sich ständig hin- und herbewegte und nach Gewohnheiten und Gedanken des Unbedeutenden, des Gewöhnlichen, des Mittelmaßes giert.

Und so schrie ich: Oh Freddy, vergiss Deine Umstände, unterwirf Dich Deinen Umständen nicht. Erhebe Dich mit mir. Vergiss den Job-Job-Job mit all seinen Paraphernalien der Unterordnung, die einen dazu bringt, sich um den Angelpunkt von Kleinigkeiten zu drehen, Tunnel zu bauen, sich hinunter- und hindurchzugraben, hin zu etwas, das sich zurückzieht, immer kleiner wird, erstickt, eng zusammenkrampft. Oh Gebärmutter dieses Verlangens, oh dunkler Ort ersehnten Schutzes. Zieh meine Flügel ab und stutze meine Klauen. Stiehl den dunklen Traum von Stolz, Erhabenheit und Tod. Hol zurück, zieh herunter, klammer, krampfe, interniere. *Oh, nein, doch liebe mich, gib mir die Freiheit aufzusteigen. Du sollst frei sein, sagte er, ich ziehe mich zurück.*

Wusstest Du, Leser, dass die Menschen in den Vororten extrem klassenbewusst sind? Ich werde es Dir erzählen und mich selbst vergessen, um Dich aufzuklären. Du musst wissen, dass ich mit meiner stolzen, liebevollen Tante, dem Löwen von Hull, dass wir beide mit meiner Schwester Mary bei ihren Besuchen aus Ipswich ein Duo-Trio der Nicht-Kommunikation gebildet haben. Ich war oft traurig darüber, so viele Menschen auf den Straßen von Bottle Green zu sehen und nicht zu wissen, wer sie alle sind oder was sie tun oder wohin sie gehen oder was sie denken oder warum. Mein Leben und meine Seele und mein Geist drehen sich um meine lieben Freunde, die überall in der Stadt oder auf dem Land verstreut leben. Sie müssen ausgiebig besucht werden oder wie meine liebe Harriet ausgiebig zu Brasserien, Bars, Clubs und Pubs begleitet werden. Und deshalb sehe ich immer so schlank und ungezügelt aus. Ich liebe sie so sehr. Ich muss sie sehen. Ich muss weite Strecken zu oder mit ihnen zurücklegen. Doch dort, wo ich lebe, kenne ich niemanden außer den Löwen, meine Tante. In der Stadt ist es fast zu anstrengend, zu Hause fast zu still und isoliert.

Oh und schon bin ich wieder im Auto und spreche mit William und höre William zu und bin recht unfähig, William alles zu erklären, bin so tiefgreifend verstört, so dunkel, so unglaublich dunkel und *grimmig*.

Ich befinde mich in einer traurigen Herbstlandschaft. Es regnet. Die Bäume lassen sich hängen, die Zweige der Äste sind so traurig, dass sie schlaff herabhängen. Und außerdem ist es jetzt Nacht. Und ich bin allein, ich laufe allein durch die Nacht. Da ist ein Feldweg, aber auch Häuser, ein paar Häuser stehen abseits des Wegs. Alle Häuser haben helle Vorhänge. Das Licht scheint hindurch. Draußen aber ist es nicht so warm, so nah, so gebärmuttersehnsüchtig, stattdessen ist es kalt, und es regnet. Hinter Eisenzäunen liegt ein Park, und die Torpfosten wirken wie Totempfähle, wie Stammesgötter. In diesen Torpfosten steckt viel von Sir James George Frazer[153]. Ich finde, dass da unglaublich viel von Sir J. G. Frazer enthalten ist. Und nun befinde ich mich in meiner Fantasie in diesem Park. Ich bin nicht mehr außerhalb der Torpfosten, sondern alleine im Park. Der Regen hat aufgehört, und der Mond ist hervorgekommen. Er versilbert die regennassen, nächtlich erschlafften, traurig-abertraurigen Bäume. Und ich gehe auf den breiten See in Scapelands Park zu, der See, von dem ich so viele Worte zuvor, so viele Worte zuvor gesprochen

153 James George Frazer (1854–1941), schottischer Ethnologe und Altphilologe.

habe. Aber der See ist mir fremd. Nachts ist er eher feindlich. Und es ist so kalt, dass ich zittere, so kalt ist es. Doch selbst werde ich niemals, ich werde nie so gebärmuttersehnsüchtig sein, ich werde niemals alles das aufgeben. Es ist auch für keinen einzigen Augenblick nötig, nicht für einen einzigen Moment lang. *Die Liebe ist tausendform.*

Und Du, mein lieber Freddy, mein liebes Kind, mein überdrehter Freddy, beleidigt, angeekelt, wütend und vorwurfsvoll, *je me demande pourquoi*[154]. Es hat noch nie jemanden gegeben, der wie ich so viel von *nichts* verlangt hat. Ach komm, mein lieber Freddy, sei nicht so überdreht.

Ach William, nun erzählst Du mir von Fanto. Und das rettet mich wieder und lässt mich wieder rechtzeitig ins Leben zurückkehren aus diesem fürchterlichen Nachtpark, diesem fürchterlichen Ort, wo ich die ganze Zeit so verzweifelt bin, so in Erinnerungen versunken und zurückblickend, so voller Bedauern und Aufruhr. Oh ablenkender Gedanke, der sich durch den sich zersetzenden Verstand wühlt, unwillkommener Wurm. Wie kann ich aufrecht bleiben im Angesicht des Verrats durch den Gedanken, der sich gegen Schwäche und Verzweiflung richtet.

Nun aber erzählt mir William, während er eine Kurve durch das laublose Lincs fährt und wie durch ein Wunder nicht in den Graben rutscht, von Fan-

---

154 Ich frage mich, warum.

to. »Wie«, frage ich aus der Nacht meiner dunklen Vorahnung zurückkehrend, »wie geht es Fanto, William?«

Fanto ist der Sohn, es gab einen Sohn und drei Töchter, aus einer unpassenden Ehe. Sein Vater ist der Sohn des Duke von Pena-Kolberg, dieser liebenswerte und exzentrische Italiener, dessen Lebensgeschichte das Thema Hector Boltestas wohl charmantester Biografie ist. Der alte Duke starb 1901 an einem Schlangenbiss und an gebrochenem Herzen, das gebrochene Herz zog er sich zu, da sein einziger Sohn, den er nach England geschickt hatte, um demokratische Gepflogenheiten zu studieren, eine Bäuerin heiraten musste, nein, falsch, in England nennt man sie Landfrau. So. Er wurde also enterbt, verstoßen, verdammt. Sein Name ist jetzt Fantaccino. Die Pena-Kolbergs sind nur noch eine Erinnerung in einer Biografie von Hector Boltesta.

Eines Tages sagte William: Komm am Wochenende vorbei. Mrs. Fantaccino wird Dich empfangen.

Also fuhr ich hin und blieb bei der englischen Landfrau. Sie hatte ein sehr schönes, sauberes Haus, unweit des Meeres. Sie machte sich die ganze Zeit Sorgen um ihr schönes Haus, sie war sich sehr bewusst darum, als wäre es eine kaum zu ertragende Ehre, einem solch schönen Haus wie diesem zu dienen. In meinem Zimmer jedenfalls stand ein prachtvoll aussehendes Möbelstück. Und ich fragte mich, was dieses prächtige Möbelstück wohl sein konnte. Denn bei all meinen Reisen und Besuchen habe ich so etwas noch nie gesehen.

Ich bin ziemlich viel gereist und zu Besuch gewesen, ich bin eine *toute entière*[155] Besucherin. Das bin ich, die ganze Zeit. Ich besuche und besuche und besuche, meine lieben Freunde, meine weniger lieben Freunde, meine Bekannten. Ich bin ihnen allen sehr dankbar. Während meiner Besuche empfinde ich immens viel Trost und Befriedigung, und an jedem Ort, den ich zuletzt besuche, bin ich so begeistert und glücklich, dass es einen weiteren Besuch gibt, dass ich am Ende des Aufenthaltes sagen kann: Auf Wiedersehen und danke Dir, auf Wiedersehen. Und vielleicht werden sie so wie ich da stehen und lächeln und sagen: Auf Wiedersehen, Pompey, komm bald wieder. Das ist das höchste Vergnügen für mich, genau das, dass ein Besuch zu einem Ende kommt, der sich wiederholen kann, der dann wieder zu einem Ende kommen und sich erneuern kann. Der Rhythmus des Besuchens liegt mir im Blut. Unter welche Schutzgottheit soll ich mich stellen? Unter Merkurs, den Doppelgesichtigen, der in zwei Richtungen schaut, den Herrn der Unterwelt, der auf dem weißen Pferd reitet, der durch die Hölle reitet, der die Türen öffnen kann; Hermes.

Dieses prächtig wirkende Möbelstück, von dem ich erzählt habe, ist, wie sich herausstellt, ein *Wasch-*

155 Allumfassende.

tisch, wie ich ihn nie zuvor gesehen habe. Also kam mir der Gedanke, dass da auch etwas Unenglisches an dieser Frau des Sohnes des großen Dukes sein muss, denn englische Landhäuser verfügen nicht über solch prächtige und unhygienische Ideen. *Où sont les commodes d'antan?*[156] Sie sind tot und mit Celia und ihrem morbiden, körperbewussten, körperverabscheuenden Swift begraben.[157]

Morgens brachte mir Mrs. Fantaccino mein Frühstück auf einem Tablett. Ich richtete mich in meinem Bett auf und zog die Vorhänge zurück. Das Zimmer gab den Blick frei auf ein großes Gartenstück bis zu einer Straße, über die hin und wieder Lastwagen und Kutschen fuhren, der Garten erstreckte sich auf etwa 130 Meter, bis man die Straße erreichte. »Oh«, sagte Mrs. Fantaccino, »seien Sie vorsichtig, die können Sie sehen, wenn Sie sich im Bett aufsetzen.«

Wie solche Bewohner hinter den Vorhängen, die das Tageslicht aus- und das Licht von innen einsperren, in ständiger Angst vor *denen* leben. Zieh die Vorhänge zu, verrammel die Tür, verriegel die Fenster, »fest gebunden, fest gefunden«[158]. Wie sie

---

156 Wo sind die Waschtische vergangener Zeiten?

157 Das Gedicht *The Lady's Dressing Room* von Jonathan Swift berichtet von einem Liebhaber, der das Zimmer einer Dame namens Celia betritt. Das Zimmer stellt sich als unordentliches, unhygienisches Schmutzloch heraus. Der Liebhaber weicht angeekelt zurück, kann aber in der Zukunft nicht mehr anders, als bei jeder Frau an solches Chaos zu denken.

158 Aus: Shakespeare, *Der Kaufmann von Venedig*, 2. Akt, 5. Szene.

sich nach innen verkriechen, sich ducken. Haben die Angst vor der Obdachlosigkeit im weiten Universum? Errichten sie dieses kleine Schutzschild aus gebündeltem Licht und Wärme und Kleinheit zwischen sich und der kalten Weite planetarer Räume, die sie eines Tages lebendig oder tot allein betreten werden müssen?

Der große Sohn von Mrs. Fantaccino ist auf eine schiefe Bahn geraten und nun in einer verzweifelten Lage, so erzählt es mir William, er lacht und erzählt. Ich habe es gewusst. Diese Kinder aus unpassenden Ehen hassen und bekämpfen ständig ihr bäuerliches Blut und wenden sich den einfachen, aristokratischen Vorgehensweisen ihres Vaters und ihres Großvaters zu, dem Botschafter am Hof der Liebe und der Schönheit.

So. Der Sohn war ein Beamter in Whitehall, und von den Mädchen arbeiteten zwei in einem Hutgeschäft und eine auf der Bühne. So ist es also gelaufen. Fanto, das älteste Kind, sah hervorragend aus, er war ein hervorragend aussehender junger Mann. Doch das Übel saß in seinem Herzen und fraß es langsam auf. Oh Geld, oh bitterer Verdruss im halb-bäuerlichen, halb-adeligen Denken des Wunsches, des Wünschens und niemals Erreichens.

Da er so ansehnlich war, wurden die alten Frauen auf ihn aufmerksam. Er ging mit den alten Frauen aus. Sie gingen mit ihm tanzen, und er tanzte mit ihnen auf und ab, und sie sahen eher fett aus und gerieten rasch außer Atem. Sie mussten aber weitertanzen, wie die Hexe in jenem Märchen, *bis sie tot zur Erde fiel.*

Aber sie waren nie *tot.* Die Lebendigkeit der alten Frauen, die fürchterliche Energie bei Frauen über 50, diese ungesteuerte Energie, und wieder das Übel, das ihn langsam auffrisst. Sie müssen also tanzen, ein fiebriges altes Mädchen tanzt mit einem fiebrigen jungen Mann. Es ist alles so fiebrig, und ich glaube, dass es unglücklich sein muss.

Irgendwann starb also eines der alten Mädchen und hinterließ Fanto Geld, Pinke-Pinke-glorreiche-Pinke. Also machte sich Fanto auf und ließ sich auf einer Farm in Rhodesien nieder, Rhodesien, ein faszinierendes Land für die Herzensruhigen, für jene mit geistiger und moralischer Integrität, Verderben und Wermut aber für die Verzweifelten und Fiebrigen.

Doch ach!, das darauffolgende alte Mädchen spann ihr Netz fest um Fanto und ging mit. Er konnte sie nicht mehr abschütteln, nie, nie mehr, und immer mehr Pinke-Pinke-glorreiche-Pinke kam von der zähen vorherigen alten Freundin bei ihm an.

Oh, sagte er, ich wünschte die Drecksgöttin würde sterben, oh, wie ich wünschte, sie wäre tot, »würde sie doch nur tot zu meinen Füßen liegen und die Wertpapiere und die Schuldverschreibungen und das Guthaben auf der Bank und *toute la bagatelle* in ihrem Sarg.«

Unglücklich streifte er über die erworbenen Morgen Land, erworben von der Pinke-Pinke-glorreichen-Pinke des zuvor verstorbenen alten Mädchens, jeder einzelne Morgen überschattet von der Leere und schwarzen Galle seines Geistes, da war er nun, lief herum und rang sich die Hände: »Bei Gott, ich wünschte, sie wäre tot«, Hass und Erschöpfung ergriffen sein Herz, und da war keinerlei Befriedigung, keine Rache greifbar. Welche Rache aber auch und wofür, er war hoffnungslos in dieser Plage gefangen, wie könnte er da auf Rache sinnen? »Und sogar jetzt«, sagt William lachend und erzählt weiter, »sogar jetzt gibt er keinen Penny seiner Erbschaft aus. Das neue alte Mädchen zahlt alles. Er muss noch nicht einmal an die Zinsen.« Er ist also gefesselt und fixiert und verzweifelt und ohnmächtig und fiebrig und will hinfort, doch kann nicht entkommen. Wie also geht es Fanto? So geht es Fanto. Und die Töchter haben ihr eigenes Leben, *ihnen ist es ganz gleich.* Jetzt sag aber, Pompey, wie geht es denn Freddy?

So einfach, siehst Du, wirft er mir den Ball zu. Und in der Tat, ja, wie geht es denn Freddy? Oh wie fürchterlich aufreibend und verwirrend diese ganze Freddy-Geschichte ist. Wir haben uns also verlobt. Das ist ein schwerwiegendes Wort, verlobt sein, ich erlebe den *éclat* der *fiancée.* Aber irgendwie frisst sich das Thema Ehe und Verlobtsein nicht bis in mein Bewusstsein durch, es ist nicht richtig, vielleicht hat es nicht den richtigen Säuregrad, es frisst sich nicht durch. Und als wir also verlobt waren, zog ich den Verlobungsring meiner Mutter, den Ring, den ich von ihr, als sie starb, mit sechzehn bekam, vom einen Finger auf den Verlobungsfinger, wie bei einem Spiel, das keinerlei Bedeutung hat, bis auf die eine, dass wir das Verlobungsspiel spielen. Es macht uns aber fertig, es schlägt uns Wunden, dieses Verlobungsspiel, und in unseren Herzen beginnen wir zu denken: Niemals, niemals können wir heiraten. Und wir haben keinerlei Vertrauen in diese Idee, die sich vielleicht schon vor langer Zeit hätte herausbilden sollen.

Und jetzt bin ich so voller Stolz und *désespoir*[159], wie jener große Engel Luzifer, der bei der Schlacht um den Himmel aus dem Himmel fiel, durch den Raum hindurch, tief in das Herz der Dunkelheit. Der so ein Glück hatte bei seinem Sturz, da er den großen satanischen Milton an seiner Seite hatte, der ihn dort auffing, wohin er gefallen. Dieser große Milton, der so rasch emporschnellte wie ich, *nicht gemeinen Flugs*[160].

Ach Freddy, Freddy, warum quälst Du mich so? Wie wir aneinander gezerrt haben und zueinander hingezogen wurden, jeder versuchte, den anderen zu verändern und so und so. Und jetzt erinnere ich mich, dass ich in Blakes Gedichten gelesen und dort diese sehr ernsten Zeilen gefunden habe, voller ominöser Vorzeichen sind diese Zeilen:

---

159 Verzweiflung.

160 Aus: *Paradise Lost.* Versepos von John Milton von 1667. Dt. zitiert nach Adolf Böttger.

Love seeketh only Self to please
To bind another to its delight,
Joys in another's loss of ease,
And builds a Hell in Heaven's despite.[161]

Oh, jetzt erinnere ich mich an diese Zeilen, während ich mit William spreche, und während ich mich an diese Zeilen erinnere, die so voller Bitterkeit und *désespoir* sind, fühle ich sofort, dass wir nicht mehr verlobt sind. Und ich nehme den Ring und stecke ihn wieder auf den bedeutungslosen Finger. *Adieu, éclat de fiancée.*

Das sag' ich euch. Wie schwierig das Leben heutzutage ist. Denn es braucht Freiheit und Großzügigkeit und Wahrheit und Freimut. Es geht nicht ohne, der Tod wäre vorzuziehen. So viel davon ist bereits zwischen uns, so vieles, das DU gesagt hast, und das ich gesagt habe, und DU hast gesagt, und ich wiederhole es vorwurfsvoll und ohne die Hitzigkeit der Wut, sondern als Wiederholung, DU hast gesagt und so weiter.

Doch was ich gesagt habe oder was Du gesagt hast, habe ich vergessen, zumindest glaube ich nicht mehr, dass es so war. Es war überhaupt nicht so. Der Augenblick ist meiner Erinnerung entflo-

161 William Blake (1757–1827), *The Clod and the Pebble*, Gedicht von 1794. Dt.: Liebe will nur sich selbst gefallen / Und will einen anderen an ihre Lust binden / Findet Freude am Verlust der Leichtigkeit eines anderen / Und erschafft eine Hölle dem Himmel zum Trotz.

gen, nun hole ihn nicht zurück, um seine hellen Federn durch den Schlamm zu ziehen.

Und in dieser schwarzen Minute der *désespoir*, denke ich, da denke ich: Mit Freddy verheiratet zu sein, in der hochfliegenden Begeisterung dieser Augenblicke, in denen die Vorstellungskraft von Freigebigkeit lebt, da schien alles so gut zwischen uns, alles andere wäre verloren, geopfert für dieses gemeinsame Leben, würde ich ihn morgens heiraten, wäre ich am Abend bereits tot. Tot und in Schande getaucht und entehrt. *Je mourais ce matin digne d'être pleurée, J'ai suivi tes conseils, je meurs déshonorée.*[162]

Das ist es, was die arme, jämmerliche, aber einfache und ehrenwerte Phèdre zu ihrer schlecht beratenden *confidante*[163] sagt.

Wie viele schlecht beratende *confidantes* haben mir nicht schon gesagt: Heirate, lebe nicht allein. Im Alter wirst Du traurig sein und es bereuen, nicht geheiratet zu haben, dann wirst Du ein altes Mädchen sein, unverheiratet, ohne Trost, allein.

Ich zerreiße diese ehrenlosen *conseils*[164] in Stücke.

Viel eher erreichten mich jene, die sagten: Heirate jetzt, rasch, während die Flamme noch brennt. Warte nicht.

---

162 Aus: Racine, *Phèdre*. 3. Akt, 3. Szene. Dt.: Heute Morgen starb ich würdig, beweint zu werden, Ich folgte Deinem Rat, nun sterbe ich entehrt.

163 Vertrauten.

164 Ratschläge.

William gibt mir Ratschläge und warnt mich: Heirate nicht, Pompey, heirate nicht.

Danach wird es unfassbar schwierig, ganz bestimmt sehr bitter. Aber erhalte Deine große Freundschaft und Liebe, und gib die Ehe auf, lass es mit der Ehe ganz sein.

Aber er ist so lieb. Er ist mein Liebling. Er ist mein liebster Freddy. Schau doch. Er hat es nur nicht verstanden. Ist das ein Verbrechen? Muss ich so traurig darüber sein? Und doch, und doch hat er zu mir gesagt: »Ich wäre lieber König unter Mäusen.«

Und danach, nach dieser ach so berühmten Hochzeit, werde ich Freddy dann unweigerlich *aux royaumes des aveugles*[165] wiederfinden, wo er Sicherheit und Mittelmaß und das Unbedeutende sucht?

Ach Freunde, meine Freunde, ach dieser scharfkantige Keil, der zwischen uns gefahren ist. Ach wie viele Worte, wie viele Gesten.

»Ich mag einfache Geister und großzügige Herzen.« Ah, nun warte aber, warte nur einen Augenblick, denn ich kenne diese großzügigen Herzen und einfachen Geister, die sind nicht so großzügig und einfach, wie es scheint, sie haben oftmals ausgesprochen engstirnige Köpfe, diese Menschen, und sie sind überhaupt nicht großzügig, sondern sehr grausam, bitterlich grausam, sie wachsen überhaupt nicht, sondern sind vollkommen ver-

165 Im Königreich der Blinden.

kümmert. Sie wenden sich vom Sonnenlicht ab, sie sind stark darin, sich zu verbünden und in einer Masse der Kleinheit jedwede große Idee niederzuringen, die schwer zu verstehen ist, jede große Idee, die mit Blut und Tränen zur Welt gebracht wurde, würden sie niederschlagen und herunterreißen und zu Boden werfen. Ja, das werden sie tun, wenn sie es können, werden sie es tun.

Ach ich kenne sie zu gut, sie sind so grausam wie die Sünde selbst, grausamer als der Tod, dieser große Herr, der am Ende erscheinen muss. *Insuffisance*[166], Defätismus, ein unbeugsamer Glaube an das Schlechte und Niedrige, war je ein Volk, das aufgefordert wurde, dies bei sich und anderen anzusehen, so unfehlbar, das andere zu wählen? Apostel des Unterlegenen, Evangeliare des Alleruntersten, *oh royaume des aveugles, je me demande pourquoi.*

Ich glaube, dass in diesen Menschen, denen Unrecht angetan wurde, die sogar in der Kindheit beleidigt und zurückgewiesen wurden, eine Sehnsucht nach Macht und Selbstversunkenheit und Selbstdünkel entstanden ist, die sich ätzend gegen sich selbst richtet und in diesem Selbst die Samen der Intelligenz vernachlässigt und verwahrlost zurücklässt. Oh schierer *männlicher Protest*, oh Unterlegenheit, die nach Macht giert und durch eigene Vernachlässigung des eigenen wirklichen Glücks dazu gezwungen ist, auf eben jenem niedrigen Ni-

166 Unzulänglichkeit.

veau an Intellekt und Geist zu leben, die Freude an imaginierten Beleidigungen und Angriffen hat, um darüber in der Dunkelheit zu brüten und mit ihnen zu agieren, um solch x-beinigen, niedergeschlagenen, irrlichternden, verwahrlosten Nachwuchs hervorzubringen.

Ach mein Liebling Freddy, sei nicht so arg verärgert. Du hast nichts mit diesen Leuten gemein, überhaupt nichts, sie sind nicht deinesgleichen. Lass sie schmoren und brüten und wieder und wieder gegen sich selbst richten, in all dieser traurigen Selbstgefälligkeit und imaginierten Verletzung, immer weniger wachsend, schrumpfend, weniger werdend, immer weiter wegdriftend und vereinsamend, verzwergend, bis zum Tod schwindend.

Doch wenn er extrem verzweifelt war, sagte er zu mir: Bring Deine Ideen auf den Boden der Tatsachen. Man müsste Dir Vernunft einbläuen. Bleib auf dem Boden. Man müsste Dir Vernunft einbläuen. Besser wäre es.

Aber, mein Freund, ist das nicht genau die Sprache von Mr. Schier, der so schier ist, wie ich Dir Mr. Schier beschrieben habe, der dem Herrn gegenüber sagen würde, dieser Mr. Schier, der dem Herrn gegenüber gesagt hätte, der gesagt hätte: Mein lieber Herr Jesus Christus, mein Rat an Dich ist, dass Du Deine Ideen zurück auf den Boden holst und auf gar keinen Fall, sei auf keinen Fall hysterisch. Bleib mit Deinen Füßen auf dem Boden. Ganz normale Männer wie Du und ich, wir wollen nicht hinter diesen weithergeholten Ideen her tänzeln. Das ist eine Magenverstimmung, das ist es nämlich, was das ist. Die bekommen wir alle von Zeit zu Zeit, kürzlich erst war mir selbst nicht recht wohl. Magenverstimmung. Ich bin zum Apotheker und habe mir etwas von Macleans Magenpulver besorgt. Schon war ich wieder auf den Beinen.

Oh Jesus Christus, im mächtigen Schwung Deines göttlichen Verstands, die Sorge des nächtlichen Raumes und der rauschenden Luft, die dunkle Nacht und das weiche Federkleid des Vogels, der zur Nacht sich erhebt und Deine erhabenen Wangen streift, der weite und luftige Gedanke, der immer aufwärts und nach außen schwingt und in sich die Agonie des Geistes und des edlen Kampfes trägt, das ist dann, was das ist, dann.

Pompey war vernarrt in eine Chimäre. Hand in Hand liefen sie durch die verlassene Parklandschaft. Es war Nacht und ein hochstehender Mond schwebte über den Wipfeln. Pompey und ihre Chimäre waren gut gelaunt, sie lachten und liefen um die Wette unter den Bäumen unweit des nasskalten Sandes am Rande des trügerischen Sees, durch die langen sich wiegenden Gräser rannten sie jagend und vorbei am Bootshaus mit den kleinen Booten, die über ihren eingeklappten Rudern lagen. Zwischen den Uferbäumen war eine weite Fläche. Dort, unter dem ausleuchtenden Licht des Jagdmonds, ergriff die Chimäre, von Stolz und Integrität getrieben, Pompey, und das Chimärische verschwand, und übrig blieb ein kleines Monster, kleiner als ihr Daumen, aber sie ließ es nicht trommeln[167], und sie floh, Pompey floh und der hohe und mächtige Mond erwischte sie in seinem kalten Zauber. Sie riss das Monster hinfort und stellte es mit den Füßen fest auf den Boden. Doch als sie sich ihm entriss, zerriss sie ihn – und auch sich selbst. Und Venus, die rasante Feindin der Artemis, und all die hohe kalte Leere, die diese nächtliche Jägerin für ihren Auftritt auswählt, diese Venus war *farouche*[168] und verärgert. Sehr *farouche* und wirklich verärgert war Venus: Nun, Miss, das hast Du Dir selbst eingehandelt, und jetzt wirst Du bitteschön dafür leiden. Du kannst Dich nicht, wie es Dir gefällt, in eine Chimäre verlieben, nicht einfach so, so geht das nun mal nicht. Jetzt schau genau zu, sieh, was ich Dir antue, Du stolz tänzelnde Pompey, Du feengleiches Stück Unfug. Du überhebliche Person, Du *Hybris*.

Und ich erinnere mich wieder an Phèdre und ihr: *»O haine de Vénus! O fatale colère! Dans quels égarements l'amour jeta ma mère!«*[169]

Zweifellos war es so, dass *l'amour* meine Mutter auf erhebliche *égarements* gedrängt hatte, doch mein

---

167 Anspielung auf die ersten beiden Zeilen eines alten Kinderreims: I had a little husband no bigger than my thumb, / I put him in a pint pot, and there I bid him drum. Dt.: Ich hatte einen kleinen Mann, nicht größer als mein Daumen / ich steckte ihn in einen Becher und bat ihn drum zu trommeln.

168 Wütend.

169 Aus: Racine, *Phèdre*. Dt.: Oh Hass der Venus! Oh fatale Wut! Auf welche Abwege drängt die Liebe meine Mutter!

Vater dürfte kaum das Monster gewesen sein, für das Pasiphaé schwärmte. Und wenn ich mich an die geringfügigeren *égarements* meiner Mutter erinnere, denke ich, dass nun, da der erste Schmerz der Trennung vorbei ist und das tröstende Mondlicht Dianas einen weniger kalt trifft, denke ich nun, dass es eine sehr gute Sache ist, dass Freddy und ich uns durch Drift oder Delirium nicht in den Sumpf der Ehe begeben haben.

Nachdem mein lieber Freddy, mein lieber Freddy mich verlassen hatte, jener süße Freddy in meinen Gedanken, in meiner schwarzen teuflischen Minute, er war mein süßer Freddy, bevor er sein Chimärensein abgelegt hatte, da war ich tief und wortwörtlich traurig. Und zu der Zeit, mein Freund, hatte ich obendrein Grippe. Oh nein, Pompey, nicht die Grippe, oh doch, mein Freund, die Grippe. Und ich lag im Bett, weinte vor Grippe und Verzweiflung, als meine Tante, der Löwe von Hull, in mein Schlafzimmer kam. Ein Kirchenbasar war angekündigt. Tantchen Löwe würde auf dem Basar einen Fächer tragen. Alle Damen der Gemeinde würden auf dem Basar einen Fächer tragen. Doch Tantchen Löwe war mit ihrem Fächer nicht zufrieden. Während sie vor dem Doppelspiegel im Schlafzimmer stand, machte sie löwengleiche Grimassen und Geräusche aufgrund der Widerborstigkeit des Fächers: Sitzt es jetzt, wie sehe ich aus? Sie sah also recht niedlich aus, allerdings auch ziemlich komisch, ich durfte nicht lachen. Ich sah ihr Gesicht, und ihre Augen funkelten wie die eines wütenden Löwen im Dschungel der Nacht, und ihr Haar, das so sehr unter der Tortur der roten heißen Eisenrollen gelitten hatte, das sich aber aus lauter Stolz nie richtig mit diesen Eisenrollen hat anfreunden können, dieses Haar stand an den Enden weiterhin rebellisch ab, und um ihren Kopf hatte sie eine grüne Babyschleife gebunden, und am Rücken befand sich der berühmte Fächer, der am Ende sehr steif abstand, um zusammen mit dem vorspringenden Haar meiner Tante ein harmonisches Gesamtbild abzugeben. Außerdem waren drei Fächer an jeder Schulter angebracht.

Das Ganze wirkte ein wenig wie ein Fisch, ein mächtiger Fisch, sehr tief und dunkel und gefährlich, mit dem Temperament eines Löwen und einem verruchten, altmodischen Blick, der aus ihren Augen stach. Nun aber saß alles und sie war bereit. Und somit konnte ich ohne Zweifel sagen, dass sie wirklich großartig aussah, es war die Realisierung einer sehr ungewöhnlichen Idee. Diese Fisch-Flosse-Fächer-Vorführung musste im Gemeindesaal eine sehr wilde und exotische Erscheinung gewesen sein. Für mich allerdings ist da immer etwas sehr Wildes und Exotisches an den alten Damen der Gemeinde und ihren Basaren, und die ganze Zeit ist da der rasche Strom ihrer nicht zu erratenden Gedanken.

Liebes Tantchen Löwe, ich hoffe, dass Du mir vergibst, was ich hier schreibe. Du bist wie leuchtendes Gold. Wenn ich darüber nachdenke, wie manche Frauen sind, bin ich voll demütiger Dankbarkeit und Ehrfurcht, mit Dir zusammenleben zu können.

Und warum Ehrfurcht? Weil die Pompeys, die sich so clever vorkommen, dass sie meinen, ihn ärgern zu müssen, den erhabenen Löwen mit seinem goldenen Mantel, seinem eleganten Schweif, seiner eleganten Form und seinem präzisen Tritt im gefederten Gang, selbst daran Schuld sind, wenn der Löwe mit seinem königlichen Gebrüll das Haus zum Beben bringt.

Nun muss ich nochmal an den Punkt zurückkehren, an dem ich beschrieben habe, wie witzig Briefe oft sein können. Als William damals im Krankenhaus lag und das Leben Miss Champagnes, die sich um ihn kümmerte, zu einer grausamen und bitteren Bürde verwandelte, als William sich in seinem Bett aufsetzte und wie George der Dritte aussah, etwa zu jener Zeit, als es kalt und dunkel und nasskalt und Februar war, da ist meine liebe Mutter gestorben.

Was konnte man da tun? Da kann man nichts machen, außer da zu sein und einfach weiter da sein und ohne Unterlass bis zum Ende da sein. Es gibt nichts, was man sonst tun kann. Meine Mutter lag im Sterben, sie hatte eine Herzerkrankung, sie bekam keine Luft, überall waren bereits Sauerstoffflaschen. Es gab eine Krankenschwester und

Tag und Nacht kam der Arzt vorbei. Doch wenn man nicht atmen kann, wie soll man dann den Sauerstoff atmen? Wie sollen die Ärzte helfen? Oder? Du musst leiden, und dann musst Du sterben. Und dieses letzte Leiden, das zum Tod führte, dauerte noch eine Woche. Oh wie viel besser ist es da, rasch zu sterben. Oh und dann sagen sie im Nachhinein: Es war ein schneller Tod. Sie hat nicht gelitten. Man darf nicht vergessen, dafür dankbar zu sein. Die ganze Zeit aber erinnerst Du Dich daran, dass sie eben doch gelitten hat. Denn wenn man keine Luft bekommt, leidet man. Und die letzte Minute, in der man stirbt, kann durchaus sehr lang sein. Die Ärzte und Schwestern aber haben ja Bodenhaftung, und für sie bedeutet eine Minute eben nur, dass 60 Sekunden zurückzulegen sind. Nun ist also alles vorbei, es ist alles vorbei, und sie ist tot. Ja, es ist alles vorbei, es ist alles vorbei, das ist es.

William war ein guter Freund meiner Mutter und auch meiner Tante. Und auch wenn er sie bewundert und ihre löwischen Tugenden und die immense Stärke ihres Löwenherzens und ihren Mut und so weiter schätzt, kann er sich doch nicht so vertraut mit ihr unterhalten und lachen und reden, so wie er es gern mit meiner Mutter tat. Und all seine Freunde bei der Armee waren in unser Haus gedrängt und lauschten und redeten und lachten.

Aber einer seiner Freunde, sein Name war Tommy, und Tommy hatte ein großes Talent fürs Briefeschreiben, und das nutzte er ausgiebig, um mir zu schreiben, als Tommy später nach Wales geschickt wurde. Ich kann mich zwar nicht erinnern, was er an der Front von Wales zu erledigen hatte, aber nach Wales brach er auf. Und er schrieb mir regelmäßig. Und er schrieb mir, wie schön die Bergarbeiter aussahen, wie Kinder, so einfach und stark. Denn der arme Tommy war weder einfach noch stark. Das war also eine Art Wiedergutmachung dafür, dass er irrlichternd und verloren wirkte in seiner Kakiuniform, dass er die Bergarbeiter anschauen konnte, die so stark und einfach waren. Und er schrieb, dass er ein so starkes Gefühl für die Bergarbeiter entwickelt hatte, dass er sie küssen wollte.

Hier ist ein Brief, den mir Tommy vor vielen Jahren aus Wales geschickt hat. Hier ist er, Wort für Wort. Ich habe ihn aufgehoben. Ich muss mich beeilen, ihn niederzuschreiben. Er ist, wie ich finde, sehr niedlich und typisch Tommy und witzig.

»Liebe Pompey, ich schicke Dir nun endlich das Buch von Knox und entschuldige mich vielmals für die Verzögerung. Ich hoffe, dass Du mir verzeihst. Ronny Knox ist ein Heiliger und obendrein brillant. Ich empfinde sein Gewicht, das er für die Seite der Orthodoxie in die Schale wirft, als sehr wertvoll. Er ist intellektuell sehr fundiert. Das Buch ist charmant geschrieben – sein Stil ist einzigartig. Ich schicke Dir noch Rupert Brooke und auch Maeterlinck. Ich leide derzeit an der Grippe und an Überarbeitung. Herzlichste Grüße und alles Liebe von Deinem aufrechten Freund und Bewunderer. Dein etc. Tommy.

P. S. William hat geschrieben und von seinem Vorhaben berichtet, eine feste Anstellung in der Armee anzunehmen. Nach der Art, wie er die Armee bisher verleumdet und sie lächerlich gemacht hat – Nun ja! In meiner Kirche hat der Vikar die Flagge jedes Landes aufgehängt, da er daran glaube, dass die katholische Kirche alle Nationen umarme. Der ist echt das Letzte. Die Farbe der Hauptfigur ist gold. Die Farbe der Robe unserer Lady natürlich blau und die des Heiligen Johannes braun. Es ist exquisit, aber ich finde, dass die Hauptfigur völlig unverhältnismäßig ist.«

Dem Brief war ein Exemplar von Ronald Knox' *Spiritual Aenid*[170] beigelegt und eine Postkarte des Inneren der Kirche des Vikars, der *echt das Letzte* war.

Der Brief, der ein Sog zurück in den Krieg war und in die erste Aufregung und die darauffolgende immense Bedeutung von Ronnys Konversion – oder wie eine energische Kirchenfrau meines fernen Bekannten sagte: »Perversion, meine Liebe, ich sage immer Perversion« –, ist nun sehr düster und tot. Diese Zeit aber mit ihrer Unruhe und Verwirrung war darin sehr lebendig, und so habe ich nun für immer mit diesem Denkmal abgeschlossen.

Warum aber, liebe Pompey, schreibst Du dann hier so viel über diesen alten Brief, den Du von diesem Tommy-Boy bekommen hast, der schon

170 *A Spiritual Aeneid*: Being an Account of a Journey to the Catholic Faith (1918).

vor vielen, vielen Jahren aus Deinem Leben verschwunden ist? Und warum so viel über William und diese andere traurige Angelegenheit, den Tod Deiner Mutter?

Lieber Leser, ich will Dir die Wahrheit sagen. Es ist zweifelsohne keine schöne Wahrheit. Im Augenblick denke ich an einen bestimmten Brief, an einen Brief, den ich erhalten habe – es ist nicht lange her, sondern ganz frisch; und das ist überhaupt nicht witzig, sondern bitter, dieser Brief ist nicht von Tommy, sondern von Freddy. Und so wie ich meine Aufmerksamkeit auf diesen lustigen Brief gezwungen habe, den mir Tommy einst zuschickte, zwinge ich meine Aufmerksamkeit auch weg von Freddy auf William und kann mich zwingen zu Unrecht zu sagen: Wenn Freddy nicht nett ist, muss William nett sein, Freddy schlecht – *also* William gut. Doch die Traurigkeit, die darüber liegt, ist einfach zu stark, zu stark. Und das habe ich auf diesen älteren Anlass zur Traurigkeit übertragen.

Ach biestiger Verstand, der so gut darin ist, durch Täuschung zu verletzen, und bemitleidenswerter Leser, der Du so misshandelt und provoziert wirst.

Harriet muss alles erfahren. Sie ist so unendlich glücklich für mich, dass da nun dieser Bruch in dieser unmöglichen Situation entstanden ist, die zwischen mir und Freddy bestand. Aber ich bin nicht glücklich, überhaupt nicht glücklich. Meine beste Freundin Harriet, Du bist ein Schatz. Wie wir zusammenhalten. Wie unglaublich angenehm und einfach und frei diese Freundschaft ist, und wie sie ausnehmend unbewusst dennoch sehr tief geht.

Manchmal unterhalten wir uns in Brasserien, in Bars, in Restaurants, in Harriets Wohnung, wir unterhalten uns ungezwungen und lachen sehr viel, über Freunde, über die Arbeit im Büro, über den witzigen Mr. Malaprop, der dort ist. Sie erzählt mir: »Er sagte: Ich habe Mrs. So-und-so (seine Frau) mitgenommen, um So-und-so anzusehen, aber es war eines dieser sexy Theaterstücke, wir mochten es überhaupt nicht. Mrs. So-und-so mochte es gar nicht. Weißt Du, dass Miss Saye ... meine Frau hat keinerlei Sexappeal.« Mr. Malaprop sagt vorgeladen, wenn er eingeladen meint, und er wirft ständig seine Redensarten durcheinander. Er sagt: »Der Wunsch ist der Vater der Wahrheit.« Und er sagt Sachen wie: »Sein oder nicht sein – wie es heißt.«

Harriet hat ebenfalls Probleme mit ihrem jungen Mann, dem niedlichen Kerl, der so ernst ist und sehr belehrend daherkommt. Harriet ist weitaus intelligenter, finde ich, weil sie nicht immer so ernst ist. Doch dieser Freund, der Stephen heißt, das ist wahrhaftig ein sehr ernster Kerl und er ist nie dem Studenten-Dasein entwachsen. Er will die ganze Welt retten. Er hat auch viel zu Major Douglas und zur Theorie des Social Credit[171] zu sagen.

---

171 Ökonomische Theorie von Clifford Hugh Douglas (1879–1952), aus der sich im Verlauf der 1920er-Jahre eine soziale Bewegung entwickelt hat.

Und Harriet ist ein Schatz und hört ihm zu und tröstet ihn wegen der Sünden der ganzen Welt, die er wohl auf seinen Schultern tragen muss. Die aber nie für seine Schultern gedacht waren. Und er leidet an diesem *An-der-Universität-hängengeblieben-Sein*. Harriet aber ist sehr erwachsen und leidet nicht an einer Entwicklungsstörung. Sie hat stattdessen einen hell aufflackernden und erhellenden Verstand. Und manchmal, wenn wir miteinander lachen und glauben, dass wir gemeinsam mehr Spaß haben, als wir es je mit unseren beschwerlichen, muffeligen messias-manischen oder kratzbürstigen jungen Männern haben könnten, kann es sein, dass das Gespräch ein Thema sanft streift und dann entflammt und irgendwann wieder abflaut. Und wie sich das hoch- und hinaufschaukelt ist zugleich Jubel und Agonie, aber so schön, dass man es nicht verpassen darf.

Harriet ist überhaupt nicht neurotisch. Ihre Verse sind sehr schön, ruhig, sehr klassisch und richtige Verse, sehr still und wirklich sehr schön. Gedanklich arbeitet sie an zwei Büchern. Eines davon handelt von der Geschichte der Mode in all ihrer umfassenden, allumfassenden Bedeutung. Es stimmt, dass das Problem dabei ist, wie Harriet sagt, dass man nicht weiß, wo man einen Schlusspunkt setzt.

Ich aber werde solche Schwierigkeiten nicht haben. Ich werde wissen, wann ich aufhören muss, und dann werde ich aufhören. Und was immer ich danach schreibe, wird dann Band 2.

Harriet aber hat in ihrer Art zu schreiben einen sehr exakten und präzisen Sinn für die Form. Und das ist ein Sinn, den ich einfach nicht erlernen kann. Leser, das ist ein Fehler.

Einige haben zu mir gesagt: Wenn Du schon schreiben musst, denke daran, ein Buch zu schreiben, das der normale Mensch auf der Straße lesen will. Es wird vielleicht kein Bestseller, aber es wird eine gute Auflage erreichen.

Darüber dachte ich relativ lange nach und verzweifelte daran. Denn ich kann nur so schreiben, wie ich schreiben kann, und windet sich die Straße den ganzen Hügel hinauf? Ja, bis zum bitteren Ende. Aber keine Sorge, Freunde, es gibt eine Begrenzung von 60.000 Wörtern.

Ach, wie mich diese Vorstellung verstört, die Füße auf dem Boden zu halten. Als spräche ein Offizier und ein Gentleman, Sir Leute. Als spräche ein Lackaffe und ein Einfaltspinsel.

Es ist sehr schön, seine Füße am Boden zu haben, wenn man eine Person mit Bodenhaftung ist. Ich habe nichts gegen Personen mit Bodenhaftung. Und es ist sehr schön, vom Boden abzuheben, wenn man eine Person ohne Bodenhaftung ist. Ich habe nichts gegen Personen ohne Bodenhaftung. Das sind alles Aspekte der Wahrheit oder Partikel in den Farbstreifen, die durch farbiges Glas leuchten und die weiße Hintergrundstrahlung der Ewigkeit aufstören.

Aber ich glaube, dass es grundsätzlich verachtenswert ist, seine Füße auf dem Boden zu haben und aber abheben zu wollen und nicht sagen zu können: Person ohne Bodenhaftung, die Du so verstockt und überlegen bist, warte, bis ich Dich mit einem netten schwarzen Klumpen Matsch im Auge erwische. Yeah.

Nun aber denke ich wieder, dass ich den Menschen gegenüber gerecht sein muss. Denn ich verstehe, wie sie sich wünschen, mit ihren Füßen ein klein wenig abzuheben und dann Angst bekommen und sich fragen, ob sie je wieder hübsch sicher auf die warme, stinkende Erde zurückfinden werden.

Und in Hertfordshire, wo Freddie und ich eine Weile lang sehr oft zusammen unterwegs waren, war er immer mein süßer Junge namens Freddy. Und ich erinnere mich jetzt, dass wir eines Abends, als es dunkel wurde und ich bis zur Erschöpfung gelaufen bin und ausruhen musste, dass wir da auf einem Friedhof saßen, und dass es regnete. Und diese Dinge lassen einen erkennen, wie es ist, geliebt zu werden, wie ich auf dem Friedhof auf seinem Schoß gesessen habe und wie sich das Chimärische bilden konnte und seinen wilden Kreislauf durch die Adern von zwei Menschen begann, die sich unpassend verliebt hatten.

Denn in diesen Augenblicken großer Nähe und Berührung und Einstimmigkeit ist es unglaublich leicht, zu glauben, dass keine rein gedanklichen Unterschiede zwischen uns kommen können. Das ist. Und wie schön war es, ihn an der Schranke zu sehen, wenn ich von einem Besuch heimkehrte und mit ihm nach Bottle Green zurückfuhr. Und ach, Bottle Green wie auch Hertfordshire spielten ihren Part. Bottle Green, Bottle Green, Leser, hast Du je Bottle Green gesehen?

Nun, da ist zum einen der Vorort, der, wie gesagt, so heißt. Ich habe hier nie jemanden gekannt, außer meiner Tante, den Löwen, und ich bin aus *Nostalgie* durch diesen Vorort gewandert, bin aber nie wirklich ins Innere vorgestoßen. Und ich sehnte mich danach, den Vorort von oben bis unten und rundherum zu kennen. Und Freddy war mein Reiseführer, mein Vergil, in dieser Umgebung. Er hat mich aufgenommen, ich habe Bottle Green besucht.

Die Menschen dort sind sehr freundlich und beständig, und zu Besuchern sind sie sehr nett, wenn man zum Beispiel auf einen Spaziergang vorbeikommt oder auf einen Tee eingeladen wurde. Und dann ist da eine freundliche Dame, das ist seine Mutter. Und es gibt Scones zum Tee. Und das Feuer wird angefacht, und es wird darüber gesprochen, wie unglaublich gewöhnlich die anderen Menschen in Bottle Green immer seien. Und wie sie ihr Abendessen in der Küche zu sich nehmen und hemdsärmelig da sitzen.

Es ist witzig, wie die Menschen in den Vororten sich ständig dafür schämen, in den Vororten zu leben und beweisen müssen, dass sie selbst nicht so sind, überhaupt nicht so sind, weißt Du. Und dann ist höfliches abschätziges Lachen zu vernehmen.

Und bei Freddy hieß man mich sehr willkommen. Und ich konnte in die Küche gehen und alles tun, nur nicht den Hund schlagen, der ganz bestimmt einen Klaps verdient hätte, denn es war die Art Hund, die die ganze Zeit bellte und mit seinen scharfen Krallen offen herumsprang, was Tod und Verderben für Seidenstrümpfe bedeutete wie auch für lose gewebte Wollkleider.

Und für diese Freundlichkeit, die ich als Besucher wirklich schätzte, bin ich Freddy und seiner Mutter dankbar. Aber ich spüre den Wunsch, nur ein Besucher zu sein, ich kann nicht immer in dieser Atmosphäre sein, sie ist warm, aber sie ist zu warm und zu eng. Und wenn man verheiratet ist, wird es schwierig, es immer nur als Besuch zu halten.

Freddys Herz aber steckt in diesen kleinen Häusern. Zu Beginn allerdings dachte ich, dass es das nicht täte. Denn zu Beginn sagte er viele Dinge, von denen ich annahm, dass sie stimmten. Die er sagte, um mir zu gefallen. Und dass er diese Dinge tat und Orte mit mir besuchte und Dinge sagte, um mir zu gefallen, erkannte ich nicht als das, was es war. Und ach, wie viele Probleme das zwischen uns hervorgebracht hat. Denn immer nahm ich ihn bei seinem Wort. Und jetzt, da es diesen Bruch zwischen uns gibt, sagt er: Ich tat das, um Dir zu gefallen. Und ach, das hat viele Schwierigkeiten und viel Falschheit zwischen uns gebracht.

Und nun, da die Bitterkeit der Trennung gekommen ist, spüre ich, wie wütend und nachtragend er ist. Und ich träume, dass er da steht mit einem weißen, traurigen, verzogenen und nachtragenden Gesicht und nicht versteht, wie traurig ich bin, und sagt, dass ich eine verdammte Intellektuelle bin und sagt: »Kleine Haustierchen wie Du, Liebes, müssen einsam sein. Es gibt nur wenige von euch, Liebes, ihr müsst einsam sein. Wenn Dir das nicht gefällt, kannst Du auch sterben. Und war das nicht immer schon das, was Du wolltest?«

Doch Einsamkeit bleibt eine Weile, und dass muss er wohl ebenfalls wissen und spüren. Und wenn ich ihn kaputt gemacht habe. Und. Dann tut es tut mir sehr leid. Und. Die Gedanken über die Gedanken drehen sich im Kreis. Doch wenn tausendundeine Stunde abgelaufen ist, ist es vorbei. Nun komm, tausendundeine Stunde, vergeh schon leichtfüßiger, als Du es für gewöhnlich tust, und begrab das alles.

Das zweite Buch, das Harriet schreiben will, ist ein Buch über Sonette. Und sie lacht wieder und sagt: Es geht um Sonette. Und ach, wie schön und lehmig-traurig diese traurigen und herzzerreißenden Sonette sind, in denen alles so unpassend ist und ganz und gar keine Bodenhaftung hat. Und alles daran ist *Geist gewendet an den Plan der Lust.*[172] Menschen aber müssen leiden und für sich selbst Leiden schaffen und sich selbst mit spirituellen Ra-

172 Referenz an die 1. Zeile von Shakespeares *Sonett 129*: The expense of spirit in a waste of shame. Deutsch zitiert in der Übersetzung von Karl Kraus.

sereien quälen, und ach Tod und Trostlosigkeit und ach Raum und Horror, und ach halte mir meine Träume vom Leib. Und wie ungemein grandios es ist, dass wir uns das alles selbst antun können und über ein solch hervorragendes und wirklich geniales Talent verfügen, Leid über uns selbst zu bringen. Denn Leid und Strapazen sind das Maß allen Lebens, und wer will schon wie eine Pflanze leben?

Manchmal aber misst das Leid das Leben aus und beendet es. Und dann ist es überhaupt nicht gut. Und zwischen zwei Menschen kann ohne ihr Wissen eine Liebe erwachsen und eine Verbindung entstehen, und keiner weiß oder ahnt es. Und so ist es gewesen. Ich wusste es nicht. Doch wenn es vorbei ist, dann ist es vorbei, dann ist da dieses Ziehen im Innern, ein »Ziehen im Magen«, dass man sich wünscht, tot und niemals geboren worden zu sein. Und dann macht man Kleinigkeiten und besucht Freunde und geht seiner Arbeit nach und ist hektisch mit diesem und jenem beschäftigt und fühlt im Herzen die Drift und den Sog der letzten Dinge und denkt: Morgen schon werde ich tot sein.

Die ganze Zeit aber ist es eigentlich nichts, es ist wirklich nichts, nur eine Verzweiflung, die wir selbst erschaffen haben, ein Motor, den wir eingeschaltet haben, um uns selbst zu töten. Und wir töten uns nicht nur wegen der Person, die wir lieben, sondern für ein Ende; oder als Bestrafung für all das, was wir tun mussten, um es hervorzubringen. Und darin liegt nun die Gefahr, meine Freunde, wenn man sich als Kind an den Gedanken des Todes durch Suizid gewöhnt. Denn wenn es vorübergehen soll, lass es vorübergehen, warte einfach still und tue nichts. Doch nichts ist das, was ich nicht tun kann.

Ach, still jetzt Pompey, denk an die kleinen Vöglein. Hast Du je an Vögel gedacht? Machen die ein solches Aufsehen, solch ein Aufhebens um die Liebe? Oh schau nur, der kleine Vogel, wie er auf einem niedrigen Ast sitzt und schaukelt und für sich singt.

Als ich die Grippe hatte, und irgendwann muss ich Dir noch von Meiner Grippe erzählen, lag ich im Bett und sah aus dem Fenster, und man hatte die Vorhänge abgenommen, damit ich nach draußen schauen konnte, und so sah ich umrahmt vom Fenster unseren Apfelbaum mit den Vögeln, die dort saßen und schaukelten und auf allen Ästen und Zweigen zwitscherten. Und es hatte geregnet, und während sie also da saßen und schaukelten, fielen die Tropfen so klar wie Glas herab. Und drüben war ein Loch im Dach, und in diesem Loch saß, nehme ich an, eine junge Vogelfamilie, und Vater und Mutter waren schwer beschäftigt, Würmer zu finden und sie zu der jungen Brut im Innern zu bringen. Ich habe es immer gemocht, im Bett zu liegen und den Vögeln zuzusehen. Allerdings waren sie gewiss nicht so friedlich, wie es eine Pflanze wäre. Aber man kann nicht als Pflanze leben. Zurück zu den Vögeln.

Letzten Samstag traf ich Harriet zum Mittagessen in der Stadt. Zunächst wollten wir uns in einem Restaurant treffen, aber sie hatte sich verspätet. Und es wurde wärmer und wärmer, und alle rauchten, und alle waren. Und so war es. Naja, nun gut. Harriet war eine halbe Stunde zu spät. Als sie also kam, sagte ich: Nein, Harriet, nicht hier, es ist zu verqualmt, zu stickig. Also zogen wir weiter. Und nachdem wir ein anderes Restaurant gefunden und zu Mittag gegessen hatten, sagten wir: Was machen wir jetzt? Es war einer dieser warmen Tage im November, an denen es nass und warm ist. Also entschlossen wir uns zu einem Spaziergang. Wir liefen am Broadcasting House vorbei über Picadilly hinweg bis zum Regents Park. Und wir liefen am See entlang und standen eine Weile dort, um den Vögeln zuzusehen. Und da schwammen sie herum auf dem überlaufenden Wasser, und es gab Schwäne und Moorhühner und Möwen und Spatzen. Und ich dachte: Bleib ruhig, Pompey, denk an die kleinen Vöglein. Und in dem Augenblick tauchte ein Moorhuhn auf und biss einen Schwan in den Rücken. Die Spatzen waren so zahm, dass ich beim Laufen versehentlich einen fetten Spatz getreten habe. Ich trat ihn und hielt erschrocken inne. Er war nicht verletzt. Wir spazierten und unterhielten uns also über Harriets ungewöhnliche griechische Onkel, die so ungewöhnlich sind, dass ich es nicht mal in Worte fassen kann, dann kamen wir zur Bushaltestelle am Hanover Gate und nahmen den Bus zur Baker Street, wo wir Tee tranken.

Der Nachmittagshimmel war dunkel und treibend, es war dabei Abend und Nacht zu werden, und die Häuser in der Nähe von Hanover Gate sind sehr hoch, dicht an dicht aneinandergreiht, und die Vorhänge an einem breiten Fenster waren aufgezogen und gaben den Blick frei auf eine Kinderkrippe, ein Schaukelpferd, die Bücher, einen Plüschhasen, ein Äffchen, die bunten Bücher. Und über all dem der boshafte und vorwurfsvolle Himmel.

Ach Freddy, wie kann ich Dich für immer in Schach halten? Selbst diese Worte schreien danach, Dich zurückzuholen. Ach Freunde, er war süß, dieser Freddy, wir hatten Momente, die niemals süßer waren. Doch, ach Süße der Süße, was hilft's, wenn er nur süß ist im Mantel der Chimäre? Nun aber reicht's, das reicht, das reicht. Ich will nichts mehr davon hören.

So. Ich traf mich mit einer besonderen Freundin von mir, ihr Name ist Topaz, und ich habe, glaube ich, bisher noch nicht von ihr erzählt. Ich war in jener Nacht zweifellos traurig, sehr traurig und schwermütig. Topaz aber, Gott schütze ihr Herz, war in furchtbarer Stimmung, nachdem sie ihre Seele, liebe Freunde, bis ins innerste Mark zuschanden getragen hatte, indem sie durch die Gänge des Broadcasting House gestelzt war, durch jenes Haus der[173]. Nun, sagte Topaz, dass Topaz das Gefühl hatte, dass die da drinnen nicht wie jene Art junger

173 Gemeint ist die BBC.

Männer aussähen, die eine Gefahr für ein wohlerzogenes Mädchen darstellten.

Die kastrierende Atmosphäre des Broadcasting House hat meiner Meinung nach ihren Ursprung in der Klimaanlage. Sie fixiert sie, um es deutlich zu sagen, sie verhindert, dass sie ins Chimärische verfallen, und alle Glocken der Hölle ertönen klingelingeling und machen so weiter. Will you step up the apples and pears and have a cup of you and me?[174] Freddy war versiert, was *Rhyming Slang* anbelangt und hat mir viel beigebracht, als wir in Cornwall waren, damals, als ich mit diesem großen und hungrigen Pferd Kismet durch die Gemüsefelder geritten bin.

Zuerst sind Topaz und ich in das Pub in der St. Martin's Lane gegangen, und ich gab einen aus. Und sie erzählte mir, wie schon gesagt, von ihren markerschütternden Erlebnissen. Und ich muss sagen, und wenn nicht jetzt, wann dann, dass es nichts Besseres gibt als eine Bar, wenn man sich nicht ganz auf der Höhe fühlt. Pompey begann

---

174 (Cockney) Rhyming Slang, der im englischsprachigen Raum häufig unter Verbrechern Verbreitung fand. Hierbei wird ein gewöhnliches Wort durch eine Wendung mit ein oder zumeist zwei Wörtern ersetzt, wobei sich das letzte auf das ursprünglich gemeinte reimt. Im weiteren Verlauf wird das Reimwort oft weggelassen, wodurch die eigentliche Bedeutung für Außenstehende nur noch schwer zu entschlüsseln ist. Im vorliegenden Fall ist bei *apples und pears* das Reimwort erhalten geblieben, gemeint ist *stairs* (Treppe), im zweiten Satzteil bedeuten *you and me* schlicht *tea*. Übersetzt also: Kommst Du die Treppe rauf und trinkst einen Tee mit mir? Im Kontext der Schilderung Pompeys geht es aber wohl um sexuell aufdringliches Verhalten der Mitarbeiter der BBC.

also ihre tieftraurige Liebe zu vergessen, die vielleicht nie von Bedeutung gewesen ist, lediglich in jenem Elfenbeinturm, der ein so gutes Gedicht hervorgebracht hat, dass es allen das liebste ist.

Also machten Topaz und ich uns auf und gingen über die Straße in das kleine Restaurant, das Harriet unsere Gangsterküche nennt, denn dort gab es endlich mal etwas Essbares. Also aßen wir und unterhielten uns, und Topaz sagte, dass sie schon vermutet habe, dass ich eine *Nostalgie* nach Bottle Green verspürte. Das ist wahr. Und meine Sehnsucht nach meinem verflossenen Freddy war zweifellos morbid. Und ich vermute, dass es eine tiefsitzende Morbidität ist, die ich nicht ablegen kann.

Ich sagte aber, dass ich Bottle Green ein klein bisschen genauso weiterhin wollte, wie das Pub-Leben in der Stadt. Und dass, wann immer eine Tür, die sich mir öffnete, wieder geschlossen wurde, ich nicht anders konnte, als zu weinen und zu schreien und zu heulen und zu weinen und zu flennen und zu schreien. Muss diese Tür geschlossen werden, weil wir nicht heiraten können, wir, die niemals heiraten wollten? Und wird die freundliche Dame nie wieder jemanden empfangen?

Nun erzählte ich Topaz, dass ich gerade ein faszinierendes Theaterstück auf Deutsch las, es hieß *Der lebende Leichnam* von Tolstoi. Es ist aus dem Russ. ins Deutsche übertragen worden, und es ist zweifellos witzig, wie der heftige schäumende russische

Nonsens in der schweren Präzision des Deutschen in Erscheinung tritt. Das ist sehr witzig, wirklich sehr interessant. Aber ich bin immer noch nicht am Ende des Stücks, obwohl ich es bereits mehrfach gelesen habe und es einen tiefen Eindruck bei mir hinterlassen hat.

Und im Buch findet sich mit Bleistift geschrieben der Name *Manoli Privat.* Und ich kann mich nicht daran erinnern, wie dieser Name dort hingelangt ist, doch da ist er und nicht in meiner Handschrift, sondern in einer deutschen Handschrift. Wie ist das möglich? Ich nehme an, dass Manoli Privat eine Schauspielerin war, die Lisas Rolle gespielt hat. Vielleicht ist es auch eine Zigarettenmarke.

Lisas Ehemann Fedja ist zu den Zigeunern gegangen. Wo er, wenn Du Dich etwas zurückerinnerst, etwas gefunden hat, das ihn sich heimisch hat fühlen lassen.

Dieser arme Fedja, der war so sehr Russe, dass er nie etwas anderes tat, als zu reden und zu trinken, und sich zu fühlen, als sollte er auch nichts anderes tun, als weiter in diesem traurigen Zustand zu bleiben, er sagt: *»Ich suche nicht, mich besser zu machen; ich bin ein Taugenichts; allein es gibt doch Dinge, die ich nicht ruhig tun könnte.«*

Und der Prinz Abreskoff, der zu den Zigeunern kam, um ihn herauszuholen und zurückzubringen, zurück zu seiner Frau Lisa, die so wie ich will und nicht will und heult und schreit und *immer weint*, dieser Prinz Abreskoff ist nun mal Russe, und er will aus der Reise zu den Zigeunern das Beste herausholen und nicht nur Fedja zurückbringen, nein, er will seine russische Novellen-Seele befriedigen und zur Seele des Ganzen vorstoßen – der Sache auf den Grund gehen, um es in klarem Deutsch zu sagen.

Also sagt er, Prinz Abreskoff sagt: »Mein lieber Kumpel, wie kannst Du Dich so hinreissen lassen?« – was klingt, als wolle er irgendwo hinreisen, man könnte auch sagen, sich zu zerreißen. Und dem armen Fedja, der so unglücklich darüber ist, wie wahnsinnig unglücklich und zerrissen alle anderen sind und der die ganze Zeit ordentlich heult, diesem armen Fedja fällt nur ein, das einzige, was ihm zu sagen einfällt, das ist, dass er bei den Zigeunern etwas findet, das ihn sich heimisch fühlen lässt.

Ich glaube, dass ich zu stolz gewesen bin, wir brauchen alle unsere Gebärmutterlandschaften, meine ist mein Elfenbeinturm mit Freddy, in alle vier Windrichtungen offen, Fedjas ist »bei den Zigeunern«. Freddys ist ein kleines Haus. Doch ach, es sind nur die Worte, die er benutzt, die mich in meine teuflische Rage versetzen, das Ergebnis unzähliger Jahre populären Journalismus, statt also etwas zu suchen, das einem vielleicht gefällt, einfach nur das anzustreben, wovon die Werbetreibenden erzählen, ihre Möbel, ihre Röntgenaufnahme, ihr berühmter Geschirrspüler, ihre Hypotheken-Vereinigung.

Prinz Abreskoff also sagt: »Wie können Sie sich so hinreissen lassen?«

Ach, mein lieber Freund, das ist so einfach, schau nur. Ich kann zurückreisen. Ich kann durch dieses verrückte Deutsch-Russische Theaterstück blättern, bis ich gefunden habe, wonach ich suche.

Fedja ist so müde, er ist so vollkommen müde, er ist vollkommen müde und sterbenskrank, nahe am Tod, all dieses Agonisieren und Weinen und die Selbstzerreibung und der Schmerz, und ach weh weh weh dem Haus des Atreus[175]. Seine Seele ist so erschöpft, dass er nun zumindest einschläft, eingelullt von seinem eigenen Schoßtier Soma, was die Musik ist, die wilde und klagende Musik der Zigeuner. Und aus seiner Seele der Schrei: »Ach, wie gut. Nun nicht wieder erwachen ... So sterben.« Und dann später im Stück, Freunde, ein herrlicher, ein einfach herrlicher Augenblick russischen Nonsens, der lautet: Nein, aber zunächst muss ich Dir noch etwas erzählen.

Oh Pompey, nun setz Dich hin, und erzähl uns die ganze Geschichte des berühmten Theaterstücks von Anfang bis Ende. Spann uns nicht länger auf die Folter, beginne direkt am Anfang, und mach weiter, bis Du zum Ende kommst, wir bitten Dich, Gütige Miss.

Nein, das werde ich nicht. Lies das Stück selbst, außerdem habe ich es ja nie zu Ende gelesen, und es ist mir egal, ich will nicht ans Ende kommen. Ich bin *ungründlich*. Das hat Karl gesagt. Karl weiß das. Schaut euch Karl an.

---

175 Aischylos, *Orestie* (458 v. Chr.). Griechische Tragödie.

Also nun. Fedja brütet einen famosen Plan aus, er will sterben, sodass sein Tod Lisa frei macht, Freunde, für diesen einfach hervorragenden jungen Mann, der sie immer schon heiraten wollte, bevor Fedja des Weges kam. Doch dieser andere junge Mann, das ist Viktor Karenin, er ist so ehrenhaft und seine Mutter von solch edler Gesinnung und streng orthodox, weißt Du, dass sie es nicht ertragen kann, ihren Sohn eine geschiedene Frau heiraten zu sehen, denn Fedja, sagte ich das, *willigte in die Scheidung ein*[176].

Doch Karenins Mutter ist einfach entsetzt über diese Idee. Und dann kommt es zu dieser unbezahlbar guten Szene, Freunde, zwischen Frau Karenina und diesem Prinzen Abreskoff, der immer bereit ist, seinen Freunden zu helfen, und der immer einfach grandios ist. Das sind also schon zwei in diesem Stück, die Fedja erbärmlich wirken lassen.

Prinz Abreskoff nun ist ein uralter Seelenverwandter von Frau Karenina. Also bittet sie ihn zum Tee. Auftritt Prinz A., und er sagt: *»J'espère que je ne force pas la consigne.«*[177]

Dieser Teil ist auf Französisch wegen der Bediensteten, und plötzlich sprechen alle in dieser Szene in diesem lustigen, steifen Schulmädchen-Französisch, obwohl der Bedienstete gar

176 Im Original deutsch. Darauf folgt eine Übersetzung ins Englische, die hier entfällt.

177 Dt.: Ich hoffe, ich dränge mich nicht auf.

nicht die ganze Zeit da ist. Aber vielleicht hilft es den beiden, sich daran zu erinnern, welch uralte Seelenverwandte sie sind.

Und so schenkt Frau K. auf eher verzweifelte Weise den Tee ein und sagt, dass Lisa ihren lieben Sohn verhext habe: *Il est enscorcelé, positivement ensorcelé*[178], wenn Sie erlauben, durch diese Zauberin, man kann es Douglas Byng[179] sagen hören, nicht?, die ihn seine edle Gesinnung vergessen lässt, sodass er *eine geschiedene Frau* heiraten will.

Und dann kann Frau Karenina, die sich selbst eine weitere Tasse Tee einschenkt, nicht mehr an sich halten. Und dies nun, Freunde, ist das, was sie sagt, und ich werde es euch gleich übersetzen, doch zunächst mal müsst ihr es auf Deutsch lesen, um eine Vorstellung davon zu bekommen, wie großartig unsinnig das alles ist. Also: *Ein gutes Weib könnte sich niemals dazu entschließen, ihren Mann, einen guten Menschen* (Pluspunkt für Fedja) *zu verlassen. Ein sehr lieber Mensch. Aber wie er auch gewesen sein mag, quels que soient les torts qu'il a eu vis-à-vis d'elle*[180] *– so darf man doch nicht seinen Gatten verlassen, sondern muss das Kreuz tragen. Ich versteh' nur eins nicht, wie Viktor mit seinen Anschauungen sich dazu entschließen kann, eine geschiedene Frau zu heiraten. Wie oft hat er, und das ist nicht*

178 Dt.: Er ist verhext, zweifellos verhext.

179 Douglas Byng (1893–1987), britischer Komiker und Musiker, der für seine Parodien von Frauen in Revue- und Cabaret-Nummern bekannt geworden ist.

180 Dt.: »welche Fehler er ihrer Meinung nach auch haben mag«.

lange her, in meiner Gegenwart mit einem alten Freund unseres Hauses heiß darüber gestritten und ihm bewiesen, dass die Scheidung mit dem wahren Christentum nicht vereinbar sei, und jetzt mischt er sich selbst hinein. Si elle a peu le charmer à un tel point[181] *… Ich fürchte sie.*

Das ist nun wirklich eine besondere Form altmodischen aufrichtigen Bittens, wenn die Teetassen hervorgeholt sind und der immer korrekte und stets tief verbundene Seelenverwandte anwesend ist. Und die gelben Seidenvorhänge sind zugezogen und das Feuer brennt hell, und das Dienstmädchen schwebt diskret mit dem heißen Wasser herbei, und dann verschwindet das Dienstmädchen, und sie bleiben allein für jenes stets beliebte Gesellschaftsspiel, diese rein platonische Masturbation *à deux*, diese faszinierende Freizeitbeschäftigung, die so exquisit und nahezu unerträglich erregend ist – für jene, die es mögen, für jene, die es mögen.

Ja, aber was bedeutet das, Pompey, worum geht es bei alledem? Nun grob gesagt, und ich lege mich jetzt nicht Wort für Wort fest, das Fazit ist, dass Frau K. sagt, dass eine wirklich nette Frau nicht in der Lage wäre, ihren Ehemann zu verlassen. Und einen solch guten und netten Mann erst recht nicht. Und selbst wenn er es nicht wäre, auch egal, im Grunde sogar umso besser, denn dann ist da eine famose

181 Dt.: »Wenn sie ihn bis zu diesem Punkt einwickeln konnte …«

Möglichkeit für die Frau, einen Opfer-Slant[182] aufs Leben zu bekommen, der so gut für die Kasteiung von Körper, Seele und Geist ist.

Masochismus aus Deiner Sicht, mein Freund, aber Opfer-Slant hat einen so schönen deutsch-amerikanischen Blechbläserklang, der gut zu dieser Art Gespräch passt.

Setzen wir also bei »umso besser« wieder ein, wo Frau K. stehengeblieben war und Pompey die Zeile übernahm, sie fährt jedenfalls fort, dass ganz gleich, welche Art von Mrs. Haliburtons Schwierigkeiten zwischen den beiden bestanden haben mögen, Man darf seinen Ehemann nicht verlassen, sondern Man muss sein Kreuz tragen.

Da, siehst Du, recht einfach eigentlich. Wenn Du Deinen lieben Ehemann nicht als Trost und Freude, als Brotverdiener und Kreuzflicken für Sofa, Stuhl oder eine Wärmflasche nutzen kannst, dann kannst Du ihn immer noch als Kreuz, das Du zu tragen hast, einsetzen.

Das erinnert mich an unsere kunsthandwerklichen Artikel, die wir *passim* in all unseren sich-alle-stark-ähnelnden Frauenmagazinen veröffentlichen: Wie man einen Häkelkorb aus einem Zylinder macht. Kann auch als Barett oder als Teewärmer verwendet werden. Kostenlose Muster inklusive.

Ich schweife ab. Frau K. fährt fort, dass es nicht lange her sei und vor ihren Augen stattgefunden

---

182 Opferblick.

habe, dass Viktor gesagt habe, dass er nicht glaube, dass Scheidung mit den Prinzipien des Christentums zu vereinbaren sei. Aber das war natürlich damals, zu *jener* Zeit. Nun, das war noch in der Zeit, bevor der arme Fedja aufgebrochen war, um sich anderswo zu Hause fühlen zu können. Und zu jener Zeit wanderte Viktor Karenin nicht nur in seinen Gedanken, wie Du Dir vielleicht denkst, sondern auch während der Meditation keusch und unverliebt, er hatte also noch auf keine Frau ein Auge geworfen und war so jungfräulich wie der Nordpol. Ausgenommen natürlich den einen Augenblick, in dem er anfing, über Lisa nachzudenken. Das aber war, bevor Fedja auf den Plan trat, und ging niemals weiter und zählt somit gar nicht.

Kannst Du nun erkennen, wie Fedja sich gefühlt haben muss: Ich muss hier raus? All diese Gespräche und das *frou-frou*[183] der Unterröcke, und all die uralten Seelenverwandten, die zum Tee kamen, während die Dämmerung hereinbrach, und diese Gespräche und die Gespräche und die Gespräche, die unentwegt weiterliefen und niemals zu einem Schluss kamen, und die kaum unterdrückte Hysterie und all das Sehnen, Winseln, Weinen und Wollen und Nichtwollen?

Kannst Du nicht nachfühlen, wie er sagte: Oh schlafen, einfach schlafen, niemals mehr erwachen und also sterben.

---

183 Rascheln.

Doch nun zu dem famosen Plan, den Fedja ausgebrütet hatte. Wie er einfach sterben würde und er dann alles hinter sich hätte. Und wie er zugleich noch im Sterben vornehm wäre und also eine glückliche Erinnerung an ihn für seine Frau und ihren neuen Ehemann erschaffen würde, da er ihnen durch seinen Tod die Freiheit gab, zu heiraten; und auch dem Herzen Frau Kareninas Frieden verschaffte, denn ihr heilloser Sohn würde nun nicht mehr eine geschiedene Frau, sondern eine trauernde Witwe ehelichen. Und Fedja stellte sich vor, wie sie – Viktor und Lisa – miteinander sprachen.

Und hier würde er, da wäre er hilflos, schließlich befindet er sich in einem russischen Theaterstück oder Roman, er könnte nichts tun, es müsste sein. Er würde also dem Messer in der Wunde eine Drehung geben und sich vorstellen, wie sie sagen würden – und er wusste, was für ein schnöseliger Schmock Viktor Karenin war, wie sie also sagen würden: »Mein lieber, armer Fedja. Wir dürfen jetzt nichts über ihn sagen. Auch wenn er hin und wieder etwas unzulänglich gewesen ist, so war sein Tod doch vornehm. Ein solches Wort verwende ich nicht oft, nicht leichtfertig, aber wenn ich vornehm sage, meine ich ...«, und hier würde Viktor seine Arme um Lisa legen und ihren Kopf auf seine Schulter ziehen, um ihr einen langen, langen Kuss zu geben. Und dieser Kuss hätte eine sehr spirituelle Bedeutung.

Der arme Fedja also arbeitete an seinem Plan zu sterben, und der feine Augenblick alten russischen Nonsens, der ihm dabei half, nannte sich Alexandroff. (Es tut mir sehr leid, Freunde, diese russischen Namen sind nicht sehr originell. Aber so sind sie. Das ist Tolstoi und nicht der Ballet Club.) Alexandroff also ergeht sich gleich zu Beginn erst mal in einer Tirade über das Thema Leben und Tod und sagt: Bilde Dir nicht ein, dass ich versuchen werde, Dich aufzuhalten. Leben oder Tod, das ist für einen Mann von Genie am Ende gleich.

Ob Du es glaubst oder nicht, in der deutschen Übersetzung stand es so: *Leben oder Tod, das ist für ein Genie ganz ohne Unterschied.* Alexandroff bittet nur um einen einzigen Gefallen, dass er, als großen persönlichen Gefallen, und *ich täte das Gleiche für Dich*, nur als großen persönlichen Gefallen bittet er Fedja, die Pistole noch nicht an seinen Kopf zu führen, noch nicht genau jetzt, denn »die Nacht ist jung«. Dieser Augenblick alten russischen Nonsens bedeutet, dass er noch eine Menge russischen Nonsens über Leben und Tod zu sagen hat, vieles muss noch abgearbeitet werden. Es ist alles da, mit den Flausen in Alexandroffs Kopf zusammengewürfelt, und wartet nur darauf, freigelassen zu werden.

Würde der feine Herr also bitte noch eine Flasche Champagner bestellen und zuhören. Und zuhören. Und zuhören. Schließlich ist das nun wirklich nicht zu viel verlangt, oder? Und wir wissen doch aus bester Quelle, dass der Rest Schweigen ist.

Oh und da gibt es so viel zu sagen und auszubreiten. Wie viele Worte, wie viele klägliche Worte müssen gesagt werden und ungesagt bleiben und erneut gesagt werden und überdacht werden, bis Du nicht mehr kannst. Ich kann nicht mehr. Ach mein lieber Freddy, ich kann nicht mehr. Alles, was ich nun noch will, ist, wie Fedja einzuschlafen und also zu sterben. Mit Deinem juristischen Verstand erinnerst Du Dich, erinnerst Du Dich an so viele Argumente gegen mich, so viele Dinge, so viele Vorwürfe, denen ich nichts entgegnen kann, an die ich mich nicht selbst erinnern kann, von denen ich aber weiß, dass sie abgrundtief falsch sind, glaubst Du nicht, mein Liebster, dass die Beweise, die Du wie ein Anwalt vorbringst, der Wahrheit abträglich sein könnten und das Bedeutende außer Acht lassen? Für Dich ist da einfach eine Menge an Details und falschen Schlüssen. Für mich ist da nur eine einzige Tatsache von Bedeutung, die hervorsticht und für die ich leben oder sterben würde. Nur für diese Tatsache. Das ist sie. Sie ist. Sie ist das, was ich nicht über mich bringe, niederzuschreiben. Es ist schon so oft geschrieben und mit jedweder Falschheit und allen niederen Dummheiten beschmutzt worden. Kannst Du es nicht erkennen?

Oh little creature form'd of joy and mirth,
Go, love without the help of anything on earth.[184]

Das haben wir in der Tat gemacht.

Ich habe geschrieben, dass tausendundeine Stunde vergehen muss, für den Schmerz aber gilt keine Zeitmessung. Die Schwestern sagten, dass meine Mutter innerhalb von einer Minute schnell gestorben sei. Doch wie lang ist diese Minute? Und wie lang ist diese tausendundeine Stunde, wie lang? Du hast gesagt, ich sollte William heiraten. Das aber verletzt mich mehr als alles, was Du je zu mir gesagt hast. Denn ich bin überhaupt nicht in William verliebt, auch wenn ich starke Gefühle für ihn hege, die in den lang vergangenen Tagen des Krieges entstanden und ein Teil davon und auch des Todes meiner Mutter sind. Es ist aber nicht. Ist nicht. Ist nicht.

Wie grundlegend unpersönlich die Natur ist und wie furchteinflößend das für den Geist ist, der nicht distanziert genug ist und doch in keiner Mitte ruht. Zu einem Herzen voller Schmerz und zu einem verzweifelten Geist spricht die Natur nur vom Tod. Herrliche Landschaften der Traumwelt entfalten sich vor den Augen, Schlucht um Schlucht, die kein Fuß je betreten, und monströse Klippen, die sich hinstrecken zum unberührten Meer, wie oft habe

---

184 *The Angel that presided 'oer my birth.* Gedicht von William Blake. Dt.: Oh, kleine Kreatur aus Heiterkeit und Freuden / Geh, liebe ohne Hilfe von irgendwas auf Erden.

ich Dich aus der Ferne gesehen, und kaum zu Dir hingezogen, weckte ich mich selbst, um umzukehren und wieder zu träumen.

Da war Mitleid, und es gab ein paar Ungereimtheiten beim Tod der Tigerin Flo. Sie fiel rückwärts in ihren Teich in Whipsnade, sie lag dort und hatte einen Krampfanfall. Der Teich wurde trocken gelegt, und Flo, diese gewaltige und unglückliche Kreatur, die einst für ein unehrenhaftes Schicksal gefangen ward im Dunkel des Dschungels, wurde nun der Würdelosigkeit der künstlichen Beatmung übergeben. Ja, Freunde, sie schoben Flos Beine nach hinten und nach vorne und saßen auf Flos Brust, und sie eher als ich, würdest Du sagen, und ich eher als Flo, die das nicht verstehen konnte und für solche Späße nicht geschaffen war. Und Flos entflohener Geist kehrte wieder und setzte sie auf unsichere Tatzen. Sie sah sich um, sie taumelte, und während sie eine letzte, nicht zu benennende, nicht gänzlich erfasste, finale Empörung spürte, stürzte sie, winselte, krallte vergeblich und starb.

Zum Roman

Stevie Smith, eigentlich Florence Margaret Smith, ist in die englische Literaturgeschichte als exzentrische Lyrikerin eingegangen. Berühmt wurde sie aber bereits im London der 1930er-Jahre als literarisches It-Girl mit einem Roman, der noch heute so manchen Leser überraschen und irritieren dürfte. Das hat mehrerlei Gründe.

Da ist zum einen die starke Ich-Erzählerin Pompey Casmilus, die in den Medien arbeitet, ihre Branche bis ins Detail versteht, einen großen Freundeskreis hat, die umfassend gebildet ist, selbstbewusste Liebesbeziehungen eingeht, die alleine reist und zu Fragen von Politik, Geschichte, Kunst, Religion und Sex klare, teils ungewöhnliche Positionen einnimmt und diese pointiert formuliert.

Novel on Yellow Paper zeigt uns darüber hinaus eine Protagonistin, der im Verlauf ihrer eigenen Erzählung die Monstrosität des nationalsozialistischen Deutschlands und der ihm innewohnende Antisemitismus bewusst wird. Zu Beginn aber werden wir mit ihrem eigenen alltäglichen Antisemitismus konfrontiert, der heutigen Lesern zu Recht noch schwerer erträglich scheint als den zeitgenössischen Lesern des Romans. Schonungslos und scheinbar jovial beginnt der Roman mit deutlich antisemitischen Noten: Auf einer Party fühlt sich Pompey als einziger »Goi« den jüdischen Partygästen überlegen.

Eine Reise in das nationalsozialistische Deutschland, die Pompey allein unternimmt, öffnet ihr die Augen und lässt sie ihre eigenen antisemitischen Überlegungen hinterfragen. Wie nebenbei gibt das Buch zudem ein zeitgenössisches Zeugnis darüber, wie viel über die Grausamkeiten Deutschlands bereits 1935/1936 offen bekannt war, nicht nur in Deutschland, sondern auch im englischsprachigen Ausland. In diesem Zusammenhang ist es durchaus interessant, dass das Buch nach seinem Erscheinen 1936 zu einem kleinen Bestseller wurde in einem Großbritannien, dessen politische Führung in Bezug auf Hitler-Deutschland noch voll und ganz auf Appeasement setzte. Pompey scheint bereits zu ahnen, dass dies keine gute Idee ist. Sie glaubt, dass ein Land, das an »Diktator« erkrankt ist, unter Beobachtung gestellt werden muss und wird noch deutlicher: »Nun, diese deutsche Nacktheit mit all dieser winselnden liebes-duseligen Gemeinschaftsseligkeit und den ganzen Bewegungen und *Zurück zu Wotan und Jugend, Jugend, Jugend*, das alles vermittelt einem das Gefühl von: Bitte lieber Gott, schick die britische Admiralität und das Kriegsministerium, und haltet euch nicht so lang auf mit Fragen zur militärischen Aufrüstung.«

Während man als heutiger Leser und unter dem Eindruck der antisemitischen Töne zu Beginn des Romans stark auf diesen Handlungsstrang fokussiert ist, bleibt er dennoch ein Nebenarm. Im Kern dreht sich der Plot des Buchs um die gescheiterte

Beziehung zu Pompeys Verlobtem Freddy. Hierbei tritt eine bemerkenswerte Frauenfigur zutage, die selbstbewusst formuliert, wie sie sich eine Beziehung vorstellt, nämlich im Rhythmus der Freundschaft, man besucht sich, man erfreut sich aneinander, verabschiedet sich in dem Wissen sich wiederzusehen und geht, um wiederzukehren. In ihrer Vorstellung ist eine solche Beziehung »leicht wie Spinnfäden und fest wie Stahl«. Etwas, wozu Freddy weder gewillt noch in der Lage ist. Die Konventionen der Zeit erlauben solche Beziehungsmodelle kaum. Und kalt und präzise entlarvt Pompey die Branche, in der sie arbeitet, das Geschäft mit Frauenzeitschriften, als perpetuierendes und festigendes Element der traditionellen Ehe als einzig anzustrebendes Lebensziel einer Frau: »Es ist schon unglaublich witzig, welche Art von Literatur sie diesen kleinen süßen Herzchen zukommen lassen. Denn Literatur und Ratgeberartikel in Sachen Erotik sind ihnen gestattet, oh ja, genauso wie harte Lektionen in Sexappeal. Es ist ihnen erlaubt, ihre kleinen dauergewellten Köpfchen mit wunderhübschen Träumen eines Niemalslands zu füllen. Das ist es, fürchte ich, wo sie ihre lustigen Vorstellungen von der Ehe her haben.«

Es ist bei aller biografischer Überschneidung mit der Autorin kein Zufall, dass die Ich-Erzählerin des Romans in einem Presseunternehmen arbeitet. Zeitungen und Zeitschriften waren neben dem Rundfunk eines der Realität verändernden und mitkonstituierenden Medien des 20. Jahrhunderts. Stevie Smiths literarisches Alter Ego Pompey hat als kleines Rädchen im Getriebe bereits zur Mitte der 30er-Jahre die Grundprinzipien ihrer Branche auf allen Ebenen verstanden und eine abgeklärte und boshafte Sicht auf die Mechanismen des Geschäfts mit den Träumen, Bedürfnissen und Einsamkeiten der Menschen. So schreibt sie über den Zynismus der Zeitungsbarone: »Verleger aber sind etwas zurückhaltend, was diese Gedankengänge angeht, weil es ein bisschen gefährlich ist, sich mit dem System Zahlungsraten zu beschäftigen, denn, nun ja, Anzeigenkunden sind etwas eigen. Doch lasst uns nicht weiter über dieses abgrundtief fürchterliche Thema nachdenken. Es gibt nur ein Wort, das hier umfassend greift und das lautet: kündigen.«

Auch das im Zuge der #MeToo-Bewegung ins Zentrum rückende Thema von Hierarchiestrukturen in Medienunternehmen hat einen frühen Auftritt in diesem Roman. In der Szene, in der Pompey mit ihrer Freundin Harriet, die ebenfalls im Magazingeschäft arbeitet, über die Entscheidungsstrukturen in der Branche diskutiert und sie sich vorstellen, welche Themen und Geschichten sie ihren Lesern präsentieren würden, wenn die männliche Führungsebene nicht alles durchkreuzen würde, ist in diesem Zusammenhang ebenso interessant wie das Gespräch zwischen Pompey und Topaz gegen Ende des Romans über Belästigungen durch Männer in den Fluren und Gängen der BBC.

Überhaupt ist die Behandlung des Themas Sexualität in diesem Roman überraschend offen und fortschrittlich. Pompey erklärt uns zunächst, wie verbissen und verschämt viele Menschen dem Thema gegenüberstehen. In ihrer Erinnerung an die Vorträge der biederen Miss Hogmanimy wird deutlich, als wie lebensfremd und schädlich sie das enge Korsett, das ihre Zeitgenossen der menschlichen Sexualität anlegen, empfindet. Sie warnt aber auch vor Strömungen wie der »Schule der freien Leichtigkeit« und hat eine zwar nüchterne, aber doch abschätzige Meinung von Promiskuität und Prostitution. Ungewöhnlich offen führt sie vor, dass eine vollkommen freie Sexualität auch das Recht auf Abtreibung erforderlich machen müsste. »Aber so frei und leicht kann man natürlich nur sein, wenn man als Frage der Ehre einen erstklassigen Abtreibungsservice bereitstellt – kostenlos für alle, die danach fragen. Oh nein, anders geht das auf keinen Fall. Eine Frau, die die sexuelle Philosophie eines Mr. Bosch annimmt, wird ihr ganzes Glück von Verhütungsmitteln abhängig machen müssen.« Pompey propagiert also einen gemäßigten, aber lustvollen, die weibliche Lust miteinbeziehenden Umgang mit Sexualität.

Der Kampf um ein selbstbestimmtes Leben ist somit vielleicht das eigentliche Thema des Romans, bis hin zu der ultimativen Ausformung, der eigenständigen Entscheidung, wann das Leben endet. Auch hier bietet der Roman eine sehr liberale, moderne Vorstellung von Selbstmord. Pompey wie Stevie Smith selbst haben als Kind die Erfahrung gemacht, mit suizidalen Gedanken konfrontiert zu werden und diese zu überwinden. Aus dem Wissen, sich jeder noch so harten Situation durch Suizid entziehen zu können, entsteht eine Kraft, ein Selbstvertrauen, sein Schicksal jederzeit selbst bestimmen zu können. Damit allerdings verschwindet die Allmacht der Religion. Eine Glaubenskrise, deren Spuren sich durch den ganzen Roman ziehen, scheint unausweichlich mit dieser Entdeckung verbunden.

Das Buch ist aber nicht nur aus thematischer Hinsicht, sondern auch literaturhistorisch bemerkenswert. Zum einen folgt Smith in ihrem Roman um die Privatsekretärin Pompey Casmilus literarischen Vorbildern wie Virgina Woolf und Dorothy Parker, zum anderen aber unternimmt sie einen Vorgriff auf die postmoderne und popmoderne Literatur der zweiten Jahrhunderthälfte und des frühen 21. Jahrhunderts – und das noch vor Ausbruch des 2. Weltkriegs.

Stevie Smiths Romandebüt ist wie mehrfach gezeigt aus der Zeit gefallen. Es ist ein Buch, das die Lebenswirklichkeit der Postmoderne, in der der einzelne Mensch durch eine Sozialisation durch Medien in Denken und Handeln stark geprägt wird, bereits in jeder Zeile vor sich her trägt. Pompeys *stream of conciousness* besteht somit zu einem erheblichen Teil aus medialen Referenzen und Assoziationen, Versatzstücken aus Romanen, Gedichten, Gemälden, Kinowerbung und Sachbüchern. An einigen Stellen konfrontiert sie uns gar – wie Jahrzehnte später der postmoderne US-amerikanische Autor David Markson – über mehrere Seiten hinweg mit einzelnen Zitaten und Lesefundstücken, deren Herkunft sie nicht erklärt.

In *Novel on Yellow Paper* ist Smiths Schöpfung Pompey Casmilus geradezu ein Paradebeispiel für eine unzuverlässige Ich-Erzählerin. Gleich zu Beginn vertreibt sie gar Leser, die ihr nicht gewogen sind: »Wenn Du aber eine Person mit Bodenhaftung bist, wird dieses Buch für Dich eine ermüdende und frustrierende Wüste. Leg es also weg. Lass davon ab. Es war ein Fehler von Dir, dieses Buch zu kaufen. Das konntest Du nicht ahnen.«

Schon die behauptete Erzählsituation scheint nicht ganz vertrauenswürdig. Pompey erklärt, sie schreibe den Roman während der Arbeit auf gelben Notizzetteln. Gleichzeitig aber wird an vielen Stellen behauptet, dass etwas derzeit abläuft und an anderen Orten geschieht. Überhaupt sind die Zeitebenen im Roman äußerst vage und sprunghaft verortet. Bei der Affäre mit Karl ist unklar, wie viel davon zeitgleich mit der Beziehung zu Freddy abläuft. Auch bei ihren Berichten zu ihren Deutschlandreisen bewegt sich Pompey scheinbar willkürlich zwischen den Zeitebenen. Immer wieder entschuldigt sie sich bei ihrem Leser und macht Ankündigungen, späterhin etwas genauer zu schildern, löst es aber bisweilen gar nicht ein.

Es ist ein Roman, der uns gleich zu Beginn selbstbewusst und offen mahnend empfängt: »Zunächst aber, Leser, will ich Dir eine Warnung mitgeben. Dies ist ein Roman ohne Bodenhaftung, der mit links geschrieben wurde. Und die Gedanken kommen und gehen, und manchmal kommen sie nicht wirklich, und ich verfolge sie nicht weiter, um sie nicht durch Formales in Verlegenheit zu bringen und in eine harsche Gefangenschaft zu zwingen.«

Im Film *Stevie* von 1978 begegnet uns nach einer etwas betulichen Eingangssequenz Stevie Smith selbst, gespielt von Glenda Jackson. Und viele Jahrzehnte vor der scheinbar revolutionären Erzählperspektive der Serie *House of Cards* durchbricht die Hauptfigur gleich mit den ersten Sätzen die vierte Wand. »Dies ist meine Tante, ich nenne sie den Löwen von Hull«, so wendet sich die filmische Stevie verschwörerisch an den Zuschauer.

Und auch Pompey macht ihren Leser zum Gefährten, der mit ihren Assoziationen leben muss und mutet ihm einiges zu. Schon der Untertitel, der in einigen Ausgaben des Romans angeführt wird, ist daher als Vertrauen in die Fähigkeiten des Lesers zu verstehen: *Finde es selbst heraus*. Ein moderneres, respektvolleres Bild kann man von einem Leser vielleicht gar nicht haben.

Zur Übersetzung

Der Übersetzung liegt die englische Ausgabe des Romans von 1980 zugrunde, die in mehreren Auflagen bis heute bei Virago lieferbar geblieben ist. Anzumerken sind verschiedene Eigenheiten des Textes. Da ist zum einen die Vielsprachigkeit: Stevie Smith hat ihren Roman mit Zitaten aus verschiedenen Sprachen versehen und diese nicht übersetzt und den Lesern anders als in der nun vorliegenden deutschsprachigen Ausgabe auch keine Fußnoten zur Verfügung gestellt. Dies war zum einen sicherlich eine bewusst gesetzte Irritation, zum anderen aber konnte sie sich auf ein zeitgenössisches Referenzsystem stützen, das ein heutiger Leser nicht mehr hat und ein fremdsprachiger noch viel weniger. Die Fußnoten und Übersetzungen sind also als kleine Hilfe für den heutigen Leser gedacht, laufen allerdings in nicht geringem Ausmaß der Aufforderung Pompeys (»Finde es selbst heraus«) zuwider.

Stevie Smith hat zahlreiche deutschsprachige Wörter, Zitate und sogar einen größeren Auszug aus Tolstois *Der lebende Leichnam* auf Deutsch in den Roman eingearbeitet. Diese Stellen sind im Original in der Regel kursiv gesetzt. Um den vielsprachigen Eindruck auch in der deutschen Ausgabe zu erhalten, sind im Gegenzug englischsprachige Zitate (wie auch französische und lateinische) nur in den Fußnoten übersetzt. An mehreren Stellen sind die deutschen Wörter im Original falsch geschrieben (Bsp.

Todtenzimmer statt Totenzimmer) oder nicht ganz stimmig verwendet (Bsp. Nostalgie). Bei Falschschreibungen oder offensichtlich falsch erinnerten Zitaten oder Titeln (Bsp. Der Wolf und die sieben Menschlein statt Der Wolf und die sieben Geißlein) haben wir uns zu Korrekturen entschieden.

Stevie Smiths Stil zeichnet sich auch durch Wiederholungen, lautmalerische Kombinationen, umgangssprachliche Slang-Wendungen und teilweise ungewöhnlichen Satzbau aus. So erzeugt Smith sprachlich den eigenwilligen Gedankenstrom Pompeys, ein parlierendes, assoziierendes Vorwärtstreiben, dessen dunkelhumorige Leichtigkeit der Übersetzer hofft, zumindest ansatzweise ins Deutsche geschmuggelt zu haben.

Ein besonderer Dank gilt den beiden Lektoren des marixverlags, Anna Schloss und Timo Suchomelli, die beim Nachspüren von Anspielungen und bei der Findung Pompeys deutscher Stimme unschätzbare Hilfe geleistet haben, gleichsam zu danken, ist dem Mut des Verlegers, der uns mit Stevie Smiths *Roman auf gelbem Papier* eine Weile zu tanzen erlaubt hat.

Christian Lux

Bibliografische Information der Deutschen Nationalbibliothek
Die Deutsche Nationalbibliothek verzeichnet diese Publikation in der Deutschen Nationalbibliografie; detaillierte bibliografische Daten sind im Internet über
http://dnb.d-nb.de abrufbar.

First published in the United Kingdom by Jonathan Cape Ltd. in 1936; first published in the United Kingdom in 1980 by Virago Press, an imprint of Little, Brown Book Group
Lektorat: Anna Schloss, Wiesbaden
Timo Suchomelli, Wiesbaden
Covergestaltung: Anja Carrà, Weimar
Bildnachweis: Ein gewaltiger Windsturm erreichte London. Photographie, um 1935 © akg-images / Imagno akg-images Berlin
Satz und Bearbeitung: Karina Bertagnolli, Wiesbaden
Der Titel wurde in der Baskerville gesetzt.
Gesamtherstellung: CPI books GmbH, Leck – Germany

ISBN: 978-3-7374-1098-4

Mehr über Ideen, Autoren und Programm des Verlags finden Sie auf www.verlagshausroemerweg.de und in Ihrer Buchhandlung.